D1688580

DANA GRIGORCEA

DIE NICHT STERBEN

ROMAN

PENGUIN VERLAG

»Wenn jemand ein solcher wird, so trifft ihn mit dieser Veränderung zugleich der Fluch der Unsterblichkeit; er kann nicht sterben, sondern muss Jahrhundert um Jahrhundert wandeln, immer neue Opfer suchen und so die Übel der Welt ins Ungemessene vermehren. Denn alle, die als Opfer eines Nicht-Toten sterben, werden selbst Nicht-Tote und gehen selbst auf Beute aus. So weitet sich der unheimliche Kreis immer mehr, wie ein ins Wasser geworfener Stein immer größere Wellenringe hervorruft.«

Bram Stoker, *Dracula*

Für Perikles

I

Johnny und sein Tod

Ich kann nicht umhin, diese Geschichte zu erzählen, zumal ich sie aus nächster Nähe erlebt habe und alle Berichterstattung darüber als falsch erkenne. Über die Gründe – Zeitmangel bei der Recherche, journalistische Inkompetenz, Sensationslust und, ganz offensichtlich, private Interessen – werde ich mich nicht länger auslassen, weil mich dabei eine Resignation befällt, die meinem Erzählen abträglich wäre. Auch werde ich den Ort, an dem sich alles abgespielt hat, einfach nur B. nennen – zum einen, weil ich seinen zweifelhaften Ruhm nicht zusätzlich befördern will, zum anderen, weil die Geschichte sinnbildlich ist für unsere walachische Moral, wenngleich sie sich freilich an vielen Orten auf der Welt hätte abspielen können.

Als Orientierung für diejenigen unter Ihnen, die von der Sache nichts mitbekommen haben, muss ich anführen, dass B. eine kleine Ortschaft in der Walachei ist, südlich von Transsilvanien gelegen, am Fuß der Karpaten. Die Bukarester und die Kronstädter, die hier Ferienhäuser besaßen, bezeichneten die Ortschaft schlicht als Dorf, die Einheimischen allerdings sprachen trotzig von einer Stadt, weil am Fluss früher eine große Weberei stand, in der viele Bauern zu Arbeitern umfunktioniert wurden; für die Meinen war B., ganz versöhnlich, ein wundervoller Kurort. Dieser Ort also – darüber immerhin ist man sich einig – wurde bis zu den Ereignissen, über die hier zu berichten sein wird, weder mit Dracula noch mit anderen Vampirgeschichten in Verbindung gebracht.

Vor der politischen Wende im Jahr 1989 konnte man hier in B. für die Ferien ganze Villen mieten. Wir haben stets dieselbe gewählt, jene am Waldrand. Die Villa Diana, nach der auch hier wohlbekannten Jagdgöttin benannt, war ein Haus wie eine Burg, allerdings unförmig geworden durch die vielen schlecht ausgeführten Umbauten im Laufe der Zeit. Sie verfügte über eine große Galerie mit halbhohen Säulen im ersten Stockwerk, wirkte insgesamt aber nüchtern, weiß angestrichen, wie sie war. Die Schatten der umliegenden Bäume zeichneten sich darauf ab, wenn sie im Wind hin und her streiften und sich, im Wechsel von Tages- und Mondlicht, bizarr um alle Ecken des Hauses bogen.

Wir reisten mit erweiterter Familie und Freunden in mehreren Autos aus der Hauptstadt an, beladen mit dem Haushalt meiner Großtante Margot: mit Bettbezügen, Kissen, silbernen Kerzenständern, dem großen Perserteppich für das Wohnzimmer, mit Ikonen, unzähligen orthodoxen Ikonen, einem großen Spiegel in silberner Fassung und allerlei türkischen Säbeln und arabischen Tellern für die hohen Wände.

Binnen eines Tages wurde die Villa leer geräumt vom unsäglichen Kommunistenkitsch, wie ihn Margot nannte. Sie empfand eine besondere Freude daran, einzelne Makramees mit spitzen Fingern hochzuhalten und uns allen zu zeigen, »Schaut euch mal das hier an«, sodass wir einstimmig riefen: »O nein, bitte nicht!«

»Aber schaut euch diesen Fischer-Bibelot mit dem Glasbarsch an der Schnur an«, und wieder sagten wir: »O nein, bitte nicht!«

Meine Mutter mahnte uns zur Vorsicht, wir sollten doch bitte nichts kaputt machen, schließlich wollten wir wieder herkommen dürfen, während sie alles vorsichtig in Holzkisten packte, den gerollten Wandteppich mit der *Entführung aus dem Serail*, das ausgestopfte Eichhörnchen, auch alle Lampen.

»Wollt ihr wirklich bei Kerzenlicht sitzen?«
»Ja, besser als im Licht solcher Lampen!«
Sie brachte alles in den Keller.

Möbelstücke, die Margot besonders missfielen, mussten in weiße Bezüge eingehüllt werden; man tat dann lachend so, als wären sie durch Zauberei unter dem Tuch verschwunden.

Zu guter Letzt und im Jubel der Freunde ging Margot mit einem Suppenlöffel herum, in dem Weihrauch schwelend brannte, damit die Geister der *Basse-Classerie* ausgeräuchert und zumindest für die Dauer unserer Ferien vertrieben würden.

Schließlich war alles so eingerichtet, dass Margot sich an die Villa ihres Vaters erinnert fühlte, also daran, wie es früher einmal hier ausgeschaut hatte, vor der Enteignung, die Margot damit rückgängig gemacht hatte für die Zeit unseres Aufenthalts.

Von den Millets und den kleinteiligen Glas-Bibelots befreit, wurde jetzt der Ibach-Flügel geöffnet, und wer sich aufs Klavierspielen verstand, durfte vortragen, den Radetzkymarsch oder eine possierliche Stelle aus den *Rumänischen* Rhapsodien, wobei die gellenden Töne des verstimmten Flügels uns im lauten Rufen und Akklamieren befeuerten.

Und dann saßen wir um den großen Tisch, auf Stühlen und Hockern, müde, aneinandergelehnt und wie erstarrt in unseren Gedanken – ein Bild in Chiaroscuro. Unwillkürlich kommt mir nun, da ich dies erinnere, Rembrandts Gemälde *Die Anatomie des Dr. Tulp* in den Sinn: eine für das anatomische Theater feierlich gekleidete Gesellschaft, die Blicke nachdenklich in alle Richtungen schweifend, auf dem Tisch aber, statt der obduzierten Leiche, ein Haufen Kekse, mehrheitlich Löffelbiskuits, die ich so mochte. Ich pflegte sie in rote Himbeerlimonade mit Sodawasser zu tunken, während die Umbra mortis abseits lauerte, hinter den Messingtellern an den hohen Wänden.

»Schau dich um, Liebes«, sagte Margot ergriffen, »es ist fast so wie früher.«

»So schön!«, sagte ich ihr zuliebe mit Inbrunst – vielleicht auch nur, um mir Mut zu machen. Denn ich meinte, im Augenwinkel so manches verhüllte Möbelstück kaum merklich von seinem neuen Platz abrücken zu sehen.

Am meisten schreckten mich das knarrende Parkett, ein dumpfes Knarzen unter dem Teppich und das widersinnige Verstummen dieses Knarzens, wenn wir uns fortbewegten.

Außerdem erinnere ich mich gut an die Kälte in der Villa, an den modrigen Geruch, an den süßlichen Weihrauch, der sich mit den Damenparfüms vermengte; auch daran, dass das Kerzenlicht durch einen Luftzug oder wegen der Possen unserer Gäste öfters ausging. Die Gäste waren beruhigend laut, sprachen und lachten ausgiebig, gingen überall im Haus umher, kochten nachts Tee und spielten Karten, bevor sie zu mitternächtlichen Spaziergängen aufbrachen, um bald zurückzukehren, in großem Gelächter und mit ostentativen »Pssst«-Rufen: »Pssst! Wir machen zu viel Lärm.«

»Zitti, zitti«, hob dann einer zu singen an, und die anderen konnten sich vor Lachen kaum noch halten.

Dieses »Zitti, zitti« ging auf die Anekdote eines unserer Gäste zurück, Geo, Bariton bei der Bukarester Oper. Geo hatte erzählt, wie man den Chorsängern für die nächtliche Entführungsszene in *Rigoletto* eine viel zu schwere Leiter über die Bühne zu tragen aufgab, sodass ihnen schon vor dem Singen der Atem ausging. Und als sie dann die leise Arie »Zitti, zitti, moviamo a vendetta« intonierten, mussten sie, verzweifelt, ihre letzten Kräfte aufbringen, worauf es nur so aus ihnen herausplatzte, schallend laut: »Zitti, zitti – still, still, schreiten wir zur Rache.« Das Publikum schreckte vom überlauten »still, still« auf und brach sogleich in Gelächter aus.

Ein bevorzugter Streich von Margot und unseren Gästen war es denn auch – neben dem Ausblasen der Kerzen –, sich aneinander heranzuschleichen und aus vollem Hals »Still, still, schreiten wir zur Rache« zu singen.

Und dann war da natürlich auch noch der Fluss, der sich hinter der Villa durch den Wald zog und gelegentlich rot eingefärbt war, der nahen Weberei wegen. Prompt streckte jemand auf der Galerie im ersten Stockwerk die Hand aus und rief mit bebender Stimme: »Und sehet, alles Wasser im Strom wurde in Blut verwandelt.«

Im Nachhinein muss ich sagen, dass wir uns zu jener Zeit gut amüsierten, unsere Gäste waren zu Scherzen aufgelegt und unentwegt dabei, einander zum Lachen zu bringen. Lachen schien ebenso Gäste- wie vornehme Gastgeberpflicht zu sein.

Vom Hof aus führte ein kleiner Pfad zu einem Tennisplatz, auf dessen rotem Sand wir sehr oft spielten; in meiner

Erinnerung scheint auf diesem Platz immer die Sonne. Ich spielte mit hiesigen Freunden unserer Familie, es kamen auch Leute aus dem Ort hinzu. Wir übten uns im Doppel. Margot verpasste kein Spiel, immer ganz in Weiß, so wie sie auch mich kleidete. Damals besaßen wir Tennisschläger aus Holz, und jemand hatte mein schwarz lackiertes Racket am oberen Teil des Rahmens mit einem Leukoplaststreifen beklebt, damit das Holz nicht splitterte, wenn ich mit dem Schläger den Belag streifte. Ich höre noch dieses satte Ploppen des Tennisballs auf dem Racket, den verzögerten Rhythmus von Schlag und fernem Gegenschlag.

Den ganzen Sommer über und auch manche Wintertage lang blieb ich hier in B., gemeinsam mit meiner Großtante Margot, die, obwohl erst im Alter meiner Mutter, das altherrschaftliche Gehabe meiner Großmutter, ihrer Schwester aus Urgroßvaters erster Ehe, an den Tag legte. Ich nannte sie zeitweilig Mamargot.

Da ist in meinem Kopf noch immer dieses eine überbelichtete Bild von uns auf der Gartenbank vor der Villa: Mamargot hält den Kopf hoch, sodass die scharfe Linie ihres Kinns das Licht glatt vom Schatten trennt. Mit ihren weißen Händen umfasst sie meine Taille, wobei ich, vielleicht siebenjährig, fast schon mager und mit verzogener Miene zur Sonne schielend, mit ihren Ketten, Ringen und Ohrringen schwer behangen bin.

»Bei mir darfst du alles«, hatte mir Mamargot gesagt und mir einen konkreten Vorschlag gemacht, was ich mir an Kühnheit leisten könnte: »Selbst wenn du dir eine Augenbraue abrasieren wolltest, dürftest du das.« Ich soll mir dann tatsächlich die linke Augenbraue rasiert haben, mir fehlt aber jegliche Erinnerung davon, ich kenne nur die begeisterten Kolportagen unserer Freunde, die sich regelmäßig in B. einfanden: »Weißt du noch, wie du dir die Augenbraue abrasiertest?«

Das größte Wagnis aus dieser Zeit, an das ich mich erinnere, verbinde ich mit jener Telefonzelle, die bei uns vor dem Gartentor der Villa stand, mit dem Münzfernsprecher in fast schon durchschimmerndem Azur. Hatte ich eine Münze zur Hand, warf ich sie unweigerlich ein und ließ meinen Finger auf der leiernden Wählscheibe eine Nummer wählen, irgendeine, lauschte anschließend einige Augenblicke atemlos der fremden Stimme, die fragte, wer am Apparat sei, und ich legte dann auf, ohne etwas gesagt zu haben. Manchmal überwand ich mich und redete panisch drauflos, fragte, ob auch sie einen Wasserschaden hätten, wann sie die Bücher zur Bibliothek zurückbringen würden, ob es bei ihnen so gut nach Essen rieche, was es denn zu Mittag gebe. So redete ich mit jenen arglosen Fremden, die sich auf Gespräche mit mir einließen, und wunderte mich, dass sie es taten.

Einmal setzte mir eine ältere Dame ihr Backrezept für den traditionellen Cozonac auseinander; sie hatte über die Jahrzehnte ihre eigene Spezialität aus dem Russenzopf gemacht. Während sie diktierte, fragte sie mich immer wieder: »Hast du das?«

»Ja«, log ich.

Sie werden in allem, was ich Ihnen erzähle, böse Anzeichen sehen, Ankündigungen für das, was folgte. Sie werden sich nach Vorboten fragen, den Vorboten des Schocks, der unvorstellbaren Grausamkeiten, des Todes aller Tode.

Manche von Ihnen werden die Geschehnisse im Kontext jener barbarischen kommunistischen Zeit verstehen wollen, als Folge der vierzig Jahre währenden Diktatur in Rumänien, die einen anderen Menschenschlag hervorgebracht haben soll. Sie werden sagen, man müsse die Geschehnisse zunächst in ihren geschichtlichen und geografischen Bezügen verstehen. Und ich stimme Ihnen zu, gewiss auch aus meiner in gewisser Hinsicht verhängnisvollen Lage. Denn ich bin nicht anders als meinesgleichen, und wenn Sie über meinesgleichen urteilen, urteilen Sie über mich, auch wenn begünstigende Faktoren wie Bildung und der Stand meiner Familie mir durchaus jeden anderen Lebensweg ermöglicht hätten. Ich bin aber geblieben, ging nur kurz ins Ausland und kehrte zurück. Ja, ich schaute wie ein Kaninchen vor der Schlange allem zu.

Ich will Ihnen also von dieser Erfahrung erzählen, redlich und ohne Umstände: Schritt für Schritt auf das zu, wovor mir graut.

Ich habe es damals nicht kommen sehen; und an dieser Stelle fallen mir wie zum Beweis meiner Sorglosigkeit die weißen Kalkstreifen ein, die ich frühmorgens stets so hingebungsvoll auf dem Tennisplatz hinterließ, schmale Spuren, fein säuberlich mit dem quietschenden Einradwagen aus grün lackiertem Blech auf den roten Sand gezogen, das milde Sonnenlicht auf den Armen und in der Nase die harzige Bergluft, die mich betörte.

Wie lange ich anschließend zeichnete und malte! Die Stunden vergingen auf der Galerie, manchmal teilte ich sie mit meinen Freundinnen Tina und Arina, mit denen ich falsche Fingernägel aus Blütenblättern anfertigte – gelbe aus dem Sonnenhut und weiße oder rosafarbene aus den Kosmeen. Oft lagen wir unten im Gras und schauten hinauf, verfolgten, wie die Wolken zu Figuren gerannen, Pferde, die sich auf die Hinterbeine stellten, Ritter mit blankgezogenem Schwert, wir sahen Burgen samt Zitadellen, Fürstinnen mit kugelförmigen Hauben, von deren Spitzen lange Schleier hingen, flatternde Bändel, schnelle Ströme und Wasserfälle, in denen mächtige Baumstämme herabrutschten. Unter keinem anderen Himmel könnte man derartig Heroisches sehen, dachten wir damals, gewiss auch unter dem Einfluss des nationalkommunistischen Geschichtsunterrichts in der Schule, der jahrelang bei den Helden des Mittelalters verharrte, aber auch wegen unseres kindlichen Größenwahns, der unverrückbaren Überzeugung, am richtigen Ort zu sein, für Großes bestimmt.

Wenn ich für mich war, las ich viel, mit Vorliebe die Abenteuerbücher Jules Vernes, Alexandre Dumas' und Karl Mays, und spazierte zwischendurch, die Helden in meinen Gedanken, mit Mamargot und ihren Freunden durch B.

Diese ausgelassenen Spaziergänge will ich zu meiner eigenen Anklage anführen, denn ich habe nichts bemerkt, auch wenn ich aufmerksam wie meine Helden um mich schaute, zu den hängenden Ästen der nahen Fichten, die den Weg zu unserem Haus säumten; oder ich blickte auf die Muster in der brüchigen Rinde, aufgesprengte, herabfallende Krusten. Ja, ich betrachtete damals alles genau, witterte eine Welt voller geheimnisvoller Indizien: Die Musterung der Fichtenrinde würde mir etwas Großes offenbaren, das Geheimnis unseres Daseins – zumindest das eines unermesslich großen Schatzes.

Weiter oben, nach der ersten Wegbiegung, wo man eine riesige Buche gefällt hatte, sammelte ich meine Sträuße aus Zichorie, Ackerwitwenblume und Wiesensalbei und dann auch mit Gelb, Löwenzahn und Tannenklee und der Echten Schlüsselblume, Himmelsschlüssel genannt. Meine geliebte Mamargot, die mich verhätschelte und mich schon damals »eine Künstlerseele« nannte, hielt unzählige Blumenvasen für mich parat, die ich im Winter mit Fichtenzweigen versah. Gemeinsam blätterten wir in einem Album mit Blumengemälden von Ștefan Luchian, mit dem roten Klatschmohn, der so kräftig leuchtete; und Mamargot erzählte mir wieder und wieder vom Leben dieses Blumenmalers, der 1900, mit nur 31 Jahren, zu erlahmen begann und sich den Pinsel an die Hand binden ließ, um weitermalen zu können. Die Krankheit hatte ihn nicht gebrochen, wie auch uns nichts brechen würde, sagte Mamargot.

Und ich lag in ihren Armen und blätterte im Album durch die Bilder mit dem roten Klatschmohn: da, ein Nelkenstrauß mit Klatschmohn, Kornblumen, Feldblumen, Chrysanthemen und Rosen, Ringelblumen und dann auch Luchians berühmte Anemonen. Er hatte zeit seines Lebens nur ein einziges Bild verkauft, an seinen Lehrer, aber auch der Misserfolg brachte ihn nicht vom Malen ab.

Gern betrachtete ich die beiden Musen mit den Blumenkränzen – und ich meinte, dass sie meinen Freundinnen Tina und Arina ähnelten –, auch die *Landschaft nach dem Regen*. Ich fand Luchians Entschlossenheit zu malen stimmig und edel, ebenso die Jahre seiner Krankheit, die er inmitten von Blumen erlebte, und seinen frühen Tod, vielleicht auch nur, weil Mamargot es mir so erzählte.

Ștefan Luchians Haustür soll immer offen gestanden haben, wie eine Kirchentür. Das Öllämpchen unter den Ikonen ließ ihn auch nachts die Konturen der Dinge erkennen. Er konnte sich kaum noch bewegen, als eines Nachts eine dunkle Gestalt zu ihm kam und aus dem langen, schwarzen Umhang etwas hervorholte, ein Instrument, eine Geige. Stundenlang spielte die Gestalt auf der Geige, ohne ein Wort. Und Ștefan Luchian meinte alle Lieder zu erkennen und weinte.

»Warte noch«, soll er der Gestalt hinterhergerufen haben, als sie schon im Gehen war. »Sag mir bitte, wer du bist!«

Da kam die dunkle Gestalt zurück und bückte sich über den sterbenden Maler. »Verzeiht, dass ich einfach so hergekommen bin. Sehen Sie in mir einen Kollegen, der Sie liebt.«

Im Licht des Öllämpchens erkannte Luchian den Komponisten George Enescu.

»George Enescu!«, rief Mamargot mit leuchtenden Augen. »Das war der große Enescu!«

»Aber wo bleiben die Damen des Hauses?« Man rief nach uns. Immer war ein Kommen und Gehen im Haus. Unsere Freunde, die in größerer Zahl anreisten, und dann die Sommerfrischler aus Bukarest oder Kronstadt, die sich in den Villen hier einmieteten, und auch viele Einheimische, manche gar aus den benachbarten Orten. Und alle brachten sie Feldblumen und Rosen und große Fliederzweige und Tannenzweige herbei.

»Schau mal, diese Pracht!«, rief mir Mamargot zwischen Entree und Salon zu. »Wo soll ich noch hin damit?«

Ein wohlbehütetes Geheimnis in unserem Haus war, dass wir jemanden bei den Böcklein im benachbarten Ort hatten, unten im Tal. Die Ställe der Böcklein waren in einem herrschaftlichen Haus untergebracht, das früher den Taufpaten Mamargots gehörte, ein langes Haus mit weißen dorischen Säulen und breiten Fenstern, am Haupteingang eine große Marmortreppe, bei der die Kutschen anhielten und Mamargots Patentante von der Köchin empfangen wurde, denn als Erstes wollte die Dame des Hauses stets erfahren, was es an dem Tag zu essen gab. Da waren noch einige Fotos von diesem Haus, und Mamargot mochte detailreich erzählen, auch vom Akazienwald ringsumher, durch den sie als Mädchen ritt und der von den Kommunisten gerodet wurde.

Wir kannten also jemanden da, aus dem weißen Landhaus, das jetzt eine Böckleinfarm war, und wir nannten ihn Johnny, obwohl ich denke, dass er eigentlich ganz anders hieß. Ich kann mich auch nicht mehr erinnern – falls ich es überhaupt je gewusst haben sollte –, wie wir erfuhren, wann Johnny zu uns kommen sollte. Aber ich weiß noch, dass unsere Freunde an jenem Tag schon früh jenes Lied der Piaf intonierten:

Johnny, tu n'es pas un ange,
ne crois pas que ça m' dérange …

Alle gingen fiebrig umher, geschäftig, und dann sang einer unverhofft, seufzend:

Johnny! Johnny!
Johnny! Johnny!
Si tu étais plus galant,
Johnny! Johnny!
Johnny! Johnny!
Je t'aimerais tout autant.

Und alle lachten lauter als sonst.

Einmal löste ich große Heiterkeit aus, als ich auf die Frage eines Gastes, was ich denn werden wollte, wenn ich groß sei, antwortete: »Die Frau von Johnny.« Da war ich vielleicht acht oder neun.

»Wohl bekomm's! Wohl bekomm's!«, riefen die Freunde und lachten.

»Sicher nicht«, rief Mamargot, und ich kann mich noch an ihren Zorn erinnern, denn sie ärgerte sich nur selten, »sicher nicht die Frau von dem armen Johnny, hört auf mit der Narretei!«

Ich aber sang mir den Johnny-Refrain vor, vor allem wenn ich Tennis spielte. Ein gestöhntes »Johnny!« – Aufschlag, »Johnny!« – zweiter Aufschlag, »Johnny!« – Vorhand diagonal und auf nach vorn, ein lang gedehntes »Oh, Johnny!«: Topspin-Volley! Dass ich einmal die Frau von diesem Johnny werden würde, davon war ich überzeugt. Ja, Mamargot würde mich dann doch dafür bewundern, wie alle andern auch.

Immer öfter dachte ich an diesen Johnny aus dem weißen Herrschaftshaus, ich hatte eine genaue Vorstellung von ihm: Er war groß und schlank, mit nach hinten gekämmten Haaren, langer Nase und vornehm schielend. Er führte die Hände der Damen an die Lippen und verbeugte sich galant. Ich dachte an ihn, wenn ich beim ersten Tau schon um den Tennisplatz rannte, wenn ich mit den noch etwas klammen Fingern über den Leukoplaststreifen auf meinem schwarzen Racket strich, wenn ich im Augenwinkel einen Vogel auffliegen sah, wenn die Wasserpumpe im Hof quietschte und ich ganz allein, ohne meine beiden Freundinnen, bunte Blumenblüten auf die Fingernägel klebte.

Und immer wieder traf mich die Einsicht, dass die Welt voller Botschaften an mich war und dass alle Regungen mich bloß in eine einzige Richtung führten, einer großen Zukunft entgegen, die ich mit Johnny begriff, mit Johnny vom weißen Landhaus.

Irgendwann nahm ich mir vor, Johnny bei seinem Besuch genauestens zu beobachten. Dafür musste ich bis spät wach bleiben, denn er kam immer nur mitten in der Nacht zu uns, das sagte Mamargot. Dass mich jemand weckte, wenn Johnny kam, darum wagte ich nicht zu bitten. Lange wartete ich also am Fenster.

Ich erinnere mich an jene Nacht, sie war schwarz und doch voller Sterne, die Milchstraße ein weißer Hauch, ganz so wie unser vom Mond beschienener Gartenpfad mit den funkelnden Kieselsteinen. Es roch nach Tannenharz und nach der Kühle, die nachts immer aufkam; im Wald rauschte gedämpft der Fluss, ganz nah rief ein Uhu.

Von meinem offenen Fenster aus erblickte ich Johnny im Lichtkegel der Straßenlampe, eine Gestalt mit Hut und dunklem Mantel, aus den Umrissen zu schließen von mächtiger Statur.

Margot kam ihm entgegen, öffnete das Tor und führte ihn durch den Garten.

»Wir haben Sie vermisst«, sagte sie fast schon im Flüsterton. »Ich dachte, Sie haben uns vergessen.«

Ich hörte, wie sie den schweren Schlüssel im Türschloss drehte, im Treppenhaus erklang daraufhin Johnnys Stimme, heiser, sie überschlug sich: »Aber nein, aber nein! Wie kann ich Sie vergessen, was denken Sie von mir? Küss die Hand.«

Ich schlich mich aus dem Zimmer, am nachtblau schimmernden, aufgeklappten Flügel vorbei und dann an einem klobigen Möbelstück, das mit einem schimmernden Laken bedeckt war, sah schließlich, wie unsere Freunde Johnny umringten und ihn in Richtung der Küche drängten. Johnny hatte noch den Hut auf, der alle Köpfe überragte.

»Sie haben uns vergessen, geben Sie es zu!«

»Küss die Hand, aber nein! Ich hatte nur keine Gelegenheit.«

»Ach was! Sie haben uns vergessen.«

»Wie könnte ich Sie vergessen?«

»Ein Glas Wasser?«

»Lass ihn erst mal den Mantel ausziehen.«

Barfuß lief ich zur Küche hin, langsam, ganz langsam auch über die knarrenden Stellen im Parkett. Vor der Küche wurde es unvermittelt kälter.

Jemand jauchzte, eine Frau, und die anderen zischten: »Pssst! Nicht so laut!«

»Zitti, zitti.«

Ich vernahm gedämpftes Gelächter.

Ich erinnere mich an das Licht, zur Decke hin wurde es rötlicher, es schien hinaufzuzüngeln, immer wieder sprangen Schatten dazwischen. Ich bemerkte bald den Dampf ihrer Atemzüge und warmen Körper, ich blickte in die Küche und erkannte die vielen Arme, sehnige Arme, die zu rudern schienen, tastende Hände, die sich zu Klauen verkrampften und ins Fleisch eindrangen.

»Schneller, schneller«, flüsterten sie gemeinsam, und über ihnen stieg eine breite Dampfsäule auf.

Fiebrig rissen ihre Hände an dem Fleisch.

»Das ist ein schönes Stück, schaut her!«

»Und das erst!«

»Ach!«

Inmitten der Freunde mit den fuchtelnden Armen sah ich Johnny, splitternackt und schimmernd, blutverschmiert, ein massiger Körper mit abgezogener Haut.

Brocken um Brocken rissen die Freunde von seinem Körper; von der Brust, vom Bauch und den Beinen. Sie legten alles auf große Teller.

Ich blieb unter der Tür stehen und starrte auf den Mann, der in stummem Erdulden Stück für Stück schmaler wurde und dann schmächtig, unter jeder Fleischschicht war da eine neue Frischhaltefolie, die aufgerissen werden musste, bis die Freunde seinen blassen Körper herausgeschält hatten und seine dunklen, verklebten Haare auf Brust und Bauch zum Vorschein kamen.

Vor ihnen lag ein großer, schmaler Junge mit eingefallenen Schultern, bekleidet mit einer blutigen Unterhose.

Jemand brachte ihm Plastikschlappen, damit er ins Bad gehen und duschen konnte.

»Sollen wir Ihnen wirklich kein Wasser kochen?«

»Nein, küss die Hand, ich muss gleich gehen.« Johnny lachte. »Ich dusche ohnehin nur kalt, das ist gesund.«

So dünn er auch war, er hatte das pausbäckige Gesicht eines Kindes. Mir schien: mit Wangengrübchen.

»Toller Kerl!«, hörte ich die Freunde sagen. »Hut ab!«

In den nächsten Ferien vermisste man Johnny, den Bekannten von der Böckleinfarm, länger als sonst; und dann hörte ich die Freunde sagen, dass ihn eines Nachts im Wald die Wölfe gerissen hätten. Ich hatte nicht verstanden, ob es echte Wölfe waren oder ob man mit Wölfen Securitate-Agenten meinte. Ich fragte nicht nach. Johnny dauerte mich nur.

Eine Zeit lang dachte ich noch an ihn, beim Tennisspielen. Als ein Windhauch die Äste bewegte, schien es mir wahrscheinlich, dass er jederzeit aus dem Wald kommen und mir beim Spiel zuschauen könnte.

»Aber nein, aber nein, wie könnte ich Sie vergessen?«

Bei so manchem Geräusch aus dem Wald hatte ich den Eindruck, es klänge wie ein lang gezogener Ton aus einem Akkordeon: »*Johnny, tu n'es pas un ange …*«

Doch allmählich dachte ich kaum mehr an ihn.

II

Die lechzende Ziege

Nach der Diktatur, bald nach 1989, wurde die Villa an uns zurückerstattet. Margot ließ das Schildchen mit der Gravur »Villa Diana« auswechseln, neu stand da nun in geschwungener Schrift »Villa Aurora«. Da es in B. noch keine Müllabfuhr gab, verbannte sie den Kommunistenkitsch, wie sie das nannte, in den Keller und richtete sich rustikal ein, hauptsächlich mit Biedermeiermöbeln, orthodoxen Ikonen, dem großen Spiegel in der Silberfassung, den türkischen Säbeln und arabischen Tellern ihres reiselustigen Vaters und mit Gemälden, in denen das rumänische Landleben abgebildet war. Nicht selten lobten die Freunde ihren ausgesuchten Geschmack und sagten, sie habe stilvoller eingerichtet als damals Königin Maria das nahe gelegene Schloss Bran.

Unsere Freunde huldigten ihrem Hang zu Komplimenten, und auch Mamargot war stets großzügig und darauf bedacht, ja erpicht, das Feierliche zu pflegen.

»Du siehst fantastisch aus, Margot!«

»Und du erst, meine Liebe, du bist superb! Seid ihr gut gefahren?«

»Es geht so, die Straßen sind ein Graus, aber dein Kurort hier ist ein Traum. Arkadien!«

»Arkadien ist es erst jetzt, mit euch!«
»Diese Luft, als würde man zum ersten Mal atmen!«
»Ja, herrlich! Und hörst du die Vögel?«
»Was sind das für welche?«
»Mauerläufer.«
»Die sind hinreißend!«
»Nicht wahr? Lass uns im Garten auf sie trinken!«
Der Garten vor dem Haus war immer in Blüte, zwei Stauden Flammenblumen, Hortensien, Dahlien, überall Rosen, rote, gelbe, darunter die stark duftenden Damaszener-Rosen, alles blühte durcheinander, der Ysop, der Thymian, Estragon und Johanniskraut. Und oft kamen Nachbarinnen des Weges und riefen am Tor: »Ich pflanze das kurz bei Ihnen und bin gleich wieder weg« – und Mamargot warf ihnen eine Kusshand zu, auf ein Glas Wein und ein Stück Cozonac müsse man aber schon noch bleiben, um das neue Pflänzchen zu feiern, der Cozonac sei von Capşa in Bukarest, den müsse man gekostet haben!

Ich habe Mamargot nie im Garten jäten gesehen; manchmal erledigte das ein Gast, der plötzlich Lust dazu verspürte, oder eine Nachbarin, die nur kurz vorbeischauen wollte.

»Es wächst doch alles sehr schön so«, sagte Mamargot und freute sich auch über das Unkraut, wenn es blühte, und über die Mariendistel mit dem violetten Kopf.

Im Garten bei den Fliedersträuchern stand der Gartentisch mit den beiden Bänken, wohin ein Kiesweg führte; daneben die Wasserpumpe mit den drei Holzeimern, in denen wir Wassermelonen und die Getränkeflaschen kühlten. Tagsüber hörte man die Wasserpumpe öfters gehen, das metallene Quietschen wurde mir zum vertrauten Geräusch, so lieb wie das Stimmengewirr der Gäste.

»Am besten schlafe ich ein, wenn ich im Bett die Stimmen der Gäste draußen gerade noch höre«, soll ich als Kind gesagt haben, denn das wurde hin und wieder von den Gästen erwähnt, wenn sie uns für die Gastlichkeit lobten. Ich käme ganz nach meiner begnadeten Großtante.

»Zu Hause ist man da, wo man Gastgeberin ist«, sagte Mamargot und unterhielt regen Besuch, wobei sich die eine, etwas aufdringliche Nachbarsfrau, Sanda, irgendwann zu ihrer Zugehfrau mauserte.

Ich will gleich zugeben, dass mir Sanda unheimlich war. Wegen ihrer fehlenden Backenzähne hatte sie eingefallene Wangen, was ihr, wenn sie zu Mittag mit mir im Garten saß, böse Schatten übers Gesicht zeichnete. Sie war keine zwanzig mehr, als sie zu uns kam, aber sehr gestreng, witterte überall Böses und Betrug, vor dem sie uns bewahren wollte. Mamargot nannte sie »meine Treue« und »Fräulein Sanda« und siezte sie, was Sanda sehr genoss, manchmal sah ich sie dabei aufzucken vor Freude.

Während draußen im Garten die Wasserpumpe quietschte und die Gäste redeten und lachten, saß ich auf der Galerie unseres Hauses in der Sonne oder im Schatten oder auf der Linie, die das Licht vom Schatten trennte. Ich sehe mich mit großer Hingabe zeichnen, in allen Gymnasialferien. Ich zeichnete mit Stiften, die kleiner wurden und immer kleiner, bis ich nur noch einen Stummel hielt. Die Hand ganz nah überm Blatt, fast wischte ich mit dem Zeigefinger darüber – und doch fiel es mir schwer zu glauben, dass ich es war, die da malte.

Ich schaute auf und sah alles gestochen scharf, zu meiner Rechten die Berge mit ihren grauen Maserungen, den hellgrünen Abhängen, Heiden, gezackten Tannenketten und auf den Felswänden vereinzelt einen geneigt wachsenden Baum, am Fuße dann der dichte Mischwald, worin manchmal die Buchenblätter rauschten und dabei wie kleine Spiegel glitzerten.

Unser so bunt bewachsener Garten und der Weg, der von unserem Tor hinauf zu den Hügeln führte – auf denen die Kühe und die Pferde weideten –, trennten den Wald von den paar herrschaftlichen Villen, den unförmigen Feldparzellen samt Schober und den kleinen Wirtschaften der Einheimischen, Höfe voller Hühner und Gänse und Truthähne, Hunde und Katzen, mittendrin niedrige Häuser mit rostigen Blechdächern.

Ich sah hin, und ich konnte die Freude wieder fühlen, die mich damals beim Betrachten dieses fröhlichen Vorhandenseins überkam, die Überzeugung, so sehe die Ewigkeit aus, das Paradies. Denn in B. habe ich mich zum ersten Mal verliebt, und ich ging im Ort umher und schaute auf alles mit verzücktem Blick.

Die Welt schien hier eng zusammengerückt, alles war mir nah und zugewandt; und überall das aufblitzende Licht durch die hohen Tannenzweige und der so vertraute Weg voller versengter Kuhfladen, die blassgrünen Lattenzäune und natürlich die Menschen selbst, die, so schlicht sie vielleicht sein mochten oder gerade deswegen, urtümlicher ans Leben gebunden schienen, tiefer empfindend, wahrhaftiger möglicherweise: wie in den Gemälden von Nicolae Grigorescu, die mich Mamargot lieben lehrte.

Ich kannte alle jungen Leute im Ort, und alle kannten mich – und sie brachten mir das Mähen mit der Sense bei und ließen mich die Kuh von der Weide holen, wobei die Kühe den Weg zurück auch allein fanden, und ich kletterte in Bäume und sprang ins Stroh und ging zuweilen barfuß umher, einmal selbst im Regen. Wie frei ich mich damals wähnte! Und wenn ich meinen Freunden im Ort etwas erzählte, sprach ich wie sie, in kurzen Sätzen, fing jeden Satz mit »also« an, und manchmal erzählte ich auch willentlich etwas wirr.

Ich könnte Ihnen von meinen Liebesgeschichten in B. erzählen – doch meine Erinnerung daran ist überlagert von jener großen, empörenden, mich fassungslos und innerlich nackt zurücklassenden Geschichte mit … dem Fürsten.

Von dem Fürsten und dem Leid, das mit ihm über uns kam, das qualvolle Sterben, das unvorstellbare Grauen, die Rache.

Damit Sie eine Vorstellung bekommen von dem, den wir in unserem Unwissen heraufbeschworen, habe ich die Kopie eines Gemäldes für Sie heraufgeholt: das berühmte Bildnis des Fürsten Vlad des Pfählers, den Sie als Dracula kennen.

Vlads Gesichtszüge sollen angeblich auf eine grausame Veranlagung hinweisen. Aber sehen Sie genau hin! Ich erkenne nur den verlegenen Ausdruck, den er hier zeigt, Ausdruck eines großen Unbehagens. Gemalt wurde *Fürst Vlad der Pfähler vom Rumänischen Land* irgendwann zwischen 1462 und 1475 während seines längeren Aufenthalts in Visegrád beim ungarischen König Matthias Corvinus Vlad war dort in Wahrheit ein Gefangener, doch wurde er behandelt wie eben ein Fürst, als eine Art Freund des Königs, er bekam auch dessen schöne Cousine Ilona Szilágyi zur Frau.

Und wenn osmanische Boten kamen, wurde er vom König auf einem kleinen Stuhl gleich beim Thron platziert, um die Ankömmlinge gehörig zu erschrecken. Kerzengerade saß Fürst Vlad auf seinem kleinen Stuhl, schreiben die ungarischen Chronisten, und die Boten der Muselmänner schauten mit großen Augen auf ihn; im Osmanischen Reich nannten sie ihn »Kazikli Bey«, das hieß »Prinz Pfahl«.

Auf dem Gemälde ist er in seinen Dreißigern abgebildet, mit langem, schmalen Gesicht und hohen Wangenknochen, geradezu feminin, umrahmt von dunklen, über die Schulter fallenden Locken. Der Teint ist blass, die Augen groß, Vlad ist nachdenklich, vom Betrachter abgewandt, seine Augenringe scheinen schon länger zu bestehen. Die strichdünne Brauenlinie, über die Augen geschwungen, zieht sich abrupt hinab zu der Adlernase mit den aufgeblähten Nasenflügeln; zwischen Nasenspitze und dicker Unterlippe ein läppisch eingeklemmter Schnurrbart, der sich karnevalesk gewölbt über sein Gesicht zieht, von einer hohlen Wange zur anderen.

Die fürstliche Aufmachung Prinz Pfahls verstärkt noch den Eindruck seiner noblen Fragilität: Ein zarter Goldkragen steht offen um den langen, weißen Hals, während der eng fallende rote Samtmantel mit dem breiten Zobelfellkragen auf eine doch eher zarte Statur schließen lässt. Indes prangt auf der roten Samtmütze mit den Perlenschnurketten mittig, in der Verlängerung der Nase, eine keck aufgerichtete Reiherfeder, gefasst auf der Stirn von einem prunkvollen Schmuckstück, einem Goldstern mit großem Rubin, darüber, einen Halbkreis beschreibend, fünf große Perlen. Der Rubin auf dem Goldstern will zu dem roten Bojarenmantel mit den goldenen Knöpfen passen. Wenn man genau schaut, stehen die klobigen Knöpfe auf der Brust in einer leicht abfallenden Linie, als würde er gerade Atem holen. Das alles schimmert im Kerzenlicht: die glatte Haut, der weiche Samt, die langen Locken, deren paar herausgekräuselte Strähnchen man zurechtstreifen möchte, das geschmeidige Zobelfell, die Knöpfe aus Goldzwirn und der Lüster der Perlen.

Einzig die Reihenfeder stellt eine unerbittliche Gerade im Bild dar – sie wurde noch knapp vor dem oberen Bildrand gestutzt.

Es ist das Gemälde eines unbekannten deutschen Malers, und ich versuche, mir vorzustellen, wie ein anderer Maler jener Zeit den Fürsten Vlad dargestellt hätte, beispielsweise ein italienischer Renaissancemaler wie Antonello da Messina, den die posierenden Menschen so unverwandt anschauen konnten. Überhaupt wäre Fürst Vlad mit seiner nervösen Zerbrechlichkeit und den dichten langen Locken ein ausgesuchtes Botticelli-Motiv gewesen; welchen Vlad hätte uns erst Leonardo da Vinci gezeigt?

Schade, dass Fürst Vlad von dem mäßig begabten, konventionellen Maler porträtiert wurde! Wobei man hier einwenden kann, dass das mäßig Begabte, Konventionelle auch in Fürst Vlads Entourage Urständ feierte, in der nicht Beherztheit, sondern die getreue Ausführung von Befehlen gefragt war. Und auch der Fürst pflegte jenseits der Kriege, in die er hineingeboren wurde und die er weiterführte, jenseits der Kampfplanungen und Allianzen kaum Kontakte mit Künstlern und Gelehrten. Auch vor und nach seiner Gefangenschaft in Visegrád, als Fürst des Rumänischen Landes, blieb er in einer engen Welt und sah sich – auch deswegen – immer enger umzingelt.

Nun will ich Ihnen aber die blutrünstige Geschichte erzählen, die sich in B. zugetragen hat; ich rufe ihn als Zeugen auf, meinen Vorfahren Vlad den Pfähler, dessen Blut in meinen Adern fließt.

Ich habe mit meinem Bericht über Dracula gewartet. Das liegt daran, dass ich die fürchterlichen Geschehnisse – für die ich lange Zeit Erklärungen gesucht hatte – erst spät mit meinem nächsten Umfeld in Verbindung brachte. Das ist, müssen Sie zugeben, ein verständlicher Skrupel. Und doch, denke ich heute, lässt sich ohne wahrheitsgetreue Augenzeugenberichte, auf deren Grundlage Sie und unsere Nachkommen womöglich eine Mitschuld der Zeugen selbst erkennen können, kaum etwas von der Geschichte verstehen. Übrig bliebe nur eine beunruhigende Ahnung, wirr und dumpf wie ein Aberglaube. So will ich denn die Wirrnisse um die Dracula-Legende in B. ein für alle Mal klären.

In meiner Kindheit sprach man in Rumänien nur von einem ganz bestimmten Graf Dracula – und das war der das Volk aussaugende Diktator Nicolae Ceaușescu.

Nach dem Ende seines vermaledeiten Regimes war das rumänische Volk in gewisser Weise frei und hatte die Wahl, und viele meinten, es gelte, sich auf die wahren Werte von einst zurückzubesinnen. Das Wort *Tradition* war in aller Munde – und solange es noch um die, was auch immer das sein mag, europäische Tradition ging, gab sich die Tafelrunde besonnen; sobald man aber über die nationalen Überlieferungen sprach, stieg allen das Blut in den Kopf. Ein jeder wähnte sich im Besitz der wahren, unverfälschten rumänischen Tradition und warf sich in die Brust, ihr legitimer Erbe und auserkorener Hüter zu sein, so schwach die Brust auch sein mochte.

Auch eine sonst besonnene Städterin wie Margot blieb nicht unberührt von diesem allgemeinen Feiern des Volkstümlichen, auch wenn ihr Interesse daran vor allem dem

Feiern selbst galt sowie dem urwüchsig Ausgefallenen, mit dem sie ihre Gäste zu unterhalten wusste. So verbrachte sie immer mehr Zeit in B. und erzählte allen, dass man hier auf dem Land immer noch so leben könne wie früher, weit weg von der Hektik in Bukarest und der *Basse-Classerie* der neuen Politikerklasse, und dass man sich hier – eben traditionsgemäß – weiterhin prächtig amüsieren könne.

Ich verbrachte alle meine Ferien in B., die ganze Schulzeit lang, und wenn ich zurückdenke an diese Zeit, fällt mir gleich dieser berühmte Satz ein: »Damals hatte die Zeit noch so viel Geduld mit mir«, obschon ich nicht mehr weiß, von wem dieses Zitat stammt.

Ich las hier *Das große Buch der Volkslegenden*, malte Bilder historischen Inhalts, vor allem ahmte ich Theodor Amans *Nächtliche Schlacht bei Fackellicht* nach und glaubte fest an die Prophezeiung des Malers, die ich auch jetzt noch, viele Jahre später, wortwörtlich wiedergeben kann: »Die große Kunst wird die historische sein, derart geschaffen, dass jeder an ihrer Bedeutung mitwirken kann, eine Malerei, die, indem sie an früheren Ruhm erinnert, Kraft und Glauben für die Zukunft einflößt.« Ich las also und malte und war im Hochmut meiner jungen Jahre der festen Überzeugung, zu einer Ausnahmekünstlerin und ebenso großen Patriotin heranzuwachsen.

Begeistert blieb ich vom Tennis, und ich spielte mit unseren Gästen lange Partien – unendlich lange Partien, denn immer war der Bessere großzügig und ließ den Mitspieler aufholen.

Und doch meine ich, die längste Zeit dieser Ferien mit meinen Freunden aus dem Ort verbracht zu haben. Ich ging auf ihre Höfe oder begleitete sie auf die Hügel, oder wir liefen durch den Wald und dann hinunter zum Fluss hinter der Weberei, warfen Steine ins Wasser und schritten zum anderen Ufer hin: eine Mutprobe – keiner der Freunde konnte schwimmen. Wir überquerten den Fluss Hand in Hand, damit ich sie, würden sie ins tiefe Wasser geraten, sofort hätte retten können. Und wenn wir Hunger hatten, suchten wir Haselnüsse und Beeren oder bedienten uns in fremden Gärten von den meist tief hängenden Äpfeln.

Ich meine, dass Fräulein Sanda davon wusste, denn sie war immer zugegen, wenn ich zurückkehrte, und sie schnalzte mit der Zunge, damit ich mich um ihre Meinung über meinen Umgang kümmerte, eine natürlich überaus schlechte Meinung.

Übrigens machte ihre Strenge sie viel älter, als sie war. Die jungen Leute hier hätten alle keine Schule besucht, sagte sie meiner Mamargot, da sei keine Schule im Ort, und in den benachbarten Ort würden sie auch nicht gehen. Für die Feldarbeit seien sie zu faul, täten den ganzen langen Tag nichts, und am liebsten würden sie alle so leben wie wir. Die Leute würden uns von Herzen beneiden – blind seien wir, dies nicht zu bemerken, sagte sie, wir müssten hier sehr, sehr gut aufpassen.

Überhaupt berichtete uns ein zufriedenes Fräulein Sanda immer dann von den Leuten, wenn wieder ein Freund von mir ausgewandert war, nach Spanien oder Italien. »Ein Krimineller weniger«, zischte sie, »Gott sei Dank.« Und tatsächlich fand ich den Ort Jahr für Jahr verlassener vor, geradezu verwaist. Einer nach dem anderen gingen sie weg, meine alten Freunde, einer zog den anderen in die Fremde nach, alle Jungen oder halbwegs Jungen, irgendwann auch alle Kinder.

Es wurde still in B., und als ich als Studentin der schönen Künste zurückkam, blieb ich meist auf der Galerie des Hauses oder im Garten sitzen, allein, zeichnete und las, vor allem Biografien getriebener, einsamer Maler, die »feine Seismografen ihrer Gesellschaft« waren, wie das zum Beispiel über den Norweger Edvard Munch gesagt wurde.

In jener Zeit hatte sich mein Bild von Fräulein Sanda verfestigt, es ist ein tatsächliches Bild mit ihr als Subjekt entstanden, *Mensch im Ziegenkostüm*, meine Abschlussarbeit und die erste Tuschezeichnung, überhaupt mein erstes Werk, das ich losschlagen konnte, und zwar gleich bei der großen Auktion im Nationaltheater in Bukarest.

Aus dem Erlös hätte ich ein Haus in B. kaufen können, es standen ja viele zu Spottpreisen zum Verkauf, aber was hätte ich mit einem Haus anstellen können? Ein Atelier einrichten? Am liebsten malte ich auf der Galerie unseres Hauses. Nein, es tat mir schnell einmal leid, das Bild verkauft zu haben.

»*Tza, tza, tza, du holdes Tier,
Steht der Wolf schon hinter dir!*«

Das kreischte der Männerchor, während eine Person im Ziegenkostüm dazu durch unseren Hof sprang und mit einer hölzernen Schnauze, die ihr über dem Kopf zu stehen kam, heftig klapperte.

»*Tza, tza, tza, du holdes Tier,
Steht der Wolf schon hinter dir!
Tza, tza, tza, ihr armen Ziegen,
Schon sehr bald wird er euch kriegen!*«

Die Ziege strauchelte, wand sich maulklappernd zu jedem Zuschauer torkelte und fiel zu Boden, wo sie sich im letzten Krampf wälzte, rhythmisch, den Versen ihres beschriebenen Schicksals folgend. Sie starb kläglich, aus Angst.

Aber kaum reglos geworden, sprang sie schon wieder auf die Beine und hüpfte herum, eine gebuckelte Ziege auf zwei Beinen, und der Chor rief ihr in Reimen zu, es sei bekannt, dass sie einen Ziegenbock suche und nach Zucker lechze – und wenn sie das höre, wache sie auch von den Toten auf.

Es handelte sich um den traditionellen Ziegentanz zur Vertreibung der bösen Geister. Wir gaben den alten Männern Schokolade, Nüsse und Geld, wie früher den Kindern, und ihr Anführer lüftete die Mütze und sagte: »Das wär's dann, die Herrschaften, die bösen Geister sind hier weg.« Und dann gingen sie, die kleine Gruppe alter Männer mit ihrer Ziege, und es gab kaum noch bewohnte Häuser im Ort, zu denen sie mit dem Ziegentanz noch hinkonnten.

Anfangs kamen die Jungen noch für den Urlaub zurück, um mit dem Geld, das sie im Ausland verdient hatten, ihre eigenen Häuser zu bauen – zwei-, dreistöckige Gebilde auf den Parzellen ihrer Eltern.

»Die Italiener kommen!«, freuten sich dann die Alten, und sie schlachteten die Truthähne und die Gänse und die Hühner und was sie sonst noch hatten.

»Für wen, wenn nicht für die Kinder?«

Und auf den Höfen wurde zwei Wochen lang gegrillt und getrunken und gesungen und nach den Enkelkindern gerufen: »Giovanni, Matteo, Chiara, Francesca ... Essen ist fertig! Mangiare! Comer! Andale!« Und während die einen auf den Baugerüsten arbeiteten, grillten die anderen weiter, blaue Rauchwolken stiegen über dem Ort auf, und Stereoanlagen dröhnten mit ihren Lautsprecherboxen.

»Und wisst ihr noch, dieses Lied?«, schrien sie.

»Ach ja, das haben wir so vermisst!«

»Und diesen Tanz?«

Und der Opa sprang auf und schrie verzückt: »Komm, Alte, zeigen wir den Italienern, wie man bei uns tanzt!« Woraufhin das alte Paar zu einem Volkstanz ansetzte, mit Sprüngen und Gestampfe, sodass der Staub aufwirbelte. Und andere kamen sofort herbei, und auch vom Baugerüst stiegen alle herunter, jauchzend, und drehten mit den Alten im Kreistanz, immer schneller und schneller, bis in Stößen gejauchzt wurde. Und dann machte der Sohn seine kunstvollen Luftsprünge von früher und öffnete den Kreis, führte alle umschlungen aus dem Hof, mit schnellen Schritten und lautem Gejauchze. Sie lehnten einander den Kopf an die Schulter: »ihr dachtet wohl, wir hatten es vergessen?« Und so tanzten sie den Weg hinauf, damit auch die Nachbarn mitkamen, immer weiter den Weg hinauf – bis ich sie aus den Augen verlor.

Auf der Galerie im ersten Stockwerk ließ Margot abends das Trichtergrammofon ihres Vaters herausbringen und legte die Enescu-Platte mit den *Rumänischen Rhapsodien* auf, und wir lagen bis spät in der Nacht auf den Ottomanen und gaben uns der Musik hin, neben uns ein silbernes Tablett mit Marmelade aus den Rosen im Garten und ein Glaskrug mit kaltem Bergwasser aus der Gartenpumpe. Wir hörten berauscht diese abwechselnd ungestümen und wieder sehnsüchtigen Jauchzer und Seufzer im harmonischen Orchesterarrangement, folkloristische Miniaturen des wunderbaren

George Enescu. Enescü, wie ihn die Pariser genannt haben mögen.

Ich solle mich in meiner Malerei der Elemente aus der rumänischen Folklore bedienen, riet mir Mamargot dringend. Das tat ich denn auch, aber anders, als es ihr – und vielmehr unseren Freunden – lieb war: nicht mit der Überhöhung arbeitend, sondern mit dekonstruktivistischer Verve, manchmal sogar mit karikaturalem Zugriff.

Indessen wurde auch B. immer weiter anders, als Margot und ihre Begleitung bereit waren ihren geliebten Ort ländlicher Idylle zu sehen. Die Jungen kamen nur noch alle zwei Jahre und nur mehr kurz her, und schließlich führte sie ihr Weg gar nicht mehr nach B., während das von ihnen Errichtete allmählich verfiel, bis auf die hohen Betonmauern, die auf die Elternhäuser einen kalten Schatten warfen.

III

Heimkehr, die Angst

Nach dem Masterstudium an der Académie de la Grande Chaumière in Paris fuhr ich zurück zu Margot nach B. Ich gelangte mit dem Zug über Ungarn, das gerade Mitglied der Europäischen Union geworden war, nach Rumänien, das drei Jahre später aufgenommen werden sollte.

Es war nicht allein meine Sehnsucht nach der geliebten Großtante, die mich aus Paris direkt nach B. führte. Sie werden es sich nicht vorstellen können, aber für mich war B. ein Zuhause.

Ich meinte B. von allen Orten am besten zu kennen, und zuweilen hatte ich mich dabei ertappt, wie ich B. an anderen Orten suchte – die Schatten der Bäume spielten auf unserem weißen Haus, die glasklare Luft, darin ein vorbeiziehender Dunst, im Gras die gelben Himmelsschlüssel, die Pfiffe der kleinen Mauerläufer, in hohen Tönen dieses gerollte R, als riefen sie ständig nur: »Hier rollt man das R, hierrrr rrrollt man das Rrrrr …«, Pfiffe wie schwebende Schallsäulen über meinem Kopf, den ich immer aufrichtete.

Ja, in B. war ich immer so aufrecht gegangen, hinaufschauend zu den großen Fichten entlang des Weges, betört von der fast unmerklich langsamen Bewegung ihrer hängenden

Äste, ein Fließen durch die Zeit, das ich aber raschelnd vernahm, denn hier war der Ort, wo ich im richtigen Augenblick hinschaute, mit vertrautem Blick.

Ich kehrte also heim. Mit dem Schwung, den einem neues Wissen und gute Erlebnisse verleihen, fühlte ich schon die vielen Bilder in mir und die vielen Ideen, die in diesem mich weitaus mehr als alle anderen Orte der Welt inspirierenden B. reifen würden.

»B. ist eben dein Tahiti«, sagte auch Mamargot.

Und tatsächlich hatte ich in Paris einige Bilder von B. im Stil Gauguins gemalt, mit dominanten Farben »à plat«, Blau und Grün und alles nah, und ich hatte sie Mamargot mit der Post geschickt.

Meinerseits hatte ich von ihr einen ganzen Stapel Briefe empfangen, mit hellblauer Tinte in ihrer nach vorn geneigten Schrift, mit großen Schnörkeln, weiten Girlanden und diesen hochfliegenden i-Punkten: heitere Berichte aus B., hauptsächlich Anekdoten von ihren Gästen, ihre Reaktionen auf meine Bilder oder aber Tiergeschichten über die Füchse, die Hibiskus fressen, oder die Erzählung von dem einen großen Bären, der an manchen Abenden den Hauptweg herunterpurzelte.

Am Busbahnhof des benachbarten Ortes holte mich Mamargot mit ihrem Auto ab.

»Willkommen zurück auf Tahiti!«, rief sie und umarmte mich stürmisch. Sie war schmaler geworden, sehnig, doch stand sie kerzengerade, und ich bewunderte, wie gut sie mit den vollkommen ergrauten Haaren aussah, sie passten zum gebräunten Teint.

»Die Bergluft«, sagte sie nur. Höchste Zeit, dass auch ich mich hier sonnte und frische Luft schnappte, sagte sie.

Sie trug die roten Lederhandschuhe, die sie zum Autofahren überstreifte, und begann sogleich, von den Gästen zu erzählen, die ich nun treffen würde.

Das Auto fuhr über die Schlaglöcher und schaukelte wie ein Boot auf rauer See, wie hatte ich die Schläge und das Rütteln vermisst. Margot zählte heiter unsere im Haus anwesenden Freunde auf. Ich sah zu ihr und dann an ihr vorbei aus dem Seitenfenster, auf die grauen, tief hängenden Wolken, woraus hier und da die Spitzen der Karpaten lugten, jene Anordnung von Waldbändern und Felswänden, die ich so gut kannte. Und immer weiter gebannt schaute ich hinauf, um nicht auf die trist gewordene Landschaft hier unten zu blicken, versengtes Gras und tiefe Sträucher, in denen aufgeblähte Plastiktüten flatterten, umgekippte Zäune, über Straßenzeilen hinweg, Häuser, deren abbröckelnde Fassade die Ziegelsteine freilegten, ausgehobene Fundamente und Tümpel und überall Betonruinen, zwei-, dreistöckige Rohbauten, deren rostige Armierungen aus dem Beton ragten wie im Krampf versteifte Phalangen.

Die Gegend sei hier nicht mehr ganz so wie früher, sagte Margot. Der Kommunismus habe die Menschen verstümmelt, ihnen jeden Sinn für das Schöne und Gute genommen.

»Schau dich um«, sagte sie, »so sieht es aus, wenn man die Armut nicht demütig erträgt, mit reichlich Anstand. Die haben sich eigensinnig in dieses protzige Elend gestürzt.«

Wieder heiter, fügte sie hinzu: »Das lässt sich vortrefflich malen!« Andere müssten weit reisen, um solche Sujets zu finden, ich könne hier einfach nur abmalen. »Bilder, die starke Emotionen wecken, preiswürdige Bilder!«

Wir lachten.

Ein alter Mann trieb eine Gans von der Straße und winkte uns freundlich zu.

»Willkommen in B.« stand in blauen Lettern auf einem mannshohen Schild, darunter: »Partnerstädte: Bursa, Cetinje, Djerba, Moissy-Cramayel, Ilyichevsk, Ohrid«.

Vor unserem Haus drückte Margot auf die Hupe wie für eine Hochzeit, und die Gäste strömten heraus. Ich wurde mit großem Jubel empfangen, drinnen gab Geo den Radetzkymarsch.

Wir tranken Champagner zum Auberginensalat, den ich so mochte, frischen Auberginensalat auf Toast, dazu diese großen, mehligen Tomaten. An allen Wänden hingen statt der türkischen Säbel und der arabischen Teller nun meine Bilder, in weißen, unauffälligen Rahmen, die sie gut zur Geltung brachten. Meine geliebte Mamargot! Im Haus roch es nach verbrannter Auberginenschale, und in allen Vasen steckten Feldblumen. Zudem hatte Mamargot in alle Kerzenständer rote Kerzen gesteckt, um sie am Abend anzuzünden.

Als es am späten Nachmittag zu regnen begann, entsprach das meiner Stimmung. Ich ging hinaus auf die Galerie unseres Hauses und schaute über die graue Landschaft, betrachtete die tiefgrauen Rinnsale, die sich über Baumstämme und Hausfassaden zogen – sie erinnerten mich an Gitterstäbe in Gefängnissen. Wasser floss auf dem aufgesprengten Asphalt den Weg hinunter, der dadurch dunkler und dunkler wurde. Die alte Straßenlaterne vor dem Nachbarhaus war zwar noch da, aber sie ging nicht mehr an.

Früher hatte ich es abends immer nur im gelben Lichtkegel dieser Laterne regnen gesehen, zuweilen auch stürmen oder schneien, in großen Flocken. Und mir war, als löste sich dieses Damals endgültig von mir. Damals, als alle Niederschläge ihre Feierlichkeit hatten und eine angemessene Bühne. Jetzt regnete es gleichgültig.

Am Wegesrand, auf dem Ast einer Buche, saß ein schwarzer Vogel mit gefalteten Flügeln und ließ es auf sich regnen. Es regnete und regnete mit einem stetigen Rauschen. Und seltsame Schuldgefühle stiegen in mir hoch, darüber, dass ich so lange weg war und jetzt nicht mehr mit der nötigen Zuneigung auf diesen Ort schaute.

Am nächsten Morgen hatte der Regen aufgehört, die Sonne glänzte, und ich sah aus dem Fenster meines Zimmers Fräulein Sanda, wie sie mit dem Schleppnetz über den Tennisplatz ging und den roten Sand für mich ebnete. Ich schaute ihr zu, wie sie von links nach rechts und zurück ging, unbeirrt wie immer, und als sie damit fertig war, sah ich sie auf den hohen Schiedsrichterstuhl steigen, um von dort aus ihre Arbeit zu begutachten.

Von meinem Fenster aus rief ich ihr zu: »Fräulein Sanda, ich danke Ihnen! Danke!«

Und ich fühlte eine unerwartete Nähe zu ihr, eine Dankbarkeit womöglich, darüber, dass ich immerhin noch sie antreffen durfte, wie zur Bestätigung meiner so schönen Kindheit und der doch so lächerlichen Ärgernisse mit ihr.

Ansonsten war mir B. auch jetzt bei strahlendem Sonnenschein fremd, fast unkenntlich geworden, auch wegen der Veränderung seiner Dimensionen: Das Gras auf den meisten Höfen war so hoch wie ein Kind, die Häuser schienen dunkler und geschrumpft, hier und da lag ein verrosteter Eimer, ein vergessener Rechen lehnte am Gartenzaun, einige mir liebe Zäune gab es gar nicht mehr, auch nicht den Holztisch im Garten meiner geliebten Freundinnen Tina und Arina.

»Adieu, notre petite table«, sang ich zur Aufheiterung vor mich hin und lief an den Höfen vorbei, die nun, ohne Zaun, eins waren mit dem Weg davor. Der Asphalt der Straße war ausgebeult und aufgesprungen, Wurzeln sprossen hervor, verwelkte und jetzt vom Regen aufgedunsene Gräser.

Am Abend setzten wir uns bei blühendem Flieder um den Gartentisch, und ich musste allen von Paris erzählen, von meinem Studium, von den Ausstellungen und von dem »P'tit Déj« mit Kaffee und Croissant auf einem dieser Stühle, die wie im Kino zur Straße hin ausgerichtet sind. Und die Gäste riefen entzückt, da sei ich sicher im »Les Deux Magots« in Saint-Germain-des-Prés gewesen, und ich sagte: »Ja«, ihretwegen, »ja, natürlich!« Und auch wenn das Interesse unserer Freunde echt war und mein Bericht dank ihrer Fragen lebendig, setzte mir das doch wieder zu, besonders weil wir von »dort« und von »hier bei uns« sprachen. Wo war ich denn noch hier bei uns?

Dann flog im Garten eine Gruppe Mauerläufer auf, deren kleine Körper vom rollenden R bebten. Und die Freunde riefen aus: »Hört ihr die Mauerläufer? Wie schön sie singen! Stoßen wir auf diese wunderbaren Vögel an! Wo habt ihr den Champagner versteckt? Wurde er überhaupt kalt gestellt?«

Ich aber fühlte mich elend und müde.

Später, in der Abenddämmerung, flogen aus den Bauruinen Fledermäuse, unzählige, sodass es sich anhörte wie das Blubbern eines Flusses. Und dann schossen sie einzeln an mir vorbei, sie brachten Unruhe, sie schlugen spitzwinklige Haken, um von einer anderen Seite wieder aufzufliegen.

Margot und ihre Gesellschaft lachten darüber. »Huch«, riefen sie, wenn eine Fledermaus an ihrem Gesicht vorbeiflog. Und sie schienen sich wie früher zu amüsieren, als sie an noch früher dachten.

Am nächsten Tag werde ich wieder abreisen, sagte ich mir. Ich würde sagen, dass ich dringend in Paris erwartet würde.

Den Schrei, von dem später die Rede sein sollte, jenen blutgefrierenden Schrei hörte ich schon in der ersten Nacht. Als ich im Bett aufschrak, war es aber vollkommen still, obschon im Nachhinein Margot und unsere Gäste behaupten sollten, sie seien ebenfalls wach geworden und hätten hinausgeschaut. Der Schatten des Zaunes und auch die Tannen standen reglos, und auf allem lag eine Schwere, als würde das Mondlicht alles erdrücken, unsere Blumen, den zerfurchten Asphalt, die wilden Sträucher am Wegesrand und alle Nachbarhäuser mit den weißen Bauruinen im Garten.

Ich stand am offenen Fenster und schaute hinaus, suchend nach dem, was sich aufdrängen wollte. Ich meinte im hellen Mondlicht jeden Stiel und jeden Halm erkennen zu können und auch die Ritze, die ich als Kind ins Holztor geschnitzt hatte, und allmählich drang dieses Kratzgeräusch zu mir, vielleicht auch ein Echo dessen, und ich horchte.

»Komm jetzt«, sagte ich, »komm heraus, damit ich dich sehe.«

Es blieb still. Nur von jenseits des Waldes rauschte der Fluss, ein endloses Vorbeiziehen der Stille.

Schnell drehte ich den Kopf, damit ich es noch sehen konnte.

Es zog sich zurück, hinter meinen Blick, und blieb auf der Lauer.

Wenn ich es nur sehen würde, hätte ich vielleicht weniger Angst.

Ich drehte wieder den Kopf. Es sollte sich nicht mehr ungesehen herumschleichen.

»Komm jetzt! Komm!«

Und dann sah ich es, unverhofft, als ich mich über den Fenstersims beugte, um die Fensterläden zu schließen. Es huschte an mir vorbei, vom Dach her, eine Kreatur, menschenähnlich, die auf allen vieren die Hausmauer hinunterkletterte, den Kopf nach unten, wie eine Eidechse.

Es war in Schwarz gekleidet, sodass ich unweigerlich auf die weißen Hände schaute, lange, blasse Finger, klauenhaft verbogen. Ich schlug mit der flachen Hand gegen das Fensterglas, und als es sich umdrehte, erkannte ich es.

»Du?«

Es schaute mich direkt an, herausfordernd, und ich rief laut: »Pschscht«, um es zu verjagen wie ein Tier, aber es blieb kurz noch an der Hausmauer haften, sah mich an und verzog das Gesicht zu einem wollüstigen Lächeln.

Es machte den Anschein, als würde es mich anspringen wollen.

Dann zog es aber mit einer windenden Körperbewegung hinab und, wie mir schien, durch eine kleine Bodenritze davon.

Hoch oben, unter dem Dach, brannte unsere gelbe Wachslampe. Anders als sonst flogen keine Nachtfalter herum. Nichts regte sich.

Alles war wieder still.

Ich schloss das Fenster, geräuschvoll, stand aber noch eine Weile davor. Nur sah ich in der spiegelnden Scheibe nicht mehr hinaus, sondern sah mich selbst, wie ich, das Zimmer im Rücken, die Hände im Schoß dasaß und mir alles Unmögliche zusammenfantasierte.

IV

Der Sturz

Der Bergwanderung ging ein spontaner Entschluss voraus. Zwei Tage schon hatte ich auf der Galerie des ersten Stockwerks die Bergspitzen im blauen Dunst gezeichnet. Ich sollte endlich etwas anderes sehen. Ich weiß noch, dass Margot sagte, sie sei zwar ein Laie, aber es scheine ihr fast, als ob ich mit meinen wilden Strichen der Natur meine Sicht von ihr aufdrücken wollte, eine dramatisch viktorianische Sicht. Wir lachten.

Wie gerne hätte ich Mamargots Sicht auf alle Dinge gehabt, ihre so sanfte, zuweilen abgelenkte Art.

Dass ich aber so ganz anders war, bekümmerte mich zuweilen, denn ich empfand das als Verrat an ihr.

Von B. aus gab es keine markierten Pfade, zumindest hatten wir nichts davon gewusst, aber es lag ja an uns, einen schönen Weg zu finden. »*En bonne compagnie nous marchons sur les plus beaux chemins*«, sagte jemand, und wir erkannten das Zitat aus ich habe vergessen, woraus. Eine der Frauen wandte ein, wir hätten keine passenden Schuhe, aber das löste nur weitere Heiterkeit aus – man könne ja am Arm unserer Kavaliere gehen.

Wir zogen also hinaus, eine heiter lärmende Gesellschaft,

die Herren mit Jackett und Strohhüten und die Damen in eleganten Kleidern, die meisten mit Seidenstrümpfen und den Schuhen, die sie auch in der Wohnung trugen. Ich war strumpflos und trug Sandalen. Und ich habe von den Sandalen eine gestochen klare Erinnerung, als wären sie von irgendwelcher Wichtigkeit: Es waren bequeme Riemensandalen der Marke Comme des Garçons in Altrosa. Die gleichen hatte ich auch Mamargot mitgebracht, in Königsblau.

Mamargot drückte meinen Arm und deutete auf unsere Freunde: »Schau! Sie lassen sich so schön malen ...«

An dem Tag dazugestoßen war auch Yunus, der irakische Freund von Geo und Mieter einer seiner Wohnungen in Bukarest – und Geo stellte uns Yunus in hochtrabenden Tönen vor: Yunus sei wie der Sohn, den er niemals gehabt habe, ein braver Junge und ein vielversprechender Arzt. Und dann musste er auch gleich eine Geschichte über Yunus loswerden: Bei seiner Abschlussfeier, vor dem Huthochwerfen im Talar, wurde »Gaudeamus igitur« angestimmt, und Yunus führte feierlich die Hand zum Herzen – er meinte nämlich, dass es sich bei dem Lied um die rumänische Nationalhymne handelte. Wir prusteten vor Lachen, und dann versuchten wir natürlich, das Lachen zu unterdrücken, um Yunus nicht in Verlegenheit zu bringen, er aber lachte mit und legte nochmals die Hand aufs Herz – und Geo sagte: »Versteht ihr mich, warum ich ihn so liebe? Er ist ein echter Patriot!«

Ich weiß noch, wie mir Yunus' schimmernde schwarze Haare aufgefallen sind und sein so gestriger Pony, den er sich mit einem Herumwerfen des Kopfes immer wieder aus den Augen schmiss. Er zeigte in meiner Gegenwart eine solche Scheu, dass ich beim Wandern mit einer theatralischen Unbekümmertheit um ihn kreiste, ihm mal näher kam, mal mit Margot zurückblieb, mal zu Geos Frau vorging, Domnica, die wir liebevoll Ninel nannten, und zu ihrer Mutter, Madame Didina. Letztere war eine Cousine von Margot, hatte die gleiche Körperhaltung, kerzengerade und mit dem Kopf ein klein wenig im Nacken, sodass ich mich jetzt vor allem an ihren markanten Kiefer erinnere und an ihre, wohl der so noblen Kopfhaltung wegen, fast geschlossenen Augen.

Es wurde geplaudert und gelacht, und ich könnte hier einige Anekdoten erzählen, die bei dem Spaziergang zum Besten gegeben wurden, aber das würde Sie von der eigentlichen Geschichte ablenken, und überhaupt war da ein anderes Thema sehr präsent: Geos Tirade über die korrupten Politiker des Landes, ein Redefluss, der nur kurz unterbrochen wurde von den Damen, die Heiteres aufzubringen versuchten.

Geo sprach laut und lauter über die gewissenlose Nomenklatura, vor allem über den alten Bürgermeister in unserem Ort und dessen Sohn, der jetzt das Bürgermeisteramt übernommen hatte. Und während er sprach, hakte ich mich bei ihm unter und hörte ihm zu. »Ja«, sagte ich, »das weiß ich« oder »das wusste ich nicht«. Wie sie europäische Gelder für die Weberei veruntreut und damit die Protokollvilla Ceaușescus für kein Geld gekauft hatten, jene Villa mit dem gedeckten Schwimmbad und den Tennisplätzen, und auch das alte Hotel und die drei Restaurants auf dem Weg nach Kronstadt, die Transportfirma mit den Bussen im Umland gehöre auch ihnen, deswegen würden hier keine Züge mehr halten, alles abgekartete Geschäfte mit den Parteifreunden.

Ich sei doch mit dem Bus aus Bukarest gekommen, nicht wahr? Da sähe ich es ja! Und das Projekt mit der Müllanlage hätten sie auch selber geführt, zur eigenen Bereicherung. Und er zählte alle krummen Geschäfte auf, von denen man im Ort wusste, und puffte abschätzig und schnaubte, stellte uns Fragen, auf die er gleich selbst antwortete.

»Eine Müllanlage für die Leute im Ort? Was meint ihr? Die sind doch nicht blöd! Erst haben sie das Terrain gekauft, wo die Mülldeponie entstehen sollte, und dann haben sie es dem Staat zurückverkauft, fünffach so teuer natürlich! Dann schleunigst die Projektgelder vom Staat kassiert über die Firma des Schwagers, und nun wird hier jedem Bewohner Steuergeld abgenommen für die Müllabfuhr, obwohl die Müllwagen nie vorbeigekommen sind! Noch nie! Warum sollten sie kommen, wenn man den Müll auch irgendwo ins Grüne werfen kann? Sie sagen natürlich, dass die Wege vor den Häusern zu schlecht sind für die großen Müllwagen, man muss erst einmal diese Straßen reparieren. Und dafür haben sie natürlich bereits ihre eigene Baufirma.«

»Das wissen wir alles, Geo, reg dich nicht so auf«, sagte Mamargot.

»Denk an das, was der Pope am Sonntag gesagt hat«, mahnte ihn Madame Didina.

»Ja, das war eine sehr gute Predigt«, sagte Mamargot, diesen Popen müsse ich unbedingt hören.

Und sie nahm mich zu sich und erzählte mir die Predigt in allen Einzelheiten, aber laut genug, sodass alle aus der Gruppe zuhören konnten.

Mamargot zuliebe, der so viel daran lag, mir die Predigt zu erzählen, will ich sie hier anführen: Man würde sich noch wundern im Jenseits, die Leute, die man verachtet habe in diesem Leben, ganz nahe zu sehen am Thron. Wer seien *wir* schon, um zu richten?

In der Predigt war es um den Pharisäer gegangen und um den Zöllner – wie der Pope sagte, um die Rumänen unserer Tage.

Der Pharisäer aus gutem Hause, geschmackvoll gekleidet, besser geschult, mit gutem Leumund, würde es sich aber nicht nehmen lassen, ein Schnäppchen zu machen und den Zöllner über den Tisch zu ziehen. Den Betrüger zu betrügen, annulliere den Betrug, sagt er sich.

Der Zöllner ist ein abscheulicher Prolet, ein Profiteur aller Regimes, früher vielleicht ein Kollaborateur der kommunistischen Diktatur und auch jetzt immer auf der Seite der Mächtigen. Er will an allem verdienen, will absahnen, scheffeln. Und beide gehen sie beten.

Der Pharisäer steht für sich und dankt Gott, dass er nicht ist wie andere Leute – Räuber, Betrüger und eben wie der Zöllner.

Der Zöllner hingegen steht abseits, will seinen Blick nicht heben, schlägt stattdessen gegen seine Brust und betet: »Gott, sei mir Sünder gnädig!«

Wer soll am Schluss denn besser gewesen sein?

»Na?« Margot schaute mich erwartungsvoll an. »Na, der Zöllner natürlich! Denn es heißt: Wer sich selbst erhöht, wird erniedrigt werden; und wer sich selbst erniedrigt, der wird erhöht werden.«

Geo puffte abschätzig. Habe denn der Zöllner nach diesem so demütigen Gebet von seinem Tun gelassen? Und täte es ihm, dem Sänger Geo, einem Künstler also, nicht besser, nur auf sich zu schauen und über seine Seele nachzudenken, statt sich über die anderen zu ärgern? Ist Wegschauen denn so edel? Krankt denn nicht die ganze Gesellschaft an der Gleichgültigkeit derer, die auf der geistigen Höhe wären, um über die Situation zu urteilen?

»Oh, Geo«, seufzte Mamargot, »wir kranken alle. Und irgendwann, sehr bald, sterben wir.«

Ich drückte Mamargots Arm und spürte den Gegendruck. Und Ninel rief von vorn, sie habe kleine Schokoladen in der Tasche, ob jemand Lust auf Schokolade habe.

Ich weiß noch, dass jemand dabei war, einen dieser Witze mit dem Bären und den Hasen zu erzählen, doch Geo kam wieder zu mir, und ungeachtet der Bitte Margots beharrte er darauf, mir darzulegen, wie hier die Wahlen gewonnen wurden: alles Betrug und alles in Reportagen dokumentiert. Aber wozu auch? Rumänien sei ohnehin längst in einen Dornröschenschlaf versunken. »Und heißt es nicht gleich in der ersten Strophe der Nationalhymne: ›Wach auf, Rumäne, aus dem Todesschlaf‹? Wann aber werden wir aufwachen? Wann?«

»Ja, wann wacht Geos Frau endlich auf?«, rief Ninel, nun von hinten. Und alle lachten über einen Witz, den ich noch nicht kannte.

»Ach, Kinder«, rief Madame Didina, »sagt mir lieber, was das für ein Vogel ist, der da singt!«

Doch Geo ließ sich nicht ablenken und erzählte, dass sich die Korrupten auch Wälder unter den Nagel gerissen hätten, soundso viel Hektar hätten sie abgegrenzt mit elektrischem Maschendrahtzaun, privates Jagdrevier daraus gemacht, man stelle sich das vor, sagte er aufgebracht. Und auch den Fluss hätten sie umgeleitet, er fließe nun durch ihr Jagdrevier, und eigens auch einen See zum Fischen hätten sie angelegt, für sich allein natürlich.

Geos gehetzter Ton mache sie nervös, sagte Madame Didina; und auch das, was er sagte, ärgere sie zuweilen, vor allem, *wie* er es sagte, als träfe uns alle hier eine Schuld an den Gaunereien anderer.

»Verzeih, Geo«, sagte auch Mamargot, »aber du klagst die Nomenklatura an und sprichst dabei genauso wie sie.«

»Wir sind ja aufgebrochen, um zu bewundern und uns zu freuen«, sagte Madame Didina.

Und als sie das sagte, schaute ich hinauf und sah in den Lichtstreifen kleine Fliegen glänzen, und an den Bäumen klopften die Spechte, über uns und weiter vorn, und jemand sagte, es sei erstaunlich, dass das Gehirn des kleinen Spechts von diesen starken Schlägen aufs Holz keinen Schaden nimmt. Anscheinend schließt er auch die Augen beim Trommeln und Zerspanen, um sich vor fliegenden Holzspänen zu schützen. Und dergleichen mehr redeten wir und überhaupt nicht mehr über anderes.

Unsere kleine Gruppe schimmerte in den Lichtreflexen, ja, bei jedem Windstoß war es, als würden wir alle kurz hüpfen, alle auf einmal, während irgendwo unten der Fluss rauschte, wie eine Besänftigung unserer Unruhe und Ängste. »Schschsch …«

Das musste der neu umgeleitete Fluss sein, früher war er noch nicht da gewesen – aber das kann ich nicht genau sagen, denn vielleicht war ja ich noch nie hier gewesen, auf diesem Weg, den wir begingen. Es war auch nirgendwo eine Markierung zu sehen, außer gelegentlich ein Kreuz am Hang. Bald aber häuften sich diese Kreuze für die abgestürzten Bergwanderer, und ich erinnere mich an die eine Innschrift: »Gute Reise, Unbekannter, ich habe hier haltgemacht.«

Wir bekreuzigten uns, und eine der Damen sagte: »O weh«, worauf wir in ein so lautes Gelächter ausbrachen, dass wir eine Rast einlegen mussten.

Wie soll ich es erklären? Es war wie ein Frösteln, das uns schüttelte, ein unaufhaltsames Lachen. Wir lachten wie früher in meiner Kindheit bei »Zitti, zitti« und bei den Witzen auf der Galerie unseres Hauses, als jemand mit dem Arm auf den von der Weberei tiefrot gefärbten Fluss deutete und Moses spielte, der die erste Plage heraufbeschwört.

Wir lachten mit weit geöffnetem Mund und schauten zu den anderen, die ebenfalls lachten. Auch Geo lachte jetzt; und wir lachten endlich alle gemeinsam, lachten noch lauter, japsten nach Luft und lachten Tränen. Dabei war der Pfad steil, wir steckten bei jedem Schritt die Füße zwischen die herausgewachsenen Wurzeln, um Halt zu finden. Auf diesem steilen Pfad also lachten wir; und wir lehnten uns in den festlichen Kleidern einfach an die feuchte Felswand zu unserer Linken, schauten hinab in die Kluft, in deren Tiefe, jenseits eines bereits aufsteigenden Nebels, der Fluss rauschte.

Als wir aufhörten zu lachen, war es still, und der Fluss unten rauschte so laut, als würde er uns den schmalen Pfad mit den Baumwurzeln gleich wegreißen. Von da an mag ich die Reihenfolge der Geschehnisse vielleicht verwechseln; vielleicht auch, weil im Nachhinein keinerlei Reihenfolge einen Sinn ergibt.

Ich nehme hier das Schreiben wieder auf, nachdem ich es aufgrund gehöriger Zweifel, diese Geschichte erzählen zu können, einige Zeit ausgesetzt hatte. Ich hatte gezweifelt, ob ich mich noch erinnern kann. Und mir wurde klar, dass ich damals nicht aufgepasst habe, zumindest nicht auf das, wovon ich mir auferlegt hatte nun zu berichten.

Ich hatte gedacht, dass das hier meine Geschichte ist, nur weil sie mir widerfahren ist, dabei könnte diese Behauptung auch eine mir zu einem beliebigen, längst wieder vergessenen Zeitpunkt auferlegte Aufgabe gewesen sein.

Unzählige Male habe ich meine Aussage gelesen, dass ich die Reihenfolge der Geschehnisse verwechseln könnte, weil keinerlei Reihenfolge einen Sinn ergibt. Nun aber will mir scheinen, dass gerade das Gegenteil stimmt, dass also *jegliche* Reihenfolge einen Sinn ergibt, da es nicht um Ursache und Wirkung geht, sondern nur um eines: Schicksal.

Wollte ich aber nicht gerade dagegen anschreiben, gegen diesen lähmenden Gedanken, dass wir alle einem Schicksal unterliegen und dieses nicht herausfordern können?

Wiederum verging eine quälend lange Zeit des Verharrens in einer, wie ich fürchtete, unüberwindbaren Trägheit. Ich kann es nicht beschreiben, wie könnte ich es erzählen … Doch nun steht mein Entschluss fest: Ich werde schreiben, wie ich kann, schreiben, als malte ich ein Tableau an die Wand, ein walachisches Fresko mit einem ganz bestimmten Dämon in der Bildmitte.

Wir standen also alle da oben, auf dem schmalen Pfad, und hatten Angst, uns zu bewegen. Unten rauschte der Fluss, und es fröstelte uns auch von der Feuchte. Ich meine, dass wir lange schwiegen und dann wiederum schnell redeten, unsinniges Zeug, und Witze machten. Diesen derben Scherz mit dem Bären, der sich mit kleinen Tieren den Po abwischt und schließlich auf den Igel trifft. Plötzlich weinte jemand. Und es gab auch diesen Streit, aber ich weiß nicht mehr, wer mit wem stritt und worüber, es handelte sich um Nichtigkeiten. Ich könnte natürlich mutmaßen, dass sich Madame Didina wegen dieses Streits abwandte, aber da müsste ich eine Schuld zuweisen, wo keine Schuld zuzuweisen ist. Madame Didina rutschte einfach aus, wie jeder von uns hätte ausrutschen können.

Sie fiel und fiel. Ich sah Madame Didina, die in der Entfernung ganz klein geworden war, wie sie sich überschlug, bevor sie im Bodennebel verschwand.

V

Die Gruft auf dem Hügel

Fräulein Sanda öffnete alle Fenster im Haus und alle Türen, und sie deckte alle Spiegel mit schwarzen Laken ab. Immer wieder steckte sie die Kerzen an, die wegen des Luftzugs ausgingen.

Alte Bauern, die noch im Ort lebten, kamen vorbei, die Mütze in den Händen drehend, und kondolierten, tranken verdrossen auf die Tote. Auch allerlei Frauen fanden sich ein, die mir fremd waren, uns aber in Trauer zugetan, darunter eine uralte, runzlige Frau, die niemand erkannte, die aber mitten im Wohnzimmer das Kopftuch vom Kopf riss und eine magentafarbene Haarpracht entblößte, woran sie sogleich zu reißen begann, sodass ihre Haare in Büscheln abfielen, während sie heiser klagte: »Didina! Dina! Wohin bist du gegangen, meine Seele? Wem überlässt du uns hier alleine?«

Indes sich Mina und Geo und sogar einige unserer Gäste von diesen Fremden mit ihren von Tränen feuchten Gesichtern umarmen ließen und selbst mit ihnen zu weinen anfingen, war es Margot anzumerken, dass ihr diese Aufwartungen zwar peinlich waren, sie sich aber all dem fügen wollte, mit jener sanften Einsicht, die man angesichts der letzten Dinge erlangt.

Und dann kam auch Atanasie – Ata, wie wir ihn früher nannten –, ganz in Schwarz, schwarze Weste und Smoking mit seidenbezogenem Revers. Fräulein Sanda präsentierte ihm das Silbertablett mit den Horsd'œuvres, voller Eifer erklärte sie ihm, womit jedes Häppchen belegt war, als jemand übers Tablett hinweg die Hand ausstreckte, »Eine Ehre! Eine Ehre!«, und das Tablett versehentlich umstieß. Ich sah Ata, wie er noch alle Soforthilfe zur Reinigung seines Smokings ablehnte und, die weiße Serviette in der Hand, sich umschaute – da trafen sich unsere Blicke.

Er kam sofort zu mir, küsste meine Hand und kondolierte. Er sagte etwas Schönes, wie »Gott soll sie in die Heerscharen der Gerechten aufnehmen«. Dann schaute er auf meinen Ausschnitt.

»Ist das Kreuz von mir?«, fragte er.

»Das denke ich nicht«, sagte ich.

Wieso er dachte, dass das kleine Kreuz an meiner Kette von ihm sei, wusste ich mir nicht zu erklären. Vielleicht hatte er einst allen Mädchen im Ort Kreuze geschenkt und erinnerte sich jetzt nicht mehr genau. Ich verstand nicht, was mich an diesem Gedanken so kränkte.

»Unsere Dame aus Paris«, rief Sabin Voicu neben mir, der ehemalige Bürgermeister und Atas Vater.

Er küsste mit lautem Schmatzen meine Wangen, drückte mich und seufzte.

»Weinen Sie nicht um die Alten«, sagte er bekümmert, »das ist der Weg aller Dinge.«

Sollte er irgendwie helfen können, er sei da.

»Ich danke«, sagte ich und vermied es, ihn mit seinem Namen anzusprechen, denn obwohl er schon meine ganze Kindheit und Jugend lang Bürgermeister gewesen war und man oft von ihm sprach, wusste ich nicht, ob er Sabin Voicu hieß oder Voicu Sabin, welches also sein Nachname war, denn auf den Plakaten stand es mal so, mal so, ebenfalls in den Medienberichten, und auch die Leute nannten ihn abwechselnd Herr Sabin und Herr Voicu.

Sabin Voicu oder Voicu Sabin, auch er selbst stellte sich wechselnd vor. Da er in meinem Bericht leider oft vorkommen muss und er nicht auch Sie noch verwirren soll, werde ich ihn der Einfachheit halber nur Sabin nennen. So gewissermaßen unbeständig sein Name war, so einprägsam wiederum war sein Anblick. Ich denke, dass ihn jeder Maler für ein würdiges Porträtmodell gehalten hätte: Alles an ihm war derart übertrieben, dass er seine tiefsten Geheimnisse, mit einer effektvollen Dosis Tragik im Blick, regelrecht auf der Haut zu tragen schien. Er umarmte seinen Sohn, schloss dabei die Augen, als würde er auch ihm kondolieren. Und dann sah ich sie beide durch die trauernde Menge schreiten, ein junger Mann mit eindrücklicher Adlernase und nach hinten gegelten schwarzen Haaren und ein kleiner, rundlicher Mann mit glänzender Glatze, an der ein paar lange Haarsträhnen klebten.

Einmal, in meiner Kindheit, sah ich, wie ein Windstoß Sabins betrügerische Haarsträhne, die er über dem linken Ohr wachsen ließ und sich sorgsam über die Glatze klebte, aufrichtete. Sie stand auf zu einer Sichel.

Ich verfolgte nun Ata, wie er reserviert um sich grüßte und dann schnell hinausging, während sein Vater noch lange bei uns blieb. Aus dem Stimmengewirr erhob sich dessen flennende Stimme, als er vor Ninel stand: »Ah, schlimm, schlimm, wir müssen jetzt alle tapfer sein«, und: »Wir müssen ja irgendwie weiterleben.« Selbst Geo ließ sich von ihm umarmen und auf die Schulter klopfen, man konnte sich seiner vorgeblich sorgenden Art nicht entziehen.

»Wenn ich etwas tun kann, sagen Sie es mir bitte! Bitte! Wir kennen uns ja seit Jahren. Im Alter wird man sentimental.«

Er schwitzte, und die lange Strähne war ihm auf die Stirn gerutscht; ein mitleiderregender Anblick.

Einmal bemerkte ich ihn, als er aus der Küche kam und feierlich verkündete, kurz in den Garten gehen zu wollen, er kehre gleich wieder zurück. Er kam und ging stets gleich wieder, er machte sich überall nützlich; und jedes Mal, wenn er bei mir vorbeikam, keuchend und verschwitzt, sagte er: »Jetzt bitte nicht weinen für die Alten!« Fast war ich dran, ihm jedes Mal für die Worte zu danken und für seine Aufdringlichkeit, dafür, dass er sich so verhielt, als wäre er der Herr des Hauses. Er zündete Kerzen an und machte sich alsbald auf, allen Wein aus dem Keller heraufzutragen, um auf die Tote zu trinken, wobei er dann aus dem Keller auch ein ausgestopftes Eichhörnchen brachte: »Ja, schauen Sie, welch frecher Kerl da herumhing!«

Ninel nahm das Eichhörnchen in die Arme, indes sich mancher Freund an früher erinnerte, als sie die Möbel im Haus austauschten, an die Villa Diana, »Diana, nicht wahr?«, »Ja, Diana, weißt du nicht mehr?«. Wie jung sie damals gewesen waren und wie lustig sie es gehabt hatten, auch mit Madame Didina, Gott hab sie selig, wie sie beim Kartenspiel rauchte mit großen Gesten und dabei schwindelte, das machte ihr keiner so schnell nach!

Sabin schenkte den Muskat Ottonel aus Geos Weinbergen ein und auch Weichsellikör, in welche Gläser auch immer gerade vor einem standen, sogar in Schnapsgläser, und man aß Cozonac von *Capşa* mit viel Nuss und auch den mit Rahat, und Fräulein Sanda hatte auch Mille-Feuille mit Käse-Pilz-Füllung gemacht. »Die Teller mit Goldrand sind abgezählt, dass ihr es wisst«, zischte sie den alten Frauen zu, und wir sprachen mit den Freunden immerfort und sehr angeregt über die schönen Erinnerungen, unterbrochen nur von ebenden alten Frauen des Ortes, die bloß noch zwischen den Esshäppchen klagten, leiser jetzt, und seufzten: »Ach, Didina, mein Seelchen, wem überlässt du uns hier allein?«

»Schlimm«, sagte Sabin, »die guten Zeiten sind vorbei, und wir werden alle alt … nur Frau Margot wird nicht alt«, sagte er zu Mamargot und klopfte ihr auf die Schulter. Ob sie denn bemerkt habe, dass alle anderen schon vor vielen Jahren ihren Zaun vier Meter in den Wald hinausgeschoben haben und allein ihr Zaun am alten Ort verblieben war? Da würde er doch ein Auge zudrücken wollen und könnte sogar die Arbeiter organisieren. Auch für einen weiteren Tennisplatz. Und Margot nickte und ließ sich das Glas von Sabin füllen, der dann wieder umherging und allen einschenkte bis zum Rand – schließlich auch für sich, worauf er allen voran den Arm aus dem Fenster streckte und einen Tropfen hinausschüttete: auf die Seele der Toten. Ich meine, dass ihm dabei die Tränen kamen.

Indes war die Tote gleich beim Wohnzimmer aufgebahrt, im kleinen Zimmer auf dem Gang zur Hintertreppe, ein kaltes Zimmer, in dem sonst nur Kisten standen. Ich warf einen flüchtigen Blick hinein. Es war aufgeräumt worden. Madame Didinas sterbliche Überreste lagen auf einem Kinderbett unter einem weißen Laken und ließen nicht unbedingt auf eine Körperform schließen. Auf dem Tischchen daneben brannte eine rote Kerze.

Man hatte beschlossen, Madame Didina gleich auf dem Friedhof von B. beizusetzen, in der Krypta von ihren und Margots Großeltern. Margot war lange nicht mehr da gewesen und wusste auch nicht mehr genau, welche Familienmitglieder in der Krypta begraben waren und ob es noch Platz gab, also nahm sie ein Säckchen mit für allfällige Gebeine, die umgesetzt werden mussten.

Außer Geo und Ninel, die mit zwei Autos den Popen und seinen Diakon im benachbarten Ort abholten, sowie weitere Freunde, die erst noch mit dem Bus aus Bukarest ankommen sollten, gingen wir alle zu Fuß auf den Friedhof, die Familie, die Gäste, Fräulein Sanda mit Besen und Kehrschaufel und einem Eimer voller Wischlappen, und auch Sabin kam mit und tat so, als könnte man auf dem Friedhof kein Grab ohne ihn finden. Er brachte einen kleinwüchsigen Zigeuner mit, der einen großen Vorschlaghammer dabeihatte.

Den Friedhof konnte man schon von der ersten Wegbiegung aus sehen, wenn man rechter Hand nach oben schaute, hinter den hohen Eichen. Ich hatte das nicht gewusst, hatte gedacht, die grauen Punkte seien Schafherden, dabei handelte es sich in Wirklichkeit um alte Krypten und Grabsteine und marmorne Grabstatuen mit eingelassenen gusseisernen Kreuzen voller Verzierungen, alles halb verdeckt von dem Efeu und den hohen Gräsern und Büschen.

Es gab keine Wege auf diesem Friedhof, er erstreckte sich vom Hügel weiter hinauf zu einem Wäldchen, man stampfte sich selbst den Weg zwischen den Gräbern.

Wir gingen von Krypta zu Krypta, lasen Namen und Jahreszahlen, sofern sie noch zu lesen waren. Mamargot meinte den einen oder anderen Familiennamen zu kennen, auch den ihrer Taufpaten, die ein herrschaftliches Haus im benachbarten Ort hatten, umgeben von einem Akazienwald, durch den sie als Mädchen reiten durfte. Und Sabin sagte mit Stolz: »Schauen Sie, was für ein imposanter Friedhof das ist, wie in Bukarest und Paris, da soll noch einer sagen, wir sind ein Dorf!« Und dann fanden wir sie, eine schöne marmorne Krypta mit länglichen Fenstern ohne Glas. »Dazu habe ich meine Männer, die machen Glasfenster wie in einer italienischen Kathedrale«, sagte Sabin, und Mamargot sagte nur: »Ja, gut« und strich mit der Hand über die grün verwitterte Marmormauer mit den Inschriften.

»Schauen Sie«, hob Sabin an, als hätte er eine Führung für uns gemacht, »da sind auch Gräber von 1764 und von 1490, hier auch eines aus dem Jahr 1477. Stellen Sie sich das vor: 1477! Da soll noch einer sagen, wir hätten hier keine Geschichte.«

Uns war fast schon wieder zum Lachen zumute.

»Ein Freund aus der Schweiz hat mir erzählt, dass man die Toten da in ein Grab einmietet und nach zwanzig Jahren ist Schluss, da schmeißt man sie raus und verstreut ihre Knochen über die benachbarten Gräber. Keine Familie hat da noch ihre Toten von 1477 im Grab, nicht mal die Familie Einstein.«

Da ertönte ein Quietschen von einer Wasserpumpe, Fräulein Sanda füllte den Eimer.

»Also, an die Arbeit!«, rief Sabin mit heiterer Inbrunst und krempelte die Ärmel hoch.

Drei unserer Freunde halfen mit, die schwere Marmorplatte an den eisernen Ringen anzuheben und wegzuziehen. Eine Ecke brach ab, aber das ließe sich wieder machen, sagte Sabin. »Also weiter!«

Sie ließen eine Leiter hinab, auf der der kleinwüchsige

Zigeuner mit einer Taschenlampe hinunterstieg, um nach kurzer Zeit wieder heraufzukommen. Es seien drei übereinandergelegte Grabschächte links und drei rechts zu erkennen, weiter hinten nochmals je drei und zuhinterst zwei Gräber, weiter in den Boden eingelassen.

Aber was stand bei den Einmauerungen? Gab es Inschriften? Welche? Mamargot musste sich wohl dasselbe fragen wie ich.

»Er kann nicht lesen«, sagte Sabin heiter, jemand von der Familie solle doch mit ihm hinabsteigen.

Mamargot bat mich zu gehen und eines der älteren Gräber öffnen zu lassen, sie gab mir den kleinen Stoffsack für die Gebeine mit.

Und so stieg ich hinab in die Gruft, dem Zigeuner hinterher, und ich hörte noch, wie Sabin sagte, »der Kleine« sei ein super Typ, für den er die Hand ins Feuer lege, er würde ihn für die nächste Zeit gerne herschicken, um Kerzen anzuzünden und ein bisschen drinnen zu kehren, aber Margot sagte, das könne auch Fräulein Sanda tun, und ich vernahm auch schon ein Rauschen, es rührte sicher von Fräulein Sandas Besen her. Dann erreichte ich aber den Grund und hörte meine Schritte lauter als die Stimmen von oben.

Der kleinwüchsige Zigeuner gab mir die Taschenlampe, und ich prüfte die Steinplättchen, die an der Wand befestigt waren; jenes mit dem Jahr 1490 von einer Ecaterina Fronius Siegel war rechts unten.

»Schlagen Sie bitte dieses untere Grab auf!«, sagte ich.

»Unten ist gut«, sagte der kleinwüchsige Zigeuner, und mir tat es fast ein wenig leid, dass ich das lustig fand.

Da ihn etwas Licht vom Eingangsloch erreichte, ging ich mit der Taschenlampe zu den anderen Gräbern. Es waren alles alte Gräber, auf dem neusten Stand war nur jenes von Raluca Marie Filipescu, 1782–1849, wohl eine Großmutter einer Urgroßmutter; das Grab eines Antoine Filipescu, mit einem viel späteren Sterbejahr, kannte ich aus einer unserer Krypten auf dem Bellu-Friedhof in Bukarest. Ich ging auch die hinteren Gräber am Boden prüfen – das eine Grab mit zur Unkenntlichkeit verformter Steinplatte, weil links auch eine feuchtere Stelle war, und dann das Grab rechts. Und während der Zigeuner in rhythmischen Schlägen die Grabmauer unten rechts zerbröckeln ließ, füllte sich der Raum mit kaltem Staub und schien davon heller zu werden, obgleich man bei der Helligkeit auch weniger sah.

Nichts ahnend also stand ich vor dem später so berühmten Grab.

Im schwachen Licht der Taschenlampe strömte der weiße Staub dahin, und ich musste mich zur Grabplatte hinunterbücken, um etwas zu erkennen. Als ich etwas sah, schreckte ich zurück und muss dabei einen Laut von mir gegeben haben, den der Zigeuner wahrnahm.

Einige von Ihnen werden das Bild der Grabplatte kennen – und auch ich kenne es besser aus den Medien, weil es bearbeitet wurde, mit mehr Helligkeit und Kontrast. Als ich aber davorstand, erkannte ich die Eingravierung nicht, im Gegenteil, ich meinte etwas ganz anderes zu sehen, zwei sich paarende Hunde, wobei der Rüde mit allen vieren auf der Hündin steht und ihre Körper im Krampf einen Ring bilden, an den Enden geschlossen, sowohl an den Genitalien als auch an den Köpfen, weil der Rüde die Hündin am Nacken festhält.

Diejenigen von Ihnen, die das Bild kennen, werden zugeben müssen, dass man es auch anders verstehen kann, nämlich dass es eigentlich einen Drachen darstellt, der einen Löwen besiegt, der Ordo Draconis.

»Das sollte auch Ata sehen«, sagte der kleinwüchsige Zigeuner unverhofft neben mir. »Also, das lässt der sich gleich als Tattoo stechen, wie die Italiener.«

Da ging ich mit der Taschenlampe zur Grabmauer zurück und wies den Mann an, seine Arbeit fortzusetzen.

Er folgte mir und hämmerte ein paarmal ans Grab, und unter der Zementschicht kam eine Ziegelsteinmauer zum Vorschein, wobei die Ziegelsteine locker gestapelt waren und sich herausziehen ließen wie Schubladen. Der Zigeuner trug ein paar Ziegelsteine zur Seite, um Platz zu schaffen. Und dann stand er vor mir mit dem einen Ziegelstein, das offene Grab dahinter reichte ihm bis unter die Achseln, und er fragte verstiegen, ob wir denn im Grab auch nach Schmuck suchen sollten. Er sagte nicht einmal »Schmuck«, sondern sagte mit verzücktem Mund: »Juwelen!«

»Was sagen Sie?«, fragte ich. Er wiederholte es, worauf mich gleich ein aufwallendes Lachen wie ein Frösteln überkam. Ich konnte nicht anders, lachte laut auf, mit weit geöffnetem Mund, und stützte mich an der Wand ab, holte unter Lachkrämpfen mühevoll Luft und japste: »Fragen Sie das bitte nochmals!«

Von oben rief jemand: »Alles klar?«, während ich auf den Knien rutschte und Tränen lachte: »Fragen Sie das nochmals, ich bitte Sie, bitte!« Aber der Zigeuner blieb wie versteinert da, den einen Ziegelstein gegen die Brust gedrückt, und schaute zur Seite.

»Macht bitte schneller!«, rief eine Stimme von oben. Und auch andere riefen: »Ja, schneller, es wird langsam kalt hier.«

Mir war fast schwindlig geworden vor Lachen, wahrscheinlich auch von der Luft da unten.

Als ich mich auf allen vieren ins Grab hineinbückte, fand ich auf dem Steinboden ein paar Gebeine, ein Stück Schädeldecke und ein paar längere Knochen sowie Knochensplitter, die ich einzeln einsammelte und in den Sack legte, diese und die vier handgroßen eisernen Flügelornamente, wohl von den Sargecken, sowie ein Paar Schuhe aus grüner Seide mit violettem Stein und einem kleinen, quadratischen Absatz, neckisch eingebogen. Ob die im Jahr 1490 hier begrabene Ahnin tatsächlich so kleine Füße hatte oder ob die Schuhe auf puppenhafte Größe eingeschrumpft waren, fragte ich mich, wahrscheinlich beides; die Schuhe sahen neuwertig aus.

Von dem grünen Rauch, von dem später noch die Rede sein wird, habe ich nichts gesehen, ich kann mich auch nicht an einen markanten Geruch erinnern, außer nach kalter Erde und Staub.

Draußen angekommen, schaute ich nochmals auf den eingemeißelten Namen. Ja, ich hatte die Gebeine von Ecaterina Fronius Siegel herausgeholt.

Gegen Mittag waren wir wieder zu Hause bei Familie und Freunden – viele hatte ich seit meiner Kindheit nicht mehr gesehen; wir umarmten uns herzlich, auch meine Mutter war da, auch der Pope und sein Diakon trafen ein, mit Ninel, von der ich mich erinnere, dass sie ein schwarzes Spitzenkleid mit vielen Volants trug und unentwegt auf Geo einsprach, leise, ihm über den Kopf strich und ihn tröstete.

Die Luft war von Weihrauch getränkt, und durch die schimmernden Rauchschwaden bewegten sich alle langsamer als sonst, versöhnlich.

Der kleine Stoffsack mit den Gebeinen war auf dem Wohnzimmertisch, für die Segnung, und sollte später in Madame Didinas Grab gelegt werden. Doch als der Pope mit der Segnung begann und wir alle, uns bekreuzigend, auf den Sack schauten, fiel mir ein, dass noch die kleinen Flügelornamente drin waren und auch die grünen Schuhe. Ich ging vor, schob den Kerzenständer mit der brennenden Kerze zur Seite, griff zum Sack und nahm die Eisenteile und auch die Schuhe heraus und stellte alles daneben auf den Tisch. Und gerade als der Pope bei diesem schönen Gebet war, »Gott der Seelen und aller Körper, der du den Tod zertreten hast und den Teufel abstürzen ließest ...«, stieß Fräulein Sanda eine Reihe tierischer Schreie aus, eine Art Schweinegeschrei oder Grunzen, aus dem wir nur allmählich, als jemand mit einem Glas Wasser herbeigeeilt war, die Worte ausmachen konnten: »Die Schuhe! Keine Schuhe auf dem Tisch!«

»Zum Teufel mit Ihrem Aberglauben, Fräulein Sanda«, rief meine Mutter empört, entschuldigte sich aber dann gleich beim Popen und sagte: »Diese Frau lebt in ständiger Angst.«

Tatsächlich war mit Fräulein Sanda der Aberglaube des ganzen Ortes bei uns eingekehrt, allerlei Ängste und Vorbehalte, die wir zuerst aus einer folkloristischen Neugierde zur Kenntnis genommen hatten, die unser Tun über die Jahre aber zunehmend einschränkten und lenkten.

Als Jugendliche hatte ich eine Liste angelegt, um über Fräulein Sanda zu lachen: Wenn man Salz auf dem Tisch verschütte, komme Streit; man solle die Salzkörner einsammeln und sie über die Schulter werfen. Man solle auch kein Wasser in Gläser nachschenken, die nicht ganz leer seien, oder einen Brotlaib von beiden Enden anschneiden, das bringe nichts Gutes. Eine offen gelassene Schere bringe unverhofft Streit. Auch solle man kein Messer mit der Klinge nach oben liegen lassen.

Am Abend den Müll hinauszutragen, bringe Unglück. Und auch nach Sonnenuntergang die Teppiche auszuschlagen oder frische Wäsche aufzuhängen, sei verhängnisvoll. Oder einen Schirm aufzumachen in der Wohnung. Und wenn man einen Besen ausleihe, werde man bald geschlagen. Selbiges auch, wenn man das Bett mache und sich dabei unterbrechen lasse.

Das alles führte ich noch auf Fräulein Sandas Pedanterie in der Hausarbeit zurück. Aber es ging weiter in den alltäglichsten Gesten: Wenn man sich am linken Ohr kratze, werde bald über einen gelästert. Ebenso, wenn man auf seine Nägel schaue. Wenn einem die Nase jucke, werde man bald geschlagen. Wenn man beim Kämmen den Kamm aus der Hand fallen lasse, werde man bald Grund zum Weinen haben. Ebenso, wenn ein Messer hinunterfalle oder man die Kleider verkehrt herum anziehe oder zuerst mit dem linken Arm in ein Hemd fahre. Und wenn man mit nur einem Schuh laufe, werde jemand sterben. Ebenso, wenn man sich mit der Kerze in der Hand im Spiegel anschaue.

Man dürfe auch nicht unter einer Leiter durchgehen. Sanda stellte die Leiter vom Apfelbaum immer ab, waagerecht entlang des hinteren Zauns.

Man solle viel Knoblauch im Haus haben, am besten geflochtene Knoblauchzöpfe. Knoblauch dürfe man aber nachts nicht hinausbringen – das trage einem nichts als Unglück ein.

Jeden Augenblick also tat Sanda, als würde sie das große Unglück von uns abwehren, in kleinen, bestimmten Gesten, sodass wir ihre Emsigkeit im Haus immer gebannter verfolgten, einige von uns mit Bewunderung und fast schon mit Ehrfurcht.

»Dieser Aberglaube kommt ja von irgendwoher«, merkten manche Gäste an, »vielleicht hat er eine Bedeutung.«

Und auch Mamargot begann zu sagen, dass sie zwar keinen Deut abergläubisch sei, dass sie sich aber dennoch hüten wolle.

Man solle morgens aus dem Bett steigend nie die Hausschuhe verkehrt herum anziehen, auch solle man nie als Dreizehnter in einen Raum eintreten.

Aus dem Haus ging Mamargot immer durch dieselbe Tür wieder hinaus, durch die sie hereingekommen war. Die Hintertür zum kleinen Gemüsegarten wurde deswegen kaum mehr benutzt.

Abends schaute man nicht mehr in den Spiegel, schon gar nicht bei Kerzenlicht, und man durfte sich nicht mehr die Nägel schneiden, ebenso am Freitag und am Sonntag. Abgeschnittene Nägel ins Feuer zu werfen, bringe Unglück, mahnte uns Sanda, genauso wie ins Feuer zu spucken.

Und sie ging immer noch weiter damit.

Ich nahm mir vor, in Bälde das alte Heft zu suchen und diesen Aberglauben von den Schuhen auf dem Tisch hinzuzufügen.

VI

Da ist jemand

Diesmal wachte ich von der Stille auf, einer so vollkommenen Stille, dass mich jetzt meine eigenen Bewegungen erschreckten. Der große Spiegel rechts vom Bett war weg, die nackte Wand schien näher gerückt zu sein. Mondlicht ließ das schneeweiße Laken leuchten, das ich schnell um mich wickelte, ganz fest, damit sich mein Atem beruhigte.

Ich ging durch die Räume und suchte die Möbel; sie waren alle weg. Das Parkett war voller grauer Rechtecke – ein Rätsel! Ich musste mich doch erinnern können, was da früher gestanden hatte. Wie konnte ich es nur vergessen?

Ich schaute auf das eine Viereck bei meiner Tür und dachte angestrengt nach, aber dann stellte ich mit Schrecken fest, dass ich nicht einmal sicher war, ob die Tür tatsächlich zu meinem Zimmer geführt hatte.

Ich war ganz allein. Es gab niemanden mehr, der mir von früher erzählte. Alles war endgültig vorbei.

Ich weinte lautlos, spürte, wie sich dabei meine Stirn bewegte. Wie lange mochte ich geschlafen haben?

Das Parkett knarrte, ich wollte mich verstecken. Eine Panik ergriff mich darüber, dass ich noch da war. Ich durfte doch gar nicht mehr da sein, wenn schon alles weg war.

Die Tür zum Treppenhaus lag jetzt auf dem Boden und war schwer zu öffnen. Ich zog an den Ringen in lautloser Anstrengung, während sich schabende Schritte näherten. Ich zog mit einem Ruck und öffnete sie einen Spaltbreit, zwängte mich hindurch.

Ich kannte diese Treppe gut, lief hinab, barfuß, stützte mich an der Balustrade ab, die jetzt verschlammt war. Ich rutschte aus und fiel in den Schlamm, fiel durch Wurzeln und Geäst, versuchte, nach etwas zu greifen, griff aber nur in morsche Blätter und rutschte weiter, immer schneller, bald über kleinteiliges Gestein, bald über Efeu und Gras, mit verrenktem Körper.

Dann sagte jemand ganz nah: »Schhhhht«, vielleicht ich selbst, die ich noch nicht tot war und nun weiterging, draußen unter dem hellen Mond, den Weg hinauf.

Ich wusste, dass ich dem Haus nicht den Rücken zuwenden durfte. Woher wusste ich das? Ich ging seitlich, mit überkreuzten Füßen, und machte bei jedem dritten Schritt einen Sprung. Ich spürte die kalte Luft aus dem Wald hinter mir und hörte das leise Kratzen unter den Baumrinden, aber nicht jetzt, nicht jetzt, sagte ich mir. Ich zählte die Schritte, eins-zwei-Sprung, eins-zwei-Sprung.

Bald hatte ich das Muster erkannt, konnte schneller tanzen, so wie es sein musste, ich durfte mich nur nicht aufhalten lassen.

Ich tat so, als würde ich es nicht hören, als merkte ich nicht, dass er mich verfolgte.

Von unten kam er mir jetzt nach, mit unregelmäßigem Schlagen und Klopfen, als stolperte er im langen Gewand.

Wenn ich nur den Takt behalte!

Ich gab mir den Takt vor, mit Halblauten wie dem Winseln, und ich wusste, dass ich nicht hinabschauen durfte, auch nicht, wenn er mich rufen sollte.

Ich wollte nicht hinhören, hörte ihn dennoch nach mir rufen, auf antiquierte Art fast schon lieblich.

Das Schaben und Klacken seiner Schuhe, die kleinen Schritte kamen näher und näher.

Und jetzt sah ich auch die Schuhe:

Er trug Frauenschuhe!

Die grünen Schuhe!

Ich spürte den kalten Griff ums Handgelenk, bevor er mir den Arm verdrehte, dann die kalten Knöpfe, die zwischen meinen Schulterblättern drückten, seinen heißen Atem an meinem Hals. Ich legte den Kopf in den Nacken, auf seine Schulter, die er sachte anhob.

Da standen wir, aneinandergelehnt, in Sehnsucht.

Wieso begann ich dann zu schreien?

Jemand hielt mir den Mund zu und sagte: »Schhhhht!«

Es war Yunus, der neben mir lag.

Yunus streifte mir die nassen Haare aus der Stirn. Ob er mir ein Glas Wasser bringen solle?

»Nein, bitte nicht, das Parkett knarrt.«

Ob ich dann etwas Lustiges hören wollte. »Wieder aus dem Dienst?«, fragte er, und ich nickte.

»Also gut«, sagte er gut gelaunt, und ich richtete mich, das große Kissen im Kreuz, im Bett auf.

Während er erzählte, schaute ich mich in meinem Zimmer um, um mir die Ordnung einzuprägen: der große Eichenschrank zu meiner Linken und daneben die Bauerntruhe, in der Ecke gegenüber die beiden Sessel mit dem Spieltischchen, beim Fenster die Staffelei, an deren Beinen Gras klebte, darüber das goldgerahmte Gemälde von Arthur Verona, wie ein weiteres Fenster zu einer grünen Wiese mit zwei liegenden Hirtenjungen, zu meiner Rechten schließlich der große Spiegel und über mir, am Kopfende des Betts, Richtung Osten – was ich von hier nicht einsehen konnte, aber dort wusste –, die Ikonen und die stets brennende kleine Öllampe.

Yunus erzählte, wie er sich bei der militärischen Musterung als bestimmt dienstuntauglich ausgegeben hatte, allerdings dann für so tauglich befunden wurde, dass er zu den Fallschirmspringern musste. Er war damals siebzehn, so alt wie die anderen Kameraden, und alle hatten sie Angst zu springen. Bei der Tür des Übungsflugzeugs klammerte sich jeder von ihnen fest, sodass einer eigens mitfliegen musste, ein Kleiner, Strammer, um sie hinunterzustoßen.

»Wie?«, fragte ich Yunus.

»So«, sagte er und tat, als würde er mich hinabstoßen, um mich allerdings wieder festzuhalten, noch fester.

»Ich habe nichts bemerkt«, sagte ich.

Er lachte und stieß mich nochmals, damit ich mich an ihm festhielte. Unverhofft stieß ich ihn zurück, mit einem derart festen Ruck, dass er tatsächlich vom Bett fiel, mit einem lauten Aufprall, und wir machten beide: »Schhhht« und lachten leise.

Wieso er nicht seinen Fallschirm geöffnet habe, fragte ich.

Er aber stand auf und sagte: »Rache« – und er sprach dieses Wort so lustig aus, so unbeholfen fremd, dass ich ihm dabei helfen wollte. Was folgte, muss hier nicht *en détail* festgehalten sein, weil sich das ein jeder von Ihnen vorstellen kann – auch wenn ich im Überschwang der Erinnerung geneigt bin zu denken, dass man sich das vermutlich doch nicht ausmalen kann.

In der Morgendämmerung bat ich Yunus um eine Erzählung, und er hob an, seinen militärischen Einfall in Kuwait zu schildern.

»Also, hör zu!«, sagte er heiter.

Eines Tages behielt das Flugzeug mit den jungen Fallschirmspringern seine Reisegeschwindigkeit viel länger bei als üblich, und erst meinten sie, es sei wegen des schlechten Wetters, aber draußen war der Himmel klar. Sie schwitzten alle, weil sie für das Sprungtraining dick angezogen waren, und ein Kollege übergab sich auf Yunus' Uniform. Der Hauptmann aber sagte die ganze Zeit nichts und unterband auch jedes Gespräch.

Nach zwei Stunden teilte er an die Jungen ein Blatt aus, worauf mehrere Bleistiftskizzen von Männergesichtern abgebildet waren: ovale Köpfe mit Bart und ohne Bart, mit Schnurrbart und ohne Schnurrbart sowie mit einer modischen Auswahl von Kopftüchern und mit unterschiedlichen Kopfringen und einer Variation von Kofias, den zylindrischen Mützen, und von Sonnenbrillen.

»Wie man sieht«, sagte der Hauptmann, »ist es derselbe Mann auf allen Bildern. Er ist verkleidet! Ihr sollt euch sein Gesicht einprägen und ihn bei Gelegenheit, so Gott will, unverzüglich dingfest machen.«

Der Schurke sei nämlich der König von Kuwait, von dem die Iraker das unterjochte Brudervolk befreien mussten. »Solltet ihr ihm auf der Flucht vor seinem Volk begegnen: unbedingt unschädlich machen! So wie den Ceauşescu!«, sagte Yunus und lachte.

Dann wurden die Jungen einzeln hinuntergestoßen. In der Luft sollten sie langsam bis zehn zählen, bevor sie an der Reißleine zogen. Aber wie immer zählte jeder von ihnen gehetzt »Eins-zwei-zehn« und spannte sofort den Schirm auf, sodass ihr kleines Flugzeug unter den Schlägen der aufgehenden Schirme torkelte.

Yunus war der letzte Springer. »Pass auf die Esel auf«, sagte der Hauptmann zum Abschied.

Am Boden wurde die kleine Gruppe mit alten Bajonettgewehren ausgerüstet und zu Fuß nach Kuwait-Stadt geschickt, wo sie sich einer größeren Truppe anzuschließen hatten. Man zeigte ihnen eine Karte, die sie aber nicht mitnehmen durften; alles war einfach, er wisse es noch heute: die King-Fahad-Straße bis zur King-Khalid-Bin-Abdulaziz abschreiten, anschließend nach rechts und die Abdulaziz-Bin-Abdulrahman-Al-Saud hinauf, bis sie die Kollegen träfen.

Nur: Als sie in der Stadt ankamen, wurde alles unübersichtlich. Sie gerieten in den stockenden Morgenverkehr, in ein automobiles Rauschen und Hupen, das von den hohen Glasgebäuden ringsum ein fremdes Echo abwarf.

Es war für alle in der Gruppe das erste Mal im Ausland, und sie schauten sich verstohlen um, betrachteten die hohen Gebäude, wobei einer die drei Wassertürme der Stadt entdeckte, die ja berühmt sein sollen, also änderten sie ihre Route entsprechend.

Hinzu kam, dass sich ihnen die Wegbeschreibung zum Versammlungsort der irakischen Truppen vor Ort sowieso nicht mehr erschlossen hatte. Wo sie hielten, waren kein Gehweg und keine Menschen, alle nur in Autos, und allein ihre kleine Gruppe war zu Fuß unterwegs, in der prallen Sonne, im Staub und in den Abgasen.

Was konnte man da bloß machen? Einer der Kameraden lief auf die Straße hinaus und versuchte, ein Auto anzuhalten, aber die rasten mit ungeminderter Geschwindigkeit an ihm vorbei.

Ob sie die dicken Kleider, die sie unter der Uniform trugen, ausziehen sollten? Nicht auf der Straße, mahnte Yunus die Männer, das gezieme sich nicht für Soldaten auf Mission. Später! Gleich! Und er blieb hart, je leidender die anderen klagten, sie hätten Durst und seien müde.

Gegen Mittag hielt endlich ein Taxifahrer an und kurbelte die Scheibe herunter. Musik drang aus dem Auto, »Ya Habibi, ya Habibi«, die wehklagende Stimme Umm Kulthums, »Ach, mein Freund«.

Der Fahrer lächelte die Soldaten betört von der Musik an und sagte im gleichen Schwung: »Ya Habibi!« Es war ein älterer Mann in zerknitterter Dischdascha und mit einer zerbeulten Kofia auf dem Kopf.

»Friede sei mit dir, Bruder«, grüßte ihn Yunus. »Gut, dass du anhältst. Wir sind gekommen, um dich zu befreien, und brauchen Hilfe.«

Der Fahrer drehte die Musik leiser.

»Ahlan u-sahlan, willkommen! Wer seid ihr?«

»Irakische Soldaten«, sagte Yunus, während seine Kollegen mit neu erwachtem Stolz auf den Schaft ihrer Gewehre schlugen.

»Ah, Mashallah, bravo, bravo! Und woher kommt ihr?«

»Aus dem Irak«, sagten die jungen Männer belustigt.

»Ah, aus dem Irak«, rief der alte Mann freudig, als hätte er plötzlich etwas begriffen.

»Ja, Bruder, sagten wir ja«, sagte Yunus.

»Ahlan u-sahlan«, sagte der Taxifahrer, »willkommen! Willkommen!«

Yunus hörte seine Männer seufzen und begann, ihre Ungeduld zu fürchten. Sie standen zwar im Schatten eines hohen Glasturms, aber es war heiß und staubig. Zudem rochen sie alle nach Schweiß und Kotze.

»Im Irak ist auch der Dschanna, der Garten Eden«, sagte der Taxifahrer unverdrossen.

»So ist es, Bruder. Aber jetzt sind wir hier und haben es ein bisschen eilig.«

»Ja, stimmt, Habibi, ihr wolltet mich ja befreien«, sagte der Mann, überaus heiter.

»So ist es.«

»Aber von wem wollt ihr mich befreien?«

»Von dem Tyrannen, Bruder, von dem Tyrannen«, sagte Yunus ungeduldig.

»Ya Habibi, mein Freund, ich kenne nur einen Tyrannen«, rief der Taxifahrer und drückte aufs Gaspedal. »Meine Frau!«

Und die kleine Gruppe irakischer Soldaten schaute verdutzt dem anfahrenden Taxi hinterher, aus dem der Mann, halb aus dem Fenster gelehnt, ihnen zurief: »Das ist mein Schicksal, Brüder, verzeiht! Davor gibt es kein Entkommen!«

VII

Ein hässlicher Fund

Am Morgen war die Beerdigung Madame Didinas. Für die Beerdigungsmesse öffnete der Pope unsere kleine Kirche im Ort, eine Kapelle aus dem 15. Jahrhundert, mit breit abschirmendem Dach, außen wie innen dicht bemalt im byzantinischen Stil, in mannigfachem Blau: Blassblau, Graublau, Grünblau, Nachtblau – azurblau Mariä Himmelsmantel, blau auch die Wüste der Wunder, der brennende Busch, blau entrückt die in schöne Falten geworfenen Togen antiker Dichter und Denker wie Sophokles, Platon, Aristoteles und Pythagoras, Wegbereiter des Christentums; und blau auch die Seherin Sibylle im Weinberg, blau die Trauben, blau die Krüge beim Brunnen, blau auch das Meer, worauf Petrus in seiner Angst schreitet, blau die Fernen, blau auch das Nahe, die tatenlose Menschenschar, die grausamer Marter beiwohnt, blau die Engelsflügel und die Gewänder der die schräge Himmelsleiter hinaufsteigenden Gerechten, blau und blass die durch die Sprossen hinabfallenden Sünder, hinuntergezogen von einem tiefblauen Teufel.

Blau fiel auch das Licht von den Seitenfenstern herein und vermengte sich mit dem Weihrauch, während der Pope die Gebete des Vergebens sprach.

Madame Didinas sterbliche Überreste lagen vorne in einem großen Sarg auf dem Katafalk und waren mit einem weißen Tuch bedeckt, darauf, auf der Höhe, wo üblicherweise die Hände gefaltet liegen, eine Ikone mit Mariä Himmelfahrt. Wie auch der Pope bemerkte, hatten wir Madame Didina just die gleiche Ikone gegeben, die auch die Weihikone der Kirche war und über dem Eingang aufgemalt worden war.

»Die gleiche Ikone«, sagte Margot mehrfach in unserem Geleit, »es ist die gleiche Ikone.«

»Es ist auch meine Lieblingsikone«, sagte ich ihr, und sie drückte mir die Hand zum Dank.

Es ist meine Lieblingsikone von der Gottesmutter, die ausgestreckt vor den weinenden Aposteln liegt, während, unbemerkt von allen, der Sohn herangetreten ist und ihre Seele, als Kind in weißen Tüchern, feierlich in die Arme nimmt.

Nun werde ich nichts weiter von der Totenmesse erzählen, und ich bitte Sie, auch nicht zu erwarten, dass ich von unserer Trauer berichte, überhaupt von unserer Bestürzung angesichts dieses plötzlichen Todes und von den Schuldgefühlen und den Gedanken, die uns umtrieben – dergleichen gehört, meine ich, und vor allem meint das auch Margot, nicht in die Öffentlichkeit. »Incroyable, l'indiscrétion de la mort!«, hatte Margot noch am Morgen des Tages gesagt, als sie am Frühstückstisch die rote Kerze anzündete. Und die Gäste hatten auch prompt gerufen: »Emil Cioran!« Und mancher hatte dann noch gesagt: »Wie wahr!«

Waren wir abgehoben? Gefühlskalt? Nur weil später die Leute aus dem Ort ihre Trauer und die Ängste fortwährend und mit ungebrochener Energie veräußerlichten, ist das kein Grund zur Annahme, dass sie stärker empfunden haben, unverwandter, wie es in manchen Berichten hieß: »authentisch«, und dass man diese Geschichte allein aus ihrer Sicht, mit ihrem hochgeschraubten Pathos, erzählen sollte.

Ob man auch uns hätte fragen müssen, weiß ich nicht. Nur muss man feststellen, dass man heutzutage dazu neigt, das laut Veräußerlichte für offenkundig zu halten, während man dem Versonnenen misstraut. Sie mögen mir hier zustimmen.

Als uns der Pope aufforderte, Madame Didina einen letzten Kuss zu geben, küssten wir sie alle durch das Tuch: Ich küsste dessen oben aufstehende Falte, strich sie nicht glatt – und so, meine ich, machten es auch die anderen. Nur Fräulein Sanda fiel mir als Ausnahme auf, weil sie sich beim Küssen laut schluchzend regelrecht in den Sarg hineinbückte. Einen Toten berühren bringe Glück, hatte sie noch gesagt.

Der Pope stimmte das »Ewige Gedächtnis« an, und wir sangen alle mit, wiegten dabei unsere Körper ein wenig, »Ewiges Gedächtnis, ewiges Gedächtnis«, und Geos Bariton klang neben dem des Popen so schön, dass uns Tränen in die Augen schossen.

Schließlich wurde der Sarg hinausgetragen und auf einen Pferdewagen gehievt, den uns Sabin aufgedrängt hatte.

Geo ging mit dem Holzkreuz voraus, hinter ihm der Pope mit dem Weihrauchkessel an den langen Ketten mit den Glöckchen, dann der Wagen mit dem Sarg, dahinter wir.

Wir kamen an den Häusern vorbei, die ich so gut kannte: das Haus der Baba Lia, die Borschtsch verkaufte und in deren Hof immer viele Kinder spielten und dabei die Gasflaschen für den Borschtsch umstießen mit lautem Geklirre; von dem Haus blieben nur die Grundmauern übrig, das

Dach war eingestürzt. Daneben fand sich das Haus der Familie Gruia mit den drei Jungen, die mir das Mähen mit der Sense beigebracht hatten; das Haus lag im Schatten größerer Betonmauern und hatte heruntergedrehte Läden. Gleich daneben stand das herrschaftliche Haus mit dem Efeu – das Haus sah so frisch aus wie immer –, meistens mietete sich hier eine Freundin Margots mit ihren beiden Enkelkindern ein, sie trug einen ungewöhnlichen Namen, der mir entfallen ist.

Im Hof machten wir große Lagerfeuer; das Haus hatte den Großeltern der Dame gehört und war dann zwangsverstaatlicht worden, so wie unseres, und Margots Freundin klopfte jede Saison aufs Neue mit einem kleinen Hammer die Wände nach den Goldmünzen ab, die ihr Großvater da versteckt haben musste.

Einmal kam Margots Freundin aufgelöst zu uns, sie weinte und lachte zugleich: Sie hatte nämlich versehentlich ein Loch in die Wand geschlagen und brauchte in aller Diskretion einen Eimer Mörtel und weißen Kalk. Hilfe kam schließlich von der Witwe, die neben ihr wohnte und zwei Töchter mit sich reimenden Namen hatte: Tina und Arina, meine Freundinnen. Die hatten einen seitlichen Hof mit Zwerghühnern, von denen regelmäßig die piepsenden Küken zu bestaunen waren.

Wie gerne ich mit Tina und Arina Zeit verbrachte! Einmal, vor Ostern, hatten wir in ihrem Garten Eier bemalt, und dabei lernte ich, wie man Pflanzenfarben gewinnt und wie man die filigranen Muster auf die Eier zeichnet. Der tiefe Himmel mit den rosigen Wolken schimmerte noch immer über dem Garten, als wir nun mit dem Trauerzug daran vorbeikamen.

Ich ging mit, und mir war, als wäre ich dabei, nicht nur Madame Didina ein letztes Geleit zu geben, sondern der ganzen Gegend. Wie viele Erinnerungen ich von hier hatte – und wie lange doch alles schon her war.

Margot war so viel älter geworden, und ich fühlte mich ihr gegenüber schuldig, dass ich mit doch zärtlichem Gefühl der Zeit der Tyrannei gedachte, meiner Kindheit nachhing. Jene Jahre bedeuteten mir das, was ich mit »früher« bezeichnen würde, wo doch Margot mit »früher« immer das andere, Zivilisierte gemeint hatte, die Zeit vor der Diktatur, vor dem Krieg. Und ich sah ein, dass sich für mich beide *früher* vermengten.

Bei den Toren, zwischen den kindshohen Gräsern der verwahrlosten Gärten, stand hie und da ein alter Mann mit seiner Mütze in der Hand und weinte, wenn wir vorübergingen.

»Je perçus des funérailles, dans mon cerveau«: Mir kam diese Zeile in den Sinn, und der orthodoxe Gesang des Popen und das Rasseln seines Weihrauchkessels untermalten sie:

Je perçus des funérailles, dans mon cerveau,
Un convoi allait et venait,
Il marchait – marchait sans fin – je crus
Que le sens faisait irruption –

Ich hielt mit Mamargot Schritt, die wieder bei sich war, sich ärgerte und dann doch amüsierte, dass Sabin vier Männer mit Jagdgewehren mitgebracht hatte, damit sie am Grab Salutschüsse abgäben.

»Der Herr Sabin halt«, sagte Mamargot leise.

»So viel soll noch für die Herrschaften gewährleistet sein in dieser Stadt«, sagte Sabin, der, wieder ganz in Schwarz gekleidet, mit einer schwarzen Astrachanmütze in der Hand ging. Wer hätte diese alte Genossenmütze jetzt noch tragen mögen? Und doch ging Sabin mit ihr vor, als hätte er sie sich gerade vom Kopf genommen, aus Ehrerbietung der Toten gegenüber.

Sabins Gegenwart machte mich müde. Die vier Männer, die er mitgebracht hatte, waren Österreicher von der Holzfirma Schweighofer, Freunde seines Sohnes, die bis zur Abwicklung eines Korruptionsprozesses die Abholzungsarbeiten in den Karpaten unterbrechen mussten. Sabin hatte ihnen indes Jagdlizenzen verschafft, und in der vorhergehenden Nacht sollen sie einen gigantischen Bären erlegt haben.

»Big-big! Huge!«, prahlte der eine Mann vor Mamargot und hob die Hände samt Gewehr über alle Köpfe, während Sabin abwinkte und uns sagte, dass Ata den Bären mit Futter hatte anlocken müssen, wie dazumal bei Ceaușescu, die Österreicher hätten eben keine Ahnung vom Jagen.

»Pssst«, sagte jemand im Trauerzug. »Lasst die Toten bei den Toten und die Lebenden bei den Lebenden!«

»Ist doch wahr«, sagte Sabin ermutigt, »die vier sind schwach auf der Brust und haben kein bisschen Ahnung vom Jagen. Und was ich sonst noch alles gesehen habe ...«

»Man sieht halt vieles heutzutage«, sagte Yunus und zog ihn weiter nach vorn, von uns weg. Sabin klopfte Yunus auf die Schulter: »Also, man glaubt es nicht!« Die Österreicher hätten eben so schlecht gezielt, sagte er laut und halb uns zugewandt, dass sie den Bären über den halben Berg hätten verfolgen müssen, um ihn zum Schluss auch noch aus dem Fluss herauszufischen.

»Jetzt aber kommt's«, sagte er und hielt an, damit er wieder neben Margot und mir zu stehen kam. »Stellen Sie sich vor!« Weil er die Österreicher das Erlegte nach Gewicht zahlen ließ, hatten diese Geizhälse das arme Tier noch die ganze Nacht lang mit dem Föhn getrocknet! »Damit es weniger wiegt!«

Vier Mal sei der Strom in der Pension »Zum Abendstern« wegen dieses Föhns ausgegangen. »Wuuu-wuuu! Zack! Strom weg! Zack! Strom wieder weg! Vier Mal! Und dann ging der Föhn nicht mehr an.«

Die Männer lachten mit.

»Die Salutschüsse müsst ihr jetzt aber ordentlich abfeuern«, mahnte sie Sabin heiter, »schön in die Luft, verstanden? Keinen von uns hier treffen!«

»Bitte nicht«, sagte Yunus amüsiert.

Beim Friedhof wurde der Sarg vom Pferdewagen abgeladen und nur von zwei Leuten weitergetragen, weil es eng war zwischen den Gräbern.

Vor der Krypta goss der Pope Rotwein und Öl kreuzweise über das weiße Tuch und sprach das schöne Gebet des Königs Manasse: »Entsündige mich mit Ysop, und ich werde rein sein, wasche mich, und ich werde weißer sein als Schnee.«

Dann wurde der Sarg geschlossen, und zwei Männer legten die Seile darum, während der kleinwüchsige Zigeuner mit dem Mörteleimer hinabstieg.

Ich erinnere mich an viele Details, die ich aber mit den späteren Berichten aus den Medien vermischen mag, wobei mir das persönlich Erlebte rückblickend unwirklich erscheint.

Ich habe mit mir gehadert. Ist mein Vorsatz, bei der Wahrheit zu bleiben, überhaupt einzuhalten, wenn sich die Erinnerung bruchstückhaft darstellt?

Eine große Müdigkeit überfällt mich bei dem Gedanken, dass ich meine Glaubwürdigkeit noch belegen muss, dass ich mit meinem Erzählen gegen die vielen lauten Stimmen antrete, die in ihrer – medialen – Schrillheit auffallender, aufdringlicher sind. Deswegen war ich kurzerhand versucht, gleich auf die blutigen Ereignisse zu kommen, auf die Toten, auf das Entsetzen in den starren Gesichtern, auf die Befunde, dass man sie gepfählt und ihnen die Augen ausgelöffelt hat – dies in der Annahme, dass Sie diesen Bericht doch allein aus Lust an der Sensation läsen.

Doch ebendiese Annahme, einen falschen Adressaten zu haben, lähmte mich erneut. Welchen Sinn hätte es schließlich, Ihre etwaige Sensationslust zu bedienen?

Erhoffe ich mir mit diesen Worten ein bisschen Anteilnahme?

Und doch muss ich die Ereignisse aufschreiben, sei es auch bloß für mich, in den luftleeren Raum und in der stillen Hoffnung, dass es tatsächlich Leserinnen und Leser gibt, die meine Warnung verstehen werden.

Während ich dies schreibe, erinnere ich mich an die Tätowierung, die der kleinwüchsige Zigeuner auf seiner rechten Hand hatte, zwischen Daumen und Zeigefinger: ein in grüner Farbe gestochener Quincunx, die Fünf vom Würfel. Er sagte, das sei im Gefängnis das Zeichen für »allein zwischen vier Wänden«.

Sticht sich dieser Gefangene das Zeichen für sich, um sich an das Erlittene zu erinnern, oder doch eher in der Hoffnung, dass sein Zeichen gesehen und erkannt wird? Von der gut einsehbaren Stelle seines Quincunx zu schließen, muss man Letzteres annehmen – auch, dass der Mensch ein mitteilsames Wesen ist, welcher Adressat sich auch immer bei ihm ergeben mag.

Ich weiß noch, wie der kleine Zigeuner, unten angekommen, schrill zu schreien anfing. Ich dachte zunächst, das sei Fräulein Sanda, die aber stand bei den Kränzen und strich die Schleifen glatt; sie tat so, als würde sie nichts hören. Zuvor hatte sie der Pope gescholten, sie solle gläubig sein, nicht abergläubisch.

Es ging um den einen Blumenstrauß, den Margot auf den Sarg legen wollte und von dem Fräulein Sanda gesagt hatte, er bringe Unglück, direkt auf dem Sarg, die Tote würde sich dann aufrichten und mit der Stirn an den Sargdeckel schlagen und gleich wieder merken, dass sie tot war – und dergleichen.

»Gläubig, nicht abergläubisch«, hatte der sonst gutmütige Pope gerufen, mehrfach, »gläubig, nicht abergläubisch!«, und dabei so wild gestikuliert, dass er den Weihrauchkessel an den langen Ketten ausschwang und damit dem einen Österreicher ans Bein schlug.

Ob die Salutschüsse abgefeuert wurden, daran vermag ich mich nicht zu erinnern.

Jemand hatte mir den kleinen Stoffsack mit den ausgegrabenen Gebeinen gereicht, die ich zurück ins Grab legen sollte, am Kopf des Sargs – und ich wiederholte für mich: »Am Kopf, am Kopf.« Und dann ging eben der schrille Schrei los, von dem mir nicht gleich klar war, wo er herrührte.

Ich sehe wie im Traum, wie ich auf der Leiter hinabstieg, den linken Arm nach hinten zu den Sprossen angewinkelt, ich bemerkte Frauenbeine in schwarzen Seidenstrümpfen, viele Blumen, den leicht verletzten Österreicher, der auf einem Bein sprang, dann wurde es dunkler, die Unruhe der vielen Fliegen hier, und der Gestank war so unmittelbar, dass er mich der eigenen Gegenwart beraubte.

War da wirklich grüner Rauch – von dem ich ja später noch berichten werde?

Als ich zu mir kam, stand ich unten, erregt und betäubt zugleich, mit tränenden Augen. Die Szene glänzte in verschwommenen Umrissen, zunächst von der umgeworfenen Lampe, und ich erinnere mich am linken Rand an den offenen Grabschrank und rechts sehr nah an die rechte Grabmauer, auf der ich aus irgendeinem Grund einen Spiegel erwartet hatte. Ich meinte vor mir, weiter hinten, den kleinen Zigeuner auf dem Boden gesehen zu haben, ich ging auf ihn zu, mit immer lauterem Summen der immer zahlreicheren Fliegen im Ohr.

Er lag auf dem Grabstein mit den beiden abgebildeten Hunden, aber als ich ihn anfasste und er sich automatisch wegdrehte, rann mir etwas über die Hand, und ich starrte in die ausgehöhlten Augen, aus denen mir Fliegen entgegenschwirrten.

Aus dem Mund drang ein Schwall dunklen Bluts, während er die zerfledderten Lippen schürzte wie zu einem Kuss.

Ich weiß noch, dass ich schnell die Leiter hinaufgestiegen bin und oben den später von allen Medien zitierten Satz gesagt habe: »Da ist jemand.«

VIII

Über den gepfählten Traian Fifor

Polizei und Fernsehleute kamen gleichzeitig an, sie schienen sich von früheren Einsätzen zu kennen.

»Guten Abend allerseits«, rief der Polizeikommandant oben vor der Krypta, »ich habe eine schöne Überraschung für euch.«

Dann ließ er sich eine Rolle gelben Absperrbands bringen, worauf *Crime Scene* zu lesen war.

Reporter und Kameraleute jubelten.

Sie packten Kameras, Mikrofone und Kabel aus und machten gleich erste Aufnahmen, bei greller Beleuchtung. Dieses Licht, vor dem Hintergrund der rötlichen Abenddämmerung, ließ eine Gewitterstimmung aufkommen. Und so fieberhaft wie vor einem Gewitter bewegten sich auch die Leute auf dem Friedhof: Hier und da erschienen alte Bauern, um bei ihren verwahrlosten Familiengräbern Unkraut zu jäten und Kerzen anzuzünden, hastig und mit großem Einsatz, immer zu unserer Krypta spähend; sie wurden noch am selben Abend interviewt und erzählten, dass man uns hier seit vielen Jahren, wiewohl nur vage, kannte, und dass uns viele für hochnäsig hielten, für Leute, die sich für was Besseres hielten, und wer wisse schon, wozu wir fähig seien.

Mit den Medienleuten zu reden, kam niemandem von uns in den Sinn. Was hätten wir ihnen auch sagen können? Dass wir nichts vom Toten wussten? Und auch uns suchte keiner von ihnen auf, denn es gab genug Unbeteiligte, die sich bei ihnen vordrängten, um zu kolportieren, dass sie Angst hatten und nichts wussten. Nur der Polizeikommandant stellte uns ein paar Routinefragen, sehr höflich, und erlaubte uns am nächsten Tag, Madame Didinas Sarg einzumauern. Der Tote sei sicher ein Landstreicher, umgelegt von einem anderen Landstreicher, im Suff. Das kenne man zur Genüge, die Herrschaften hätten keinen Grund zur Sorge. Beim Gehen gab ihm Geo mehrfach die Hand.

Die Freunde aus Bukarest blieben ein paar Tage, manche von ihnen dann länger, um uns bei dem zu unterstützen, was folgte. Und so drehten sich unsere Gespräche aus Gastgeberpflicht auch um die Neuigkeiten im Leben unserer Gäste, um ihre Kinder und Enkelkinder, die in London, in Zürich oder Boston ein Bilderbuchleben führten, wovon Fotos, Zeitungsartikel und Firmenmagazine erzählten. Doch trotz des heiteren Tons, der Lebhaftigkeit, mit der die Freunde vom Tisch aufstanden und wieder zurückkamen, sich Fotos reichten und Saucieren oder sich immer wieder berührten beim Reden, ja gar umarmten, meine ich eine lähmende Traurigkeit gespürt zu haben: darüber, dass wir uns hier am falschen Ort befanden, auf der falschen Seite des Lebens.

»Wir wollten alles verkaufen«, erzählte uns Madame Tudoran, »das Ferienhaus in Sinaia, die Weinberge in Mitrofani, sogar unser Haus in Bukarest, beim Cişmigiu-Park, alles wollten wir verkaufen, einfach alles, was wir haben, und uns eine kleine, schmucke Wohnung in Zürich kaufen, nah bei den Kindern. Etwas Kleines am See wollten wir finden oder auf dem Hügel hinter der Oper, das sollte später den Kindern bleiben. Es gab aber nichts, stellt euch vor: Mit dem Geld hätten wir nur eine winzige Wohnung in einem Arbeiterviertel bekommen, Architektur aus den Sechzigern, das könnt ihr euch gar nicht vorstellen, dunkel und mit Spannteppich und mit Aussicht auf den modrigen Innenhof.«

Die Tischgesellschaft brach in Gelächter aus, auch weil Mamargot theatralisch sagte: »Quelle horreur!« Und beim Aufstehen vom Tisch besprach man wieder, was man bei der nächsten Mahlzeit essen würde, und die Gäste zankten sich mit großer Hingabe, wer von ihnen kochen durfte.

Bevor er wieder nach Bukarest zurückkehrte, kochte auch Yunus für uns, er beschaffte die Zutaten für das arabische Essen eigens aus Kronstadt. Es gab scharfe Linsensuppe mit Fladenbrot, Falafel mit Hummus und der Sesampaste Tahini, Zatar-Dip, Taboulé mit viel Petersilie und Zitrone, Muhammara, eine Paprikapaste mit Nuss, die erfrischende Joghurtcreme mit Minze, Labneh, daneben Baba Ganoush, eine Auberginenpaste wie die unsrige, aber mit Tahini und Knoblauch, alles mit Granatapfelkernen bestreut, am Schluss auch Mamoul, ein Grießgebäck mit Nussfüllung, und, zum Kaffee mit Kardamom, im allgemeinen Jubel eine blubbernde Nargilea aus Kronstadt, für jene von uns, die ohnehin rauchten oder auch einmal von der fruchtigen Wasserpfeife probieren wollten.

Ich konnte nichts essen, was aber niemandem auffiel, bei den vielen Händen über den Meze-Tellern. Ich hatte seit Tagen kaum etwas zu mir genommen, und doch hatte ich keinen Hunger. Wie lässt sich so was erklären? Mir war, als hätte ich vor mir nichts Essbares, als wäre die weiche, breiige Konsistenz dessen, was die anderen aßen, kein bestechender Grund, um ebenfalls zu essen; ja, mir kam die fröhliche Tischgesellschaft unverhofft fremd wie ein Schattentheater vor.

Die Gäste atmeten weißen Rauch aus, dessen Schatten sich, wie an grauen Fäden gezogen, die Wände hinaufdrehte. Den Raum erfüllte ein süßlicher Apfelgeruch, und Yunus' Küche wurde sehr gelobt, bei diesem Schmaus habe man ganz vergessen, dass gar kein Fleisch dabei war.

»Besser ohne Fleisch«, sagte ich, wie ich es immer gesagt hatte, schon in meiner Kindheit.

Und die Freunde erinnerten sich gleich an früher, vor der Wende, als Bukarest voller arabischer Studenten war, vor allem solcher der Medizin. Ceaușescu hatte in die Petrochemie investieren wollen und Öl gebraucht, deswegen pflegte er enge Beziehungen zu arabischen Diktaturen. Yunus warf ein, er habe mindestens vier Familienmitglieder, die in Rumänien studiert hätten, sie hätten allesamt wunderbare Erinnerungen an dieses Land, und er nun auch; er wolle unbedingt hierbleiben.

»Ein echter Patriot«, sagte Geo und erzählte die Anekdote mit Yunus, der »Gaudeamus igitur« schließlich für die rumänische Nationalhymne gehalten hatte.

Alle lachten laut, und am Schluss hoben sie das Glas und sangen:

Gaudeamus igitur,
iuvenes dum sumus!
Post iucundam iuventutem,
post molestam senectutem
nos habebit humus.

Während des Mahls, dem ich also mit allgemeiner Appetitlosigkeit beiwohnte – nicht aber ohne ein anfänglich noch bemühtes Interesse am Gespräch derer, die ich Freunde nannte! –, fand ich schließlich eine Zerstreuung, die Ihnen gegenüber zu erwähnen an diesem Punkt wichtig ist, offenbart doch diese Art der Zerstreuung auch eine Veränderung meines Zustands, wie ich allmählich begriff.

Es fing damit an, dass ich seufzte!

Es war ein langer, wenn auch eher leiser Seufzer, und ich sah ungläubig zu, wie mein Seufzer die Armstellung und Gestik in der Tischgesellschaft zu deren Nachteil veränderte und die Leute in sich sacken ließ wie abgelegte Marionetten. Ich atmete schnell wieder ein, und siehe da, auch das Bild zog sich daran hoch, die Tischgesellschaft parlierte und gestikulierte wie zuvor.

Ich traute meinen Augen nicht. Ich seufzte nochmals, und es geschah dasselbe, die Tischgesellschaft sackte in sich zusammen. Wie konnte das sein? Ich atmete nun in langen Zügen, betrachtete das Geschehen vor mir aufs Genaueste – und als ich den Atem anhielt, erstarrten auch die Leute wieder. Ich tapste um den Tisch und holte mir die Nargilea von dem bärtigen Herrn Tudoran, setzte mich damit wieder hin; als ich an der Wasserpfeife zog und sie zu blubbern begann, bemerkte ich, dass die Tischgesellschaft jetzt mit den Armen fuchtelte. Sie fuchtelte und fuchtelte, während es unten im grünen Glas blub-blub-blub machte, blub-blub.

Ich hauchte die weiße Wolke laut aus, es entstand ein regelrechtes Rauschen, das die Blütenblätter aller Blumen in den Vasen abfallen ließ. Träumte ich denn? Ich atmete immer schneller und schneller, spulte dabei die Ereignisse mit immer kantigeren Bewegungen zu ihrem Ende hin, während die Tonspur dazu in hohen, mokierenden Tönen in meinen Ohren erklang.

Beim Schreiben nun drängt sich mir eine Erinnerung an Arina, meine Freundin aus der Kindheit, auf. Wir hockten im Garten und mochten uns nicht bewegen. Vor uns, auf einem großen Stein, lag der blaue Staub eines Lapislazuli, den wir mühsam zermahlen hatten. Daraus würde Fra-Angelico-Blau werden, für unser gemeinsames Gemälde! Da zog ein Windhauch auf, und der feine Staub war weg.

Mit Eimer und Putzlappen ging Fräulein Sanda auf den Friedhof und hielt sich lange beim gelben Absperrband auf, damit man sie zur Krypta vorließ.

»Meine Treue«, sagte Margot zu ihr, »Sie arbeiten zu viel. Ruhen Sie sich einmal aus!«

Man wusste noch nicht, wer der Tote war, erzählte uns Fräulein Sanda, er sei viel zu übel zugerichtet gewesen, die Augen waren ihm ausgestochen worden, wahrscheinlich mit einer Gabel, Stücke von der Zunge abgeschnitten. Außerdem war sein Bauch von einem spitzen Gegenstand durchbohrt worden, der Spieß schoss knapp an Leber und Niere vorbei, der arme Mann sei vielleicht am Blutverlust gestorben, ein sehr langsamer Tod, wie sie gehört hatte. Blut allerdings hatte man in der Krypta keines gefunden, also wurde der Mann an einem anderen Ort getötet und anschließend hingebracht. Aber wozu? Wer sollte uns damit drohen wollen?

»Ach, meine Treue«, sagte Margot, »machen Sie sich nicht mehr so viele Gedanken! Ruhen Sie sich aus!«

Immerzu forderte Margot Fräulein Sanda auf, sich zurückzuziehen, und ich wage zu behaupten, dass es Margot keineswegs gestört hätte, wenn die emsige Sanda von einem Tag auf den anderen einfach nichts mehr für uns getan und sich nur mehr bei Tisch aufgehalten hätte, auf dem Ottomane in der Galerie oder auf einer der Gartenbänke beim Flieder, ja, ihre Abwesenheit wäre Mamargot dann vielleicht gar nicht aufgefallen, war sie doch ständig von lebhaften Gästen umgeben, die sich abwechselnd irgendwo betätigen wollten, im Garten, in der Küche.

»Ruhen Sie sich einfach aus!« sagte sie zu Fräulein Sanda, aber es war nicht Fräulein Sandas Art, sich auszuruhen, nicht unbedingt aus Pflichtgefühl uns gegenüber, vielmehr aus ihrer kompletten Unkenntnis einer jeden Möglichkeit zur Muße. Zumindest meinte ich das damals.

Wenn wir spazieren gingen und Fräulein Sanda kam ein Stück mit, weil sie wieder einmal auf dem Weg zum Friedhof war, um nach dem Rechten zu sehen, wie sie das nannte, dann schaute sie nicht umher, sondern nur auf den Asphalt, und wenn wir innehielten, um uns eine Herrschaftsvilla am Weg anzuschauen oder einen Vogel in den ausladenden Tannenzweigen über uns zu bewundern, klimperte sie ungeduldig mit dem Bügel ihres Eimers oder wischte etwas mit dem Fuß weg, eine vertrocknete Pflanze oder eine platt gefahrene Kröte. Dann ereignete sich auf dem Friedhof jener Vorfall mit dem Journalisten, der Sabin zurief, in B. wählten auch die Toten, die Toten stünden auf den Wahllisten, Sabin und sein Sohn seien bekannte Wahlbetrüger. Noch bevor wir etwas verstehen konnten, lief Fräulein Sanda, Eimer und Putzlappen in der Hand, eiligst hin, die Schlägerei mitzuverfolgen.

Am Abend brachte sie uns Nachricht über den Toten aus unserer Krypta, und zwar in allen Einzelheiten, die sie sich nur hatte merken können. Die Augen wurden ihm nicht mit Gabeln ausgestochen, sondern womöglich von Vögeln ausgepickt, und auch die Zunge hätte Löcher aufgewiesen, die von Schnäbeln herrührten. Das bedeutete, dass der Mann im Sterben die Zunge herausgestreckt hatte – warum, wisse man noch nicht. Aber man habe wenigstens herausgefunden, um wen es sich bei dem Toten handelte: um einen seit mehr als zehn Jahren nach Spanien ausgewanderten Mann, sein Name lautete Traian Fifor, vierzig Jahre alt.

Fräulein Sanda habe mit seiner Mutter früher in der Weberei gearbeitet, dem Vater hatte man gekündigt, wegen der Kommunistenwitze, die er erzählte, und weil er sich aus geklauten Röhren eine illegale Schnapsmaschine gebaut hätte. Traian sei auch ein Witzbold gewesen, wie sein Vater, vielleicht erinnerten wir uns. Er habe dann tatsächlich geheiratet ... »Eine Hure«, sagte Fräulein Sanda über die Frau, sie habe in Spanien Arbeit gefunden, und Traian sei nachgezogen. Im Sommer seien sie zurückgekommen, wie die anderen, um an ihrem Eigenheim zu bauen. Sie müssen sich aber getrennt haben, denn nach zwei, drei Sommern hätten sie nicht mehr weitergebaut.

Die Eltern des Mannes seien gestorben, von seinen Geschwistern wisse man nichts mehr, die seien ebenfalls ausgewandert. Vor etwa einem Jahr habe man in B. noch sehr über Traian gelacht, man habe ihm in Spanien einen Streich gespielt. Wann genau er aber zurückgekehrt sei, könne man nicht sagen, er soll unbemerkt von den Nachbarn in seinem Elternhaus gewohnt haben. Ein furchtbarer Gestank soll da vorgeherrscht haben.

»Gott soll ihm vergeben«, sagte Margot, und die anderen wiederholten es.

»Der arme Kerl«, sagte Geo, »geht weg und hofft, das große Glück zu finden, und dann kehrt er zurück und findet auch noch diesen Tod.«

Was Geo sagte, machte großen Eindruck, also schwieg ich und erwähnte nicht, dass ich Traian Fifor gut gekannt hatte.

Zudem wollte ich unbedingt ein Foto von ihm sehen, als letzte Bestätigung.

Und jetzt, zum ersten Mal hier in B., hätte ich endlich gern Internet gehabt.

Zugang zum Internet gab es hier nur auf einem Hügel, beim Ausgang des Ortes, in Richtung Kronstadt. Die Freunde fuhren regelmäßig hin, vor allem Geo, ich aber war noch nie dort gewesen.

Vielleicht muss ich mich Ihnen erklären: Ich war ja wieder hergekommen, um Margot und dieses einfache Dorf zu besuchen, um in der Abgeschiedenheit nachzudenken und zu malen. Ich wollte nicht zuletzt auch als Malerin jene Sinnlichkeit von früher wiederfinden, den direkten Kontakt zur Natur, zur Materialität, mich in meinem alltäglichen Tun an der Dingwelt reiben, wie man das nur noch in einfachen, ja primitiven Welten kann. Von der anfänglichen Vorstellung, das Internet würde die Bildung demokratisieren, das Wissen verbreiten und die Moral stärken, sind nur Ruinen geblieben. Wozu sich von diesen Ruinen ablenken lassen, wenn uns noch ein Stückchen Natur blieb, hier in B., an diesem abgeschiedenen Ort?

Auf meinem Spaziergang den Hügel hinauf, gen Internet, holte ich ein altes Bauernpaar ein und fragte es nach dem Weg.

»Zum Internet-Hügel?«, fragten sie. »Einfach hinauf!«

Auch sie wollten dahin, um mit ihren erwachsenen Kindern in Italien zu skypen.

Ich ging also mit ihnen mit.

Heute sei ein sonniger Tag, wie in Sizilien, wo ihre Kinder wohnen würden. Jeden Tag könne man zum Strand und lange baden, sie hätten ganz feinen Sand da, ihre Kinder seien sehr glücklich.

Die beiden atmeten schwer, halb vom steilen Aufstieg, halb von der Hast, alles zu erzählen, vom Glück ihrer Kinder und kleinen Enkelkinder, von den Lohnerhöhungen, den Schulerfolgen, den Preisen bei den Sportwettbewerben, von der Kapazität der Familienautos und der Höhe der ersparten Geldsummen, und ich sagte: »Toll«, »Ausgezeichnet« und »Bravo, darauf müssen Sie stolz sein«.

»Sind wir auch«, sagten sie, und der mokierende Tonfall ihrer Stimmen war unüberhörbar und galt mir.

Was ich denn so mache, fragten sie.

»Urlaub«, sagte ich.

Sie lachten, nicht ohne Spott. Das wüssten sie bereits, sagten sie, ich sei die Tochter der Frau Margot – und hier nickte ich nur –, aber was machte ich im Leben, was arbeitete ich?

»Ich bin Malerin«, sagte ich, »ich mache Kunst.«

»Kunst?«, fragten sie gleichzeitig, und der Bauer fügte hinzu: »Wie viel verdient man damit?«

»Sehr viel«, sagte ich, worauf wir den Rest des Weges ohne ein weiteres Wort zurücklegten.

Oben auf dem Hügel waren mehrere Dutzend Menschen, die laut durcheinanderredeten, jeder in seinen Handybildschirm, auf dem Kinder und Enkelkinder antworteten.

»Ist Matteo wieder Erster in der Schule?«

»Was habt ihr ihm dafür gekauft? Ein Fahrrad?«

Ich setzte mich so weit abseits wie möglich, um die Zeitung zu lesen. Ich verwendete dazu mein kleines Tablet, das ich mir in Paris beim Trödler gekauft hatte. Auf der News Site *adevarul.ro* fand ich die Nachricht, nach der ich suchte, gleich unter der Rubrik »Meistgelesen«: *Gepfählt in Transsilvanien. Ein mysteriöser Tod schafft es in die Weltpresse.*

Ein kleines Foto zeigte den aufgespießten Traian Fifor in der Gruft. Rechts neben dem verpixelten Bild war eine Porträtaufnahme von ihm zu sehen, die ihn zu Lebzeiten in Militäruniform zeigte. Ich erkannte ihn sofort an den großen Augen, die einen wie verwundert anschauten – als hätte er mit seinem fürchterlichen Ende gerechnet.

Ich erschrak über die Stimme, die neben mir aufheulte: »Du bist Omas Liebling, Chiara, weißt du das? Sag, weißt du das?« Taktvoll entfernte ich mich von der alten Frau, die noch schluchzend rief: »Gut, amore, gut, ich weine nicht mehr, ich versprech's dir.«

An der Stelle, an der die laut Telefonierenden nicht mehr eng an eng standen, endete leider auch der Internetempfang. Ich setzte mich wieder abseits, nur mit dem Bild von Traian.

Schon als junges Mädchen war ich in ihn verliebt. Ich sah ihn barfuß gehen, abends die Kuh von der Weide holen, oft mit einem langen, dünnen Haselstock im Nacken, über den er beide Hände hängen ließ, in lässiger Pose, mehr noch James Dean als Bauer unterm Joch, und mit stolzer Brust. Er konnte laut pfeifen, pfiff nach der Kuh, pfiff nach den Pferden auf der Weide und den Gänsen vom Weg, er pfiff Tiere herbei oder pfiff sie auch wieder davon, wobei sein Pfeifen oft etwas Neckisches hatte.

»Haida-de«, rief er, wenn er mal nicht pfiff; es klang erstaunt und belustigt, als würde er sagen: »Jetzt mal im

Ernst, Freunde der Sonne«, sich dabei aber nicht ganz ernst nahm.

Einmal war er von einem Baum aus auf den Rücken eines weidenden Zugpferds gesprungen. Das aufgeschreckte Tier galoppierte daraufhin mit ihm auf dem Rücken die Weide hinab und in rasendem Tempo durch den Wald und den Fluss. Traian hatte sich mit Armen und Beinen am Pferd festgeklammert und ließ es mit sich geschehen. Erst im benachbarten Ort getraute er sich abzuspringen, ausgerechnet vor der Pension »Zum Abendstern«, wo gewöhnlich die kommunistischen Bonzen mit ihren Frauen abstiegen.

Traian ahmte bei jeder Gelegenheit die staunenden Bonzen und ihre aufgetakelten Frauen nach, die sein Teufelsritt erschreckt hatte, und zog dann auch gleich sein abgetragenes Hemd hoch, damit wir die Striemen von den Peitschenhieben sahen, die ihm sein Vater verabreicht hatte und die er kaum gespürt haben wollte. Was ihn nicht töte, mache ihn nur stärker.

Ich sehe ihn noch vor mir, wie er auf dem weißen Markierungsstein bei der Straßenbiegung saß, einen Grashalm im Mund; und wie er mich mit einer Mundbewegung, die den Grashalm kurz nach oben hob, begrüßte.

»Was machst du da?«, fragte ich.

»Ich warte darauf, dass was passiert«, sagte er.

»Was denn?«

»Keine Ahnung«, sagte er und brach in sein fröhliches Lachen aus. Ich lachte mit. Und dann erklärte er mir, wie die kleinen Spinnen fliegen.

Wir saßen damals auf einem großen Baumstumpf gleich bei der Wiese, wo heute ein alter *Dacia* stand und Frischgetränke und Brezeln feilgeboten wurden, und küssten uns.

Traian hatte starke Karies und in den Vorderzähnen kleine Löcher, wie durchschossen, aber das störte mich nicht. Echte Liebe, wusste ich, braucht Überwindung.

Ich streckte mein Handy dem Signal entgegen, um über Traians Tod zu lesen. Auf den bläulichen Bildschirmen der versammelten Einwohner von B. flackerten die Gesichter vieler Kinder, auf manchen auch tatsächlich das verpixelte Foto vom toten Traian und jene Porträtaufnahme in Militäruniform. Dicht neben mir stand ein alter Mann und schaute sich ein Fußballvideo an; ich weiß nicht, warum mir diese Erinnerung so präsent ist. Aus seinem Handy trommelte es, und Menschenchöre riefen beherzt: »Olé-olé-olé-oléééé…«

Ich befragte die Suchmaschine nach Traian Fifor und staunte über die vielen Treffer, die aufschienen. Sein Bild und die Nachricht, dass er gepfählt worden war, ließ sich auf *theguardian*, *rfi*, *spiegel.de*, *nytimes*, *oglobo* und auch auf Blogs finden, und getwittert wurde unter #traianfifor, #impaler, #draculaproof, #transylvania und #țeapă.

Der längste Artikel war der auf *adevarul.ro*, der Berichte internationaler Medien zitierte, die wiederum Berichte der hiesigen Presse aufgegriffen hatten. Er enthielt die Information, dass die verunstaltete Leiche eines gewissen Traian Fifor von den Teilnehmern einer Beerdigung in deren Familienkrypta entdeckt worden war und dass die Leiche klare Merkmale einer Pfählung aufwies, wie sie Mitte des 15. Jahrhunderts, zu Zeiten des Fürsten Vlad des Pfählers praktiziert worden war.

Der Verurteilte wurde damals auf den Boden gelegt, seine Arme und Beine festgebunden, und Henker zogen ihm durch den Anus einen angespitzten und mit Fett bestrichenen

Pfahl vorsichtig an Niere und Herz vorbei, heraus durch den Mund oder durch den Hals, Letzteres seitlich, zwischen Kopf und Schulter. Anschließend wurde der Pfahl in die Erde gesteckt, und der darauf zur Abschreckung Gepfählte rutschte noch ein bisschen auf dem Pfahl hinunter und starb langsam und kläglich an unvorstellbaren Schmerzen und an Durst, wobei sich auch die Raben auf ihn stürzten, in Scharen, um ihm Augen und Zunge herauszupicken und das Fleisch vom Leib zu reißen.

Genau so also ließ Mitte des 15. Jahrhunderts Fürst Vlad feindliche Türken pfählen, sie hatten die Turbane noch auf dem Kopf; aber auch Mörder, Diebe und korrupte Bojaren ereilte dieses grausame Ende.

Vlad the Impaler arisen in Transylvania, schrieb *The Sun*, und die *Libération* bestätigte: *Empalé en Transylvanie*. Im Schlussabsatz des *adevărul*-Artikels stand zu lesen, dass Fürst Vlad der Pfähler ein, wenn nicht gerade zeit seines Lebens, so doch anschließend in den rumänischen Geschichtsbüchern und noch heute im Volk gelobter gerechter und gestrenger Vater war, den auch der Nationaldichter Mihai Eminescu heraufbeschworen hatte, 1881, angesichts der damaligen Fülle von korrupten Politikern, und zwar in dem oft und immer öfter zitierten Vers:

Ach, Pfähler! Herrscher! Kämst du doch,
Mit harter Hand zu richten.

Wegen der Bedeutungsverschiebung des Verbs »gepfählt werden«, das heutzutage im Rumänischen auf einen selbst verschuldeten Reinfall hindeutet – dazu wird verhöhnend »Pfahl!«, also »Țeapă!«, gerufen –, waren die weiteren

Artikel zum Thema nach dieser neuen Bedeutung empfohlen: *Țeapă! Rumänischer Gastronom in Spanien gepfählt: Die Gäste machten sich Conga tanzend aus dem Staub, ohne zu bezahlen; Țeapă idioată! Zwei rumänische Diebe pfählen sich in Sizilien selbst: Sie wollten die Kasse einer Bäckerei stehlen, nahmen aber die Waage mit! Gepfählt bei der Schönheits-OP: Diese Promis ließen sich von einem Türsteher operieren! Rentenerhöhung, Țeapă colosală: Die neue Regierung stellt ihren Wählern einen dicken Pfahl auf.*

Als ich später vom Bildschirm aufblickte, fuhr ein Schmerz durch meinen Schädel, ein Stich so kraftvoll wie ein Schlag. Und während ich benommen heimging, mit buckligem Rücken, gingen mir allerlei Worte durch den Kopf, unsinnige Sätze, dass die Hitze Arabiens den Offizier Lawrence mitten aufs Haupt treffe, wie ein Schwert. Genau wie ein Schwert! Ich eilte nach Hause.

In meinem Zimmer zog ich die Vorhänge zu und legte mich hin, am helllichten Tag. Ich fiel in einen unruhigen Schlaf.

Wie mit einer großen metallischen Feder aufgezogen, richtete ich mich langsam im Bett auf; mit dem gespannten Körper eines Jungtiers, das zum ersten Mal Witterung aufnimmt, merkte ich auch.

Die Nacht war frisch, durch den Spalt der Vorhänge drang das blasse Mondlicht. Ich vernahm das leise Atmen und Seufzen im Haus, gelegentliches Rascheln von Bettlaken, Geräusche, an denen sich der Raum um mich her aufspannte.

Mich aber zog es hinaus, zur Galerie des Hauses, und so folgte ich meinem Schatten durch die Räume, ging geräuschlos über das üblicher Weise knarrende Parkett. Ich glitt dahin, und nur die Vorhänge wiegten sich leicht, als ich durch den schmalen Spalt, den sie bildeten, hinaustrat.

Ich fühlte die Kühle der Umgebung auf meinem Gesicht. Der Wald lag hell und reglos, mir schien: versteinert. So kannte ich ihn noch nicht. Nur allzu leicht machte ich Bewegungen darin aus – Tiere der Nacht, die meisten von ihnen ahnungslos.

IX

Das Grab des Fürsten

Am nächsten Morgen weckte mich Mamargot, denn es war Sonntag und ausnahmsweise Heilige Liturgie in B. Bei so vielen Leuten sei der Pope aus dem benachbarten Ort gewillt gewesen, in unserer Kirche die Messe zu feiern.

Mamargot stellte mir ein Tablett mit Frühstück aufs Bett, weiteres Essen stehe noch im Wohnzimmer.

»Ein Festschmaus!«, rief ich, obwohl ich nicht hungrig war.

Draußen braute sich ein Sturm zusammen, unverhofft, wie es das nur in den Bergen gibt. Unter den tief hängenden grauen Wolken schimmerte das Tageslicht in der Umgebung metallen. Mamargot liebte dieses Wetter, und so sagte ich ihr zuliebe, die Kaffeetasse in den Händen, dass ich dieses Sturmwetter liebe, und Mamargot rief: »Ja, ich auch! Seit meiner Kindheit!«

Kurz vor Beginn der Messe fing es zu schütten an. Vor der geöffneten Kirchentür fiel das Wasser wie ein endloser Vorhang, während wir im Kirchenschiff dicht an dicht standen, in einen leuchtenden Schleier gehüllt. Der Dunst, der von unseren Kleidern aufstieg, und der Weihrauch brachen das Licht auf eine Weise, die uns zu erleuchten schien.

Wo die Glöckchen des Weihrauchkessels erklangen, der vom Popen weit ausgeschwungen wurde, wichen die Gläubigen zurück, und beim Bekreuzigen stieß man mit dem Ellenbogen gegen den Nachbarn und fühlte auf dem Rücken den Arm dessen, der sich hinter einem bekreuzigte.

Dann rief der Pope aus: »Die Türen! Die Türen! In Weisheit lasset uns aufmerken!« Und wir erhoben die Stimme zum Glaubensbekenntnis, sprachen es ganz laut, um den dröhnenden Regen draußen zu übertönen. Mamargot und ich standen zuvorderst, auf der linken Seite, und ich erblickte uns auf der Glasscheibe, die auf der Marienikone vor uns befestigt war. Ich sah hin und dachte zuerst, wir wären Teil von ihr.

Ich erinnere mich gut an die Predigt, anders als manche zuvor blieb sie in meinem Gedächtnis haften. Der Pope knipste den Kronleuchter an, es wurde einigermaßen hell, und er wandte sich uns zu und sagte: »Gott hat jeden von uns erlöst, auch diejenigen, die an Orten voll des Unrats und der Fäulnis dieser Welt hausen, so wie er auch den Besessenen aus Gadara erlöst hat, der in Gräbern hauste.« Und just als er von dem Besessenen sprach, schaute er zu Mamargot und zu mir, was die Blicke der Leute zusätzlich auf uns lenkte. Dies sei ein Zitat aus Nicolae Steinhardt, sagte er schließlich, wobei Mamargot und ich zustimmend nickten.

Die Predigt also ging über den Besessenen aus Gadara, der aus den Gräbern heraussprang und die Leute erschreckte. Von Christus gefragt, wie er heiße, antwortete es aus dem Mann: »Legion, denn wir sind mehrere.«

Eine wahrlich wundersame Begebenheit, rief der Pope, denn es gibt keine anonymen, unpersönlichen und mithin keine Existenzen ohne Eigenverantwortung. Jeder trägt einen Namen, auch die Engel und auch die gefallenen Engel. Doch die Dämonen im Mann versteckten sich in der Gruppe, sie nannten sich »Legion«.

»Legion«, rief der Pope laut, und sein Blick streifte durch die Kirche. Zu meiner Linken der gesenkte Kopf Fräulein Sandas, die sich leise in die Brust spuckte.

Sie erkannten die Macht Christi und lamentierten, dass man sie nun vor der Zeit, also vor dem Jüngsten Gericht, zu plagen trachtete. Sie pochten auf ihr Recht, bis dahin frei zu sein, denn dies hätte Gott allen gegeben, Adam und Eva und auch den gefallenen Engeln: das Recht der freien Wahl. Christus aber befielt ihnen, aus dem Mann herauszukommen, denn sie rauben mit ihrer Freiheit die Freiheit eines anderen, die des besessenen Mannes, der nicht mehr Herr seiner selbst sein kann.

»Versteht ihr das?«, fragte der Pope und hielt an. Der Sturm erklang lauter in unserer Stille, dann wieder diese Streifgeräusche, herrührend von den Kleidern; manche bekreuzigten sich im Gemenge.

Im Wissen, dass Christus ihnen den Eintritt in einen anderen Menschen verwehren würde, baten die Dämonen darum, in die Schweine einziehen zu können. Dies wurde ihnen gewährt. Daraufhin zogen sie in die Schweine ein und stürzten sogleich von der Klippe in die Tiefe.

»Ihr Ziel war also die Tiefe und auf ihrem Weg dahin andere ins Verderben zu stürzen!«

Hier warnte der Pope vor anonymen Personen und Erscheinungen, die im Namen eines angeblichen Rechts und einer angeblichen Wahrheit ankommen und uns vieles versprechen, wenn wir sie einlassen, doch am Ende komme stets nur der Fall. »Lasst sie nicht rein, denn ohne euer Einverständnis haben sie keine Macht über euch!«

Möge uns »großes und reiches Erbarmen« zuteilwerden, sagte der Pope und hob die Arme, da schritt schon Bürgermeister Sabin mit einem großen Papierbogen nach vorn und bat den Popen, etwas Wichtiges mitteilen zu dürfen, eine gute Nachricht.

Es ward ihm erlaubt.

Sabin räusperte sich demonstrativ und wartete, bis alle still waren. Dann setzte er zu einer langen Rede an, um dann mit großen Umschweifen und Selbstbeweihräucherungen zu der schockierenden Nachricht zu kommen: »Liebe Bürger!«

Wir hätten anstrengende Tage hinter uns, begann er salbungsvoll, ereignisvolle Tage, vor allem er, als Bürgermeister mit Verantwortung, habe vieles zu tun und viele Sorge zu tragen gehabt, und dies sei jetzt ein guter Augenblick und ein guter Ort, um allen, die er geärgert haben möge, willentlich oder unwillentlich, vor allem unwillentlich, sagte er augenzwinkernd. Er wolle also, mit aller Demut, wie es sich hier in diesem Gotteshaus gehöre, eben direkt und ohne lange Rede, ganz so, wie man es von ihm kenne: um Verzeihung bitten.

Die Gemeinde raunte.

»Wo käme man denn hin?«, fragte Sabin, und hier lachte er einnehmend, und mancher Bauer lachte mit.

Der schauerliche Fund in der Krypta einer ehrwürdigen Familie aus Bukarest, sagte Sabin weiter und verbeugte sich vor Mamargot so langsam, dass alle um uns zu ihr schauten, einer ehrwürdigen Familie, fuhr er fort, die sowieso eine Prüfung vor dem Herren durchzustehen gehabt habe, ja, weiß Gott!, dieser schauerliche Fund habe also etwas Unerwartetes zutage gebracht, ja, auch zu einem guten Zeitpunkt, würde er sagen, in aller Demut, aber auch stolz, warum nicht, im Jahr, da unser Land hundert Jahre Vereinigung aller Fürstentümer zu Großrumänien feiere.

Jemand in der Kirche fing an zu klatschen, andere sagten: »Pssst«, und Sabin sagte schwungvoll, wäre er an einem anderen Ort, würde er, angesichts der exzellenten Nachricht, die auf die schlechten Tage jetzt folge, sagen – und hier flüsterte er, aber laut genug, dass es jeder hörte –, er würde sagen, dass jeder Tritt in den Arsch ein mächtiger Schritt nach vorn sei. Womit er allgemeine Belustigung hervorrief.

Hier legte er eine Pause ein, sprach leise mit dem Popen; und wie man sich vorstellen kann, begann es in der Kirche zu rumoren, und mancher Journalist rief: »Was wurde gefunden, Chef? Sag es uns doch!«

Allmählich drehte sich Sabin um und sagte, er bitte um Erlaubnis, die Mitteilung, die er habe und die ihn sehr bewege, wie sie zweifelsohne uns alle bewegen werde, sobald wir sie erführen, vom Papier abzulesen, er wolle in der Aufregung nichts vergessen.

Er begann zu lesen. Und er las einen langen Text über die Geschichte des Ortes, die wirr daherkam, mit vielen Jahreszahlen aus dem Mittelalter, als hier mehrfach die riesigen Janitscharenarmeen der Osmanen von rumänischen Fürsten besiegt worden waren, die ihrerseits nur eine Handvoll tapferer Männer befehligten, die aber klug und listig waren, denn sie ließen die Felder verbrennen und die Brunnen vergiften auf der Marschroute der osmanischen Armee und ließen auch keine Tiere zurück, sondern versteckten alles in den Bergen, von wo sie immer wieder plötzliche Angriffe auf den zermürbten Gegner unternahmen. Und ein Journalist rief dazwischen: »Hast du jetzt das Schulbuch abgeschrieben?«, was allgemeine Heiterkeit hervorrief, aber auch Rufe nach mehr Respekt.

Sabin aber antwortete mit erhobenem Zeigefinger, dass er nun einmal daran erinnern wolle, wer wir seien, eben nicht mehr und nicht minder als die Retter Europas, denn hätten hier am Tor der Zivilisation unsere Vorfahren nicht die Paganen aufgehalten, in ständigen, märtyrerhaften Kämpfen, wären die anderen in Europa nicht mehr dazu gekommen, ihre riesigen Kathedralen zu bauen.

Die Kirche begann, sich zu leeren.

Er wolle es auch kurz machen, rief Sabin, man habe hier in B. auf dem Friedhof, in der Krypta einer ehrwürdigen Familie aus Bukarest, einen unglückselig Ermordeten gefunden. Davon wüssten ja bereits alle oder seien eben zwecks Berichterstattung darüber hergekommen. Man habe, wie bei einem Tatort üblich, den Fundort untersucht, und … weitere Tote gefunden.

Diesen Witz verstand ich erst, als alle um mich her herzlich lachten.

»Aber im Ernst, jetzt«, sagte Sabin, man habe den Fundort der frischen Leiche untersucht und dabei festgestellt, dass der alte Grabstein, auf dem der Tote gelegen habe, ein Grabstein von unbezahlbarem Wert sei.

Hier drehte er ein Blatt zu uns, es zeigte ein Bild von jenem Grabstein mit den beiden Hunden. »Schaut her, liebe Rumänen«, sagte er mit hohem Pathos und hielt das Papier hoch, zum Kronleuchter der Kirche hin, »schaut her, was wir gefunden haben!«

Von der Anstrengung, das Bild so lange hochzuhalten, oder gar aus Rührung, begannen seine Hände zu zittern, und seine Augen tränten im Glanz des Kronleuchters.

Er habe Fachleute vom Historischen Museum in Bukarest konsultiert und von den ehrwürdigen Professoren die Bestätigung dessen bekommen, was er schon geahnt habe und was gebildete Journalisten ebenfalls erkennen müssten, zweifelsohne. Was für eine Schlacht war hier denn, bitte schön? Oder habe man die glorreiche Vergangenheit seines Landes vergessen?

Ein Raunen ging abermals durch die Kirche, Stimmen erklangen durcheinander.

An diesem großen Tag, schloss der Bürgermeister feierlich, an diesem ruhmreichen Tag, da wir ein Stück von unserer Geschichte erfahren würden, eben von unseren ruhmvollen Ahnen, an diesem Tag also habe er als Bürgermeister zu einem feierlichen Umtrunk einladen wollen, draußen im Kirchhof, nur regne es halt, aber der Umtrunk sei nur aufgeschoben und werde später umso großzügiger ausfallen.

»Was ist mit dem Grabstein?«, fragte ich auf Mamargots Bitte hin laut nach vorn.

Sabin lächelte mir dankend zu. Dann sagte er, ganz laut und zeremoniös, das in unserer Krypta entdeckte Grab könne eben nur dem einen gehören, der hier kämpfte und viele besiegte und schließlich hinterlistig ermordet wurde wie ein Märtyrer: dem tapferen Fürsten mit Weltbekanntheit, unserem Fürsten Vlad dem Pfähler.

Ein Jauchzer stieg aus aller Munde, und der Pope sagte feierlich: »Amen!«

Sie können sich vorstellen, dass uns die Nachricht unvorbereitet traf. Was tun, wenn man in der eigenen Krypta das Grab eines berühmten Fürsten entdeckt, des berühmtesten rumänischen Fürsten überhaupt, und das just im Jahre des hundertjährigen Jubiläums unseres Landes, in einer Zeit also, da die Politiker allerlei Nationalhelden wiederbeleben müssen, vor allem solche aus ferneren Zeiten, um von ihrer Misswirtschaft und ihrer uferlosen Korruption abzulenken?

Dass wir mit der Nachricht über diese Entdeckung überrumpelt wurden, dass man uns also nicht vor der öffentlichen Verkündung informiert hatte, was man bei uns, auf unserem Eigentum, gefunden hatte, erinnerte Mamargot an die Vorkommnisse bei der kommunistischen Enteignung unserer Villa. Vor Wut platzte ihr eine Ader im Auge, ein schmerzhafter Anblick, ihre dunkle Pupille, umgeben vom dunkelroten Blut, und überhaupt beschäftigte sich Margot den Rest des Sonntags abwechselnd nur noch mit diesen beiden Themen: die Meute der sogenannten Patrioten und Gaffer, die bald in ihrer Krypta ein und aus gehen würden wie bei Lenin, und dann ihre Sonnenbrille, die sie irgendwo im Haus aufbewahrte und jetzt für dieses hässliche Auge gut brauchen könnte.

»In welcher Verwandtschaftsbeziehung stand denn nun unsere Familie zu dem Fürsten?«, fragte Geo, der seine unwillkommene Begeisterung kaum unterdrücken konnte.

Wer aber konnte das schon wissen? Wer kannte unsere Genealogie?

Das Thema bedrückte Margot, bald würden sie alle bei ihr hereinstürmen, man hätte sie zumindest warnen müssen.

Und dann, beim Abendessen, verfiel Geo auf eine Tirade über das Recht aller Rumänen, ihre Geschichte zu kennen.

Man kenne nicht mal mehr die Geschichte der eigenen Familie, klagte er, die Eltern hätten einem nichts erzählt in jenen berüchtigten Zeiten, die kommunistische Diktatur habe den Fluss des Wissens ganz allgemein trockengelegt, während die Geschichte in den Schulbüchern im Sinne der Staatsdoktrin umgeschrieben wurde ...

»So ist es«, sagte auch Ninel, »Geo hat leider recht.«

In feierlichem Ton sagte Geo, dass man diese Verbindungen mit der Vergangenheit wiederherstellen müsse, denn nur wenn man wisse, woher man komme, wisse man, wer man sei – und wer man zu sein habe! Jetzt zeige sich, dass wir die Nachfahren des berühmtesten Fürsten des rumänischen Landes seien. Jawohl, sagte Geo beherzt, das Siegel auf dem Grabstein, der siegreiche Drache, Symbol des Christentums, könne nur einem einzigen Mann gehören: jenem kühnen Fürsten, ohne den, wie der Philosoph Emil Cioran sagte, die Geschichte unseres Landes nur ein weites Feld voller Schafe wäre. Denn einzig Vlad der Pfähler habe unsere Geschichte markiert, punktiert, eben gepfählt mit aller Entschlossenheit. Vor ihm und nach ihm, leider auch jetzt, sei Rumäniens Geschichte nur eine öde Weite voller Dummheit und Herdentrieb.

»Quelle horreur!«, rief Mamargot und bedeckte ihr blutiges Auge zusätzlich mit der Hand.

Am nächsten Tag fuhr ich sie nach Kronstadt, wo wir uns große Sonnenbrillen kauften und bei einem Sicherheitsdienst vier Agenten für den Schutz unserer Krypta verpflichteten. Die Männer waren von massivem Körperbau und blickten streng – und man versicherte uns, dass sie unbestechlich seien, »von guter, transsilvanischer Moral, fast schon deutsch«.

X

Der Einzug Draculas in B.

Ich versuchte, mich an Traians verunstaltete Leiche zu erinnern, bereute es, sie nicht länger angeschaut zu haben. Doch ich sah nur die ausgehöhlten Augen, aus denen Fliegen schossen, und den Mund, aus dem sich ein Schwall dunklen Bluts über mein Handgelenk ergoss. Hätte ich doch genauer hingesehen.

»Traust du dich wirklich, Hand in Hand mit mir zu gehen?«, hatte mich Traian damals beim großen Baumstumpf gefragt.

»Ja, klar«, hatte ich gesagt und ihn an der Hand gefasst.

Er hatte das nicht erwartet, schaute sich erschrocken um. Wir gingen ohne ein Wort in den Wald.

Es könnte Nachmittag gewesen sein, der Wald in ein zitterndes Licht getaucht, ich erinnere mich an den Duft von morschem Holz und an aufsteigenden Dampf aus dem Laub. Wir liefen schnell, aber ziellos, gelegentlich Hänge hinab und wieder hinauf und stolperten über aufstehende Wurzeln, auf dass wir die Hand des anderen noch fester fassen und einander zurufen konnten: »Pass auf!« Und als ich mich nach wilden Erdbeeren bückte, zog ich ihn hinterher. »Wie ein Teil von mir ist deine Hand in meiner.« Wer hatte das wieder gesagt? Unsere Hände waren verschwitzt, die Finger ineinander verkeilt, dieser Griff der festeste Teil unser beider Körper.

Irgendwann kamen wir zum Fluss, dessen Wasser angestiegen war und der an manchen Stellen brauste und schäumte. Traian sagte: »Komm, wir gehen rüber zu den Haselnüssen.«

Wir stapften ins Wasser, ich lief flussaufwärts und hielt Traian fest an der Hand.

Da stolperte er über einen Felsbrocken, balancierte und verlor meine Hand. Sofort sprang ich ihm hinterher und fasste ihn wieder.

»Hab keine Angst«, sagte er lachend, »hab keine Angst, ich bin da.«

Am Ufer neckte ich ihn: Angst hätte *er* gehabt, und nicht ich, die ich schwimmen kann.

»In diesem Fluss kann man nicht schwimmen«, sagte er.

»Doch!«

»Sicher nicht!«

»Wetten?«

Wir küssten uns auf den Mund.

In den Vorderzähnen hatte er kleine schwarze Löcher, aber das störte mich nicht. Und weil es mich nicht störte, dachte ich, es sei Liebe.

Eine Ahnung zog mich aus dem Bett, es war Nacht. Lautlos lief ich über das Parkett, mein weißes Nachthemd, das mir von der Schulter herunterhing, schleifte über den Boden. Ich öffnete die Fenstertür zur Galerie unseres Hauses und ging am gespiegelten Mond vorbei, vernahm einen Seufzer, vielleicht meinen eigenen.

Er stand an der Steinbrüstung, den Rücken zu mir.

»Hier bin ich«, sagte ich und streckte ihm beide Arme entgegen.

Können Sie mir folgen? Trauen Sie sich, das zu tun? Ich war nämlich dabei, mich von dem, was ich bis anhin mein Leben genannt hatte, abzuwenden.

Der Tag aber brach an, dieses gleißende Licht, das überall harte Kanten gegen das Dunkel schnitt, das Blasse von der Finsternis schied. Und über allem lag dieser Geruch nach gegrillten Fleischhackbällchen, dem ich voller Abscheu meine allgemeine Appetitlosigkeit entgegensetzte.

Kennen Sie James Ensors Gemälde *Einzug Christi in Brüssel im Jahre 1889*, in dem man den Heiland kaum sieht, wohl aber das hässliche Volk, das ihn feiert und sich damit eigentlich selbst feiert – in seiner penetranten Gegenwärtigkeit?

Ein ähnliches Bild bot die Kirmes in B., kurz nach Sabins Ankündigung, man habe hier das Grab Vlads des Pfählers entdeckt. Man mochte den ungeheuren Nachrichten in den Medien gar nicht glauben, und doch wollte man es nicht versäumen, den Ort, über den alle Welt sprach, aufzusuchen.

»Ich habe B. wiederbelebt!«, rühmte sich Sabin.

Als ich mit dunkler Sonnenbrille hinunterging, saß er auf der Gartenbank unter dem Flieder, eine kleine Kaffeetasse in der Hand, die er mit zwei Fingern am kurzen Henkel festhielt, die übrigen Finger weit abgespreizt.

Jetzt, da so viele Leute wieder da seien, wolle er auch um die Unterstützung der feinen Leute bitten, und er meine dabei keine Hilfe, die irgendwelche Mühe und Umstände bereiten würde, sondern einfach nur eine weitere Portion

Vertrauen in ihn, der sich seit nunmehr vierzig Jahren um den Ort sorge. Es sei eben nicht die passende Zeit, Einzelheiten zu hinterfragen, man müsse jetzt handeln, es sei der Moment der Tat: jetzt oder nie!

Er kam zur Sache: Die Menschen seien nun da, so viele Menschen wie noch nie, da müsse Margot doch ihre Gruft für die Besucher öffnen. Was sei schon dabei?

Aber Margot, die ihre Augen ebenfalls hinter einer großen Sonnenbrille verbarg, blieb bei ihrer freundlichen Ablehnung. Sie wolle keine Fremden in der Familiengruft, für kein Geld der Welt, das sei ihr gutes Recht.

Die seien keine Fremden, insistierte Sabin und sah kläglich dabei aus, rot im Gesicht und verschwitzt, mit verrutschter Haarsträhne.

Er schaute zu mir, um abzuschätzen, ob ich ihm helfen würde. Aber er ahnte gleich, dass er auch bei mir auf Granit beißen würde mit seiner Geschäftsidee.

Nein, beileibe keine Laufkundschaft, führte Sabin aus, es handele sich ausschließlich um ehrwürdige Professoren, betraut mit der Geschichte unseres Volkes, und Regierende unseres Landes, die einfach eine Kerze anzünden wollten für die Seelen unserer Ahnen, natürlich auch einige wohlwollende Journalisten, die es in einer Demokratie nun einmal geben müsse, Freunde von ihm, und, ja, ein paar wenige Touristen auch, allerdings rumänische Pilger, die sich besinnen wollten, und natürlich auch eine Anzahl Reisender aus dem Ausland, die bereit wären, sich mit unserer Geschichte und Tradition zu befassen. Man könne diesen Leuten den Eintritt zum großen Vlad dem Pfähler, der ja der Fürst aller Walachen war und schließlich Vorfahr aller Rumänen von heute, keinesfalls verbieten!

»Ich verbiete nichts«, sagte Margot mit ausgesuchter Höflichkeit, »ich bestehe nur auf meinem Rechten als Privatperson. Das können Sie sicher verstehen.«

»Das versteht ein jeder, natürlich«, sagte ich. »Hat man denn herausgefunden, wer Traian Fifor ermordet hat?«

Sabin schaute mich befremdet an.

Ich wiederholte meine Frage nach Traian, und Mamargot setzte nach: »Weiß man endlich, wer den Mann getötet und auf unser Grab gelegt hat?«

»Was weiß ich«, entfuhr es Sabin.

»Wer soll das wissen, wenn nicht Sie«, sagte Margot.

Sabin stutzte einen Augenblick zu lange, dann fasste er sich und lachte. »Da kennen Sie mich gut«, sagte er und ließ sich Kaffee nachschenken.

Mamargots Einschätzung stimme, er habe schon einige Informationen vom Kommissariat in Sinaia erhalten, die seien mit dem Fall auf einem sehr guten Weg, nur könne er, wie wir sicher verstünden, nichts weitergeben. Eines könne er gleichwohl sagen, unter uns, als alten Bekannten, ja fast schon Freunden, wenn man so sagen könne. Solche Fälle seien die Folge eines Sittenverfalls in Rumänien. Er wolle damit nicht sagen, dass es besser war unter Ceaușescu, Gott bewahre, das nicht, obwohl damals mehr Ordnung gewesen sei und mehr Patriotismus, überhaupt mehr Respekt für Autoritäten.

Ich bewunderte Mamargot, wie sie mit einer unmerklichen Geste den Aufbruch signalisierte, um dann mitsamt dem Gast aufzustehen und sich von ihm, mit einem Anflug von Bedauern für seinen Abgang, zu verabschieden.

Ja, sagte Sabin hastig, er habe ja ebenfalls zu tun, mit uns habe er die Zeit vergessen, und es sei jetzt spät. Doch wolle er nur noch sagen, dass es bergab gehe mit den Sitten in Rumänien, Margot könne das sicher nicht entgangen sein, mit den feinen Herrschaften; und gerade deswegen sei ein historisches Vorbild wie Vlad der Pfähler dringend vonnöten. Sie solle sich das mit der Gruft bitte nochmals überlegen, so schnell es geht, unbedingt, er bitte inständig darum.

Nachfahren von Helden hätten eine Verpflichtung, nicht wahr, das moralische Erbe weiterzugeben an das Volk, es zumindest dem Volk nicht vorzuenthalten. Und jetzt sei doch so viel von unserem Volk hierher nach B. gekommen. Überhaupt habe er neues Leben nach B. gebracht, von B. aus könne jetzt neues Leben strömen, eine neue Moral, B. werde bald das Zentrum von Rumänien sein, ja das Zentrum der ganzen Welt.

Kaum hatte er das Tor hinter sich geschlossen, rief Fräulein Sanda vom Fenster aus: »Kann ich jetzt die Teppiche ausklopfen?«

»Ja, sicher, meine Gute«, sagte Mamargot, »wir sind hier längst fertig.«

Ich hörte den dumpfen Schlägen des Teppichklopfers zu, als würde ich den Schlägen meines Herzens nachspüren. Sie klangen vertraut. Viel zu früh rief Mamargot zu Fräulein Sanda hinaus: »Genug, meine Treue, sonst ersticken die Leute noch am Staub!« Sofort drangen die vulgären Klänge von Sabins Kirmes wieder an mein Ohr und machten mich zum Zeugen tumultuöser Ereignisse, die ich lieber nicht bemerkt hätte.

Ich hätte versuchen können wegzusehen, doch das Unterfangen wäre aussichtslos gewesen, das Bild von Draculas

Ankunft in B. drängte sich mit Macht auf: In festlichem Rot-Gelb-Blau, den rumänischen Nationalfarben, mit dem angewehten Grün der Karpaten, hier und da mit weißen Farbstößen, zeigte sich auf dem abfallenden Weg eine Menschenmenge von Maskierten und Unmaskierten. Beamte und Fromme, Sabin und Ata mit Schärpe, Männer in Anzügen, die drei Österreicher mit ihren Gewehren, alte Frauen unter Kopftüchern, verschrumpelte Herren, die gerne vor Kameras mit ihren schwieligen Händen gestikulierten, adrette junge Männer mit übertrieben sorgfältig rasierten Bärten, die ihrerseits mit den Handys filmten, junge Frauen mit rotem Schmollmund, die Selfies machten mit den Fahnen im Hintergrund, dazwischen ein alter Bauer, der just zur Nachrichtenstunde mit einem rostigen Spaten vor den versammelten Kameras der Weltpresse vorbeistolzieren musste, auch ein hochgereckter Ziegenkopf aus Holz auf einem langen Stab war zu sehen, mit farbigen Schleifen und Bommeln versehen von den Tänzern mit der Ziege.

Ferner gehörten zu einer Kirmes natürlich eine Geige, Seifenblasen, ein paar Bettler, die alte Frau mit der magentafarbenen Haarpracht, Zuckerwatte essend, darüber wieder große Fahnen mit dem Wappen der Monarchie und Quasten an den Rändern, kleinere Fähnchen und viele Schulkinder, die in Gruppen umherirrten, während ihre Lehrerinnen vor einer Kamera gestikulierten.

Und während aus einem Lautsprecher von irgendwoher »I've been looking for freedom« dröhnte und ein verletztes Kind unablässig schrie, hämmerte weiter oben ein Mann auf dem Dach eines kleinen Holzhäuschens für Souvenirartikel; im Häuschen warteten die üblichen Hirtenflöten, auf denen man keinen Ton herausbringt, handgefertigte

Teppichklopfer – ja, auch diese –, Besen, Bastkörbe, Wimpel, Vuvuzelas aus Plastik und allerlei Marmeladen auf Kundschaft.

Das also war Sabins Volksfest zu Ehren des Fürsten Vlad des Pfählers!

In den folgenden Tagen erreichte B. auch eine Handvoll ausländischer Touristen mit großen Rucksäcken. Als sie nach einem Zeltplatz fragten, muss Sabin gesagt haben, dass unten am Fluss der Bär aufzutauchen pflege und dass sie besser daran täten, in den Gärten zu zelten, am besten in den Gärten verlassener Häuser. Später erfuhren wir, dass Sabin von den Touristen eine stattliche Übernachtungsgebühr für »Campingplatz/Hauptsaison« einstrich und dafür sogar Tickets ausdrucken ließ, die den siegreichen Drachen des Ordo Draconis als Zierde und Stolz der Stadt zeigten.

So begannen hier und da zwischen den alten Häusern und den hohen Bauruinen bunte Zelte zu sprießen, Wäscheleinen wurden aufgespannt, und abends flackerten kleine Feuer, um die gegessen und auch viel Dracula-Selbstgebrannter getrunken, laut geredet und oft auch geschrien wurde, wenn Fledermäuse umherflogen.

Ansonsten schlenderten die Touristen umher und schauten sich nach einem möglichen Dracula oder nach Vampiren um; und sie legten dabei eine ungewöhnliche Bereitschaft an den Tag, alles hier bizarr zu finden, primitiv und abstoßend. Wie bestellt kamen die wenigen Bauern aus ihren Häusern hervor und liefen mit grimmigen Mienen umher, lebendige Beweise für ihre vermeintliche Andersartigkeit.

In der alten Telefonkabine vor unserem Haus wurde ein

öffentlicher Bücherschrank mit Werken eingerichtet, die
ausschließlich von Vampiren handelten.

Mamargot und Ninel holten sich schnell einige der Bücher,
die sie im Garten lesen wollten, hauptsächlich, um wieder
einmal auf Englisch zu lesen.

Sie würde darin nicht jedes Wort verstehen, gestand mir
Mamargot, das mache die Bücher besonders unterhaltsam.

Eine der Passagen daraus, die sie mir vorlas, ist mir im
Gedächtnis haften geblieben, vielleicht auch, weil uns die
Einfalt, die dabei hervortrat, charmant vorkam. Es war die
Geschichte einer jungen Frau und eines schönen Vampirs,
deren Zusammensein eine einzige peinvolle Enthaltsamkeit
war.

»*And so the lion fell in love with the lamb*«, *he
murmured.*
I looked away, hiding my eyes as I thrilled to the word.
»*What a stupid lamb*«, *I sighed.*
»*What a sick, masochistic lion.*«

XI

Unbändiger Drang zum Tode

In mancher Nacht wähnte ich mich im B. von früher, als es hier ruhig war und beschaulich.

Als ich den Weg hinaufging, roch es wieder stark nach Gras und nach Erdigem, auch nach dieser harzigen Feuchte, die mich beim Atmen beben ließ, ich hörte manche Vogelart, den ich aus der Kindheit kannte. Mir war, als ermahnte mich ihr Ruf, bloß nicht zu vergessen. Wie lange das nun alles her war. Bei manch blassem Stein hielt ich an zum Weinen. Allmählich weinte ich aber weniger, als ich eigens dazu anhielt, und dann hielt ich auch weniger an. Meine Schritte durch die Nacht wurden groß und gefedert, als liefe ich auf ein Ziel hin, mit großem Schwung.

Ja, von Nacht zu Nacht fühlte ich eine Macht, eine unbestimmte Kraft in mir wachsen, und wenn der weiße Nebel stieg, durchfuhr es mich, dass ich mit den Armen ruderte wie ein Heerführer, der seine Leute vorwärtstreibt, in den Kampf. Bloß in welchen Kampf? Und gegen wen? Eines stand fest: Ich wünschte mir alle Eindringlinge hier weg und dass es in B. war wie früher.

Ich will damit einräumen, dass ich nachts wach lag, dass ich also nicht träumte. Sie kennen diese Anschuldigungen, nicht wahr, dass etwas so schnell passierte wie im Traum und deshalb zu schnell, um sich richtig zu verhalten, dass man also umnachtet war durch die Umstände. Eine solche Erklärung würden Sie mir niemals durchgehen lassen. Sie würden umso schärfer urteilen, je mehr ich nach Ausflüchten greifen würde. Und doch ist eines von vornherein klar: dass ich einfach schweigen könnte und Sie dann von nichts wüssten. Dass es mich also zum Geständnis drängt; meinetwegen, aber bestimmt auch Ihretwegen.

Neulich, als ich das Bild von Vlad dem Pfähler für Sie suchte, fand ich auch dieses kleine Bändchen, das wahrscheinlich meinem Urgroßvater gehört hatte, in Leder gebunden und mit goldenen Lettern bedruckt: *Dialog zwischen Sokrates und Alkibiades. Ein Grundtext zur Selbsterkenntnis.* Ich blätterte darin, und dann las ich es und fühlte mich persönlich angesprochen, vor allem von dieser einen Bemerkung Sokrates':

»Du hast bemerkt, dass wenn jemand in ein Auge hineinsieht, sein Gesicht im gegenüberstehenden Auge erscheint wie in einem Spiegel, was wir deshalb auch die Pupille, das Püppchen, nennen, das da ein Abbild ist des Hineinschauenden. Das Auge braucht also nur in ein anderes Auge zu schauen, um sich selbst zu sehen.«

Da dachte ich wieder an Traian, wie ich ihm in die Augen schaute, von ganz nah, und dabei schielte, nur weil er gesagt hatte, dass wer die Augen beim Küssen schließe, lügen würde.

Doch welches Bild gab er nun ab? Mit seinen Augenhöhlen, aus denen Fliegen schwirrten?

Ich stromerte durch die Nächte und konnte das Bild dieser Leiche nicht fassen, es flog auseinander, wann immer ich es aufrief, gleich dem Gedanken, dass Traian nun also tot war. Traian konnte nicht tot sein. Mein ganzes Leben lang hatte ich Angst, Mamargot würde sterben; ihre Welt gab es ja schon nicht mehr, nur noch Mamargot selbst, schutzlos und ausgestellt, wie es in jenem Gedicht heißt, »allein aus der Zeit hinausragend, ein loser Fels in kahlen Höhen«.

Doch Traian?

Haida-de!

Er musste noch da sein. Und wartete irgendwo auf mich.

So ging ich eines Nachts mit einem Blumenstrauß auf den Friedhof, um sein vermeintliches Grab zu suchen. Ich hatte den Strauß selbst gepflückt: blaue Feldblumen und in der Mitte eine helle Pfingstrose aus unserem Garten. Das war exakt der Blumenstrauß, den mir Traian schenken wollte: Von meinem Zimmerfenster aus hatte ich ihn damals mit blauen Feldblumen in unseren Hof kommen sehen, da bemerkte er diese helle Pfingstrose, gleich bei dem Kieselweg, und blieb stehen; hin und her schaute er von der Pfingstrose auf seine Feldblumen und wieder zurück. Ich wartete gespannt hinter dem Vorhang, ob er sich getraute, sie zu pflücken. Er streckte die Hand aus, ich sah ihn nachdenken, schließlich pflückte er die Pfingstrose mit einem gekonnten schnellen Griff und wollte sie gerade in seine blauen Feldblumen stecken, als Fräulein Sanda erschien und unbeirrt mit einem langen Besen nach ihm schlug.

»Du räudiger Hund! Dass du dich traust, du Lump! Na warte.«

Im Nu rannte Traian davon, und Fräulein Sanda lief ihm den aufsteigenden Weg hinterher, hinter sich den Besen, der am Boden aufschlug, »tack- tack«.

Beide rannten schneller, als sie eigentlich konnten, nach

vorn geneigt und stolpernd, die Blumen flogen in alle Richtungen.

Lange blieb ich am Fenster stehen und lachte. Und ich lachte später auch noch mit meiner Freundin Arina darüber, die Traian einen Trottel nannte. Von der Szene machte ich einige Skizzen, die alle missglückten.

Der Blumenstrauß also, hier hatte er ihn wieder! Ich pflückte für ihn bei Mondlicht einen großen, stattlichen und war gespannt auf sein Gesicht – ein ausgesuchter Gedanke, könnten Sie meinen, angesichts des Ortes, an dem ich Traian aufsuchte. Ich hielt zuerst einmal nach einem frischen Grab Ausschau.

Zügig ging ich zwischen den Gräbern, die umherschwirrenden Fledermäuse erheiterten mich. Ahnte ich etwas? Jedenfalls summte ich vor mich hin und lief im Walzerschritt: lang-kurz-kurz, rechts-links-rechts, links-rechts-links. Es war dieses Lied aus der *Fledermaus*:

Ja, sehr komisch, hahaha,
Ist die Sache, hahaha.
Drum verzeihn Sie, hahaha,
Wenn ich lache, hahaha!

So ging ich auf das Grab zu.

Ich suchte gar nicht lange, die Erdwölbung des frischen Grabs war unweit des Eingangs gelegen, auf der linken Seite. Ich hatte ihn gleich wahrgenommen, den starken Geruch nach umgepflügter Erde, er kitzelte meine Nase wie Moschus.

Ich weiß nicht genau, was dann geschah. Eine Kraft stieg in mir hoch und zog mich auf, meine Wirbel knackten, und ich fühlte eine neue Leichtigkeit und gleichzeitig diese Erregtheit, dass ich schneller drankomme. Drankomme womit? Ich atmete mit offenem Mund, mit einem Seufzer so heiser, dass es nach dem Rieseln fernen Gerölls klang. Und dann fiel ich mit den Steinen und Erdklumpen hinab auf dieses erdige Dunkel, das noch warm war und nachgab, auf eine Weise, dass es mich juckte und kitzelte, und ich wälzte mich in den aufsteigenden Dämpfen und gab grunzende, weinende und muhende Laute von mir, drückte die Stirn auf die Erde und leckte die kleinen Steine, nahm sie in den Mund und gurgelte damit, prustete sie wieder heraus.

Und dann vernahm ich ihren säuerlichen Geruch und sah sie vor mir stehen, die beiden Sicherheitsleute, ganz in weißer Tracht. Wieso in Tracht? Doch sie rannten davon, noch bevor ich etwas fragte.

Ich erhob mich vom Grab, schüttelte die Erde ab und lief wieder heim. Den Blumenstrauß ließ ich bei Traian zurück.

Es wurde hell, und ich blieb mühelos wach, doch meine Stimmung verdüsterte sich. Ich setzte die Sonnenbrille auf.

Mithilfe der dunklen Gläser nahm ich mich heraus aus dieser gleißenden Welt, die sich so aufdringlich offenbaren wollte. Ich mochte nun alles nur noch in Ansätzen sehen, mit dem sanft driftenden Blick Mamargots.

Wir frühstückten im Garten.

Mamargot reichte mir den Brotkorb, und ich nahm wie immer die Kruste.

»Guten Appetit«, sagte Mamargot zu uns. »Kostet bitte auch die Erdbeermarmelade von Fräulein Sanda.«

Ich spürte die Verwandlung in mir, redete mir aber ein, dass alles so sei wie früher.

Doch auf welches Früher berief ich mich?
Wiederum geriet mein Blut in Wallung.
Geo war indes gesprächig. Er lobte die vielen Kräne unterschiedlicher Höhe, die im Ort errichtet wurden, an deren Ende Fahnen wehten, die rumänische Fahne, die Jubiläumsfahne zur hundertjährigen Staatsgründung, da und dort versehen mit einer rot-gelb-blauen Zahl Hundert, und abwechselnd die blaue EU-Fahne und, nun ja, das hätte nicht sein müssen, wetterte Geo, die rote Fahne der Drei-Rosen-Partei, der Sabin und wohl auch Ata angehörten.

Fahnen wehten auch über dem höchsten Gebäude im Ort, der vergessenen vierstöckigen Bausünde oben am Waldrand, unweit der alten Weberei – es war der ehemalige Ortssitz der kommunistischen Partei, seit der Wende nunmehr Bürgermeisteramt von B. und von einer riesigen grauen Plane bedeckt, angeblich weil das Gebäude renoviert werden sollte. Nun hing über der Plane ein gigantisches Abbild des Fürsten Vlad des Pfählers, das nachts angeleuchtet wurde, stark genug, um auch die unweit gelegenen mobilen Toiletten sichtbar zu halten.

Später am Tag spazierten wir alle hoch und hielten an vor diesem Porträt, das auch bei Tageslicht beleuchtet wurde, unnötigerweise, während vom Souvenirladen weiter oben auf dem Hauptweg zum Ortseingang der immer gleiche Song lief:

All that she wants is another baby
She's gone tomorrow, boy
All that she wants is another baby, ohoho

Fürst Vlad der Pfähler regte sich unmerklich im seitlichen Wind, und wir standen davor wie angewurzelt. Über dem Bild stand in einem angedeutet rot tropfenden Schriftzug: *Dracula-Park*, und am unteren Ende rechts prangten zwei Logos, das des rumänischen Tourismusministeriums sowie die Fledermaus der »Transylvanian Vampire Inc.«.

»Das ist ja lächerlich«, sagte Mamargot, »das ist läppisch! Diese *Basse-Classerie* kennt nichts!«

Ninel und ich versuchten, sie zu beruhigen, sie solle sich nicht so aufregen. Und wir gingen dann weiter, aber hin und wieder führte Mamargot die Hand an die Sonnenbrille, und da war mir gleich, als brannten auch mir die Augen.

Ich habe an dieser Stelle das Schreiben unterbrochen, unschlüssig, ob ich von diesem Gespräch erzählen soll, ob es unabdingbar ist für Ihr Verständnis der Geschichte.

Mamargot hing nämlich, wie Sie wissen, an diesem Ort, und mein Gerede, alles habe ein Ende, auch unsere Zeit hier, wir könnten ja wegfahren, auch weg aus Rumänien, war zumindest taktlos von mir.

Auch mischte sich Geo unnötig in unser Gespräch ein, die Jugend gehe jetzt für immer weg, das sei eine wahre Tragödie. Mamargot reagierte ungewohnt gereizt und fragte, ob mir B. denn überhaupt nichts bedeute.

Während wir sprachen, schallte die ganze Zeit diese nasale Stimme der Sängerin von Ace of Base zu uns herüber:

All that she wants is another baby
She's gone tomorrow, boy
All that she wants is another baby, ohoho

Ich dachte nur, wie lange das alles her war, die Wende, die Neunzigerjahre, als dieser eingängige Song Erfolg hatte, und dass er hier in B. immer noch lief, in Schleife, und auch noch so laut, als wäre nichts dabei.

Ja, was sollte schon dabei sein, warum war ich so gereizt?

Auch oben, vor dem Friedhof, war Ace of Base zu hören, als Mamargot nach einem Vogel fragte, was das wohl für einer sei, ob wir ihn auch hörten?, und bevor ich erstaunt sagen konnte, es sei nur eine Amsel, fragte sie, ob es denn nur ein einziges Bild gebe von Vlad dem Pfähler, warum nur dieses eine überall auf den Plakaten?

Ich war froh, dass Mamargot ihren Ärger abgelegt zu haben schien, und erzählte, was ich früher in der Schule gelernt hatte, dass es nämlich zwei Bilder gebe: ein kleines Wandgemälde in einer Kirche, ich weiß nicht mehr, wo, und eben dieses geläufige im damals populären Dreiviertelprofil. Manche Betrachter meinen darin die Entschlossenheit eines gerechten Fürsten zu sehen, andere wiederum wollen darin die Grausamkeit des Pfählers erkennen.

Nie darf man dieses Porträt ohne seine Entstehungsgeschichte sehen: Der deutsche Maler am Hofe Matthias Corvinus' hat sich an den Renaissancekanon der Schönheit gehalten und dem Fürsten Vlad eine hohe Stirn gemalt, eine lange, dünne Nase, große Augen mit fein gewölbten Augenbrauen, einen blassen Teint sowie einen langen, fast weiblichen Hals. Ungarische und türkische Chroniken hingegen beschreiben einen Mann von gedrungener Statur, mit sonnenverbranntem, tief zerfurchtem Gesicht. Hier freute ich mich über Mamargots Lachen und fuhr fort, dass es ein Weiteres gebe, was der deutsche Maler berücksichtigt hat, aus Ehrerbietung unseres christlich-orthodoxen Fürsten, nämlich den Kanon der byzantinischen Kirchenmalerei, der alle Gestalten lang gestreckt hat und ihnen den festen Blick derer verleiht, die das Wissen haben, den Plan Gottes umzusetzen. Und wieder war Mamargot erheitert – da standen wir schon vor dem Grab, das frisch ausgehoben schien oder auch teils wieder zugeschüttet.

Mamargot beugte sich hinüber und erblickte die eine Ecke des Holzsarges.

»Was ist das denn für eine Komödie?«

Ninel bekreuzigte sich kichernd und sagte: »Das ist ja das Grab von diesem Traian Fifor.«

»Mein Gott«, sagte Mamargot, die nun beim Betonkreuz stand. »Schaut euch mal dieses Bild an!«

Am Betonkreuz war ein ovales, in Glas gefasstes Brustbild von Traian in einem braunen Anzug mit blau gestreifter Krawatte befestigt.

»Den Anzug mit der Krawatte haben die einfach dazugeklebt«, sagte Mamargot heiter und bekreuzigte sich. »Und auch diesen blauen Himmel um seinen Kopf, mit den Wölkchen.«

»Mein Gott«, rief Ninel, »dieser Sabin ist eine hoffnungslose Niete!«

Bei unserer Krypta trafen wir zwei der Sicherheitsleute an, beide in walachischer Tracht mit weißer Hose, weißem Hemd, breitem ledernem Gürtel mit mehreren Riemen sowie handgenähten Schuhen.

Ich fragte nach dem Grund für diese festliche Aufmachung, und sie gaben unumwunden zu, dass sie die Tracht vom Vater des hiesigen Bürgermeisters erhalten hätten. Es kämen so viele Touristen vorbei, da mache sich

Tracht gut, habe ihnen Herr Sabin gesagt. Und das verstoße keineswegs gegen die Regeln ihrer Anstellung, wir hätten ja nicht festgelegt, was sie bei der Arbeit tragen dürften und was nicht.

»Aber Touristen lasst ihr keine rein«, sagte Mamargot.

Sie gelobten, es keinesfalls zu tun.

»Passt gut auf hier«, sagte ich.

Und sie antworteten: »Natürlich! Deshalb sind wir ja da!«

Ich sah mir die beiden genau an. Sie hatten mich nicht erkannt. Oder es waren die anderen zwei.

Ich schlug dem einen auf die Schulter.

»Passt bitte gut auf!«

Im Hof der herrschaftlichen Villa mit dem Efeu wurden Geräteschuppen aus Blech errichtet, daneben ein Sandhaufen, aus dem Schaufeln ragten.

Es ging geschäftig zu, mit lauter Musik, Arbeitern, die fluchten, fröhlichen Aufsehern, dickem Rauch vom selbst gebastelten Grill her und Parteifreunden von Sabin, und auch die Österreicher waren zugegen.

Hin und wieder schaute Mamargot vom Gartentor hinüber.

»Wir dürfen diesen Ort nicht aufgeben«, sagte sie, »die *Basse-Classerie* darf nicht wieder übernehmen, ihr Lieben.«

Ich versprach, ihr immer beizustehen; und sie nickte, alles hier sei ja eines Tages meins. Das sagte sie gern, mir aber war unwohl dabei. Warum kam sie nicht mit mir nach Paris, wo sie doch so schön über Paris reden konnte? Wieso reiste sie von Bukarest aus immer nur nach B.?

Ich wollte mit ganzer Kraft bewundern, was Mamargot bewundernswert fand an diesem Ort, und als der Lärm der Bauarbeiter verstummt war, stellte ich meine Liege bei den Fliedersträuchern ab.
Da war es schon spät am Nachmittag.
Ich lag so lange reglos, dass sich allerlei Insekten auf mir niederließen, sogar Vögel, auf den Armlehnen und auf meinen Armen. Hätten Sie mich gesehen, Sie wären wahrscheinlich gerührt gewesen: Ich kontemplierte, hätte man meinen können, war dem Ort zugehörig, gab ein Bild von Frieden und Besonnenheit ab. Doch meine Ruhe war ein Ausdruck des Gegenteiligen: eine Starre, verursacht durch meine gewaltige Abneigung gegen B. und gegen die Welt, meine Ruhe war nichts anderes als eine mir noch unbegreifliche, still wachsende Wut.
Mit der Brille tat ich, als merkte ich nichts, als hörte ich nicht den Lärm, der sich wieder aus der Stille erhob, die Geschäftigkeit, mit der schon auf Höhe der Grashalme alles zuckte vor Hunger und Gier, die Krabbenspinnen, weiß oder gelb wie die Blume, auf der sie lauerten, unsichtbar für ihre Opfer. Und doch sah ich, trotz der Brille, schärfer als je zuvor, auch hörte ich nun die leisesten Töne, schien mir, manche schon, bevor sie sich ereigneten, ja, unverhofft nahm ich die Absichten aller Wesen wahr, ihre dunklen Absichten, die Habsucht, die Hinterhältigkeit, den unablässigen Trieb, zu ergattern und zu morden. War ich noch bei Sinnen?
Ich sah die Krabbenspinne, wie sie den großen Schmetterling zu sich zog mit ihren lächerlich kleinen Beinpaaren, während sie mit den langen Armen langsam ihr Gift spritzte.

Ich sah die Larven von Glühwürmchen auf eine Schnecke zugehen und ihr die Fühleraugen zerstechen, hörte den Schaum aufquellen und das langsame Winden der Schnecke im Gras, Geräusche geknickter Sauerampferhalme; und ich tat, als sei nichts gewesen. Ich tat, als ereigne sich all das gar nicht – oder nur in meiner Vorstellung.

Nein, ich konnte tatsächlich immer besser sehen und hören, doch statt über diese unverhofften Fähigkeiten, die man doch Künstlern nachsagt, zu staunen und sie in den Dienst meiner Kunst zu stellen, verwünschte ich sie und versuchte, mich ihrer durch Tatenlosigkeit wieder zu entledigen.

An die Beschleunigung der Zeit durch schnelleres Atmen oder gar durch Augenzwinkern wollte ich gar nicht denken, denn das würde auch Mamargots Lebenszeit verkürzen. Hinter den blauen Gläsern hielt ich den Blick starr und versuchte, an Mamargot zu denken, an ihre freudigen Rufe: »Schau dir die Pracht an!«

Und doch konnte ich die Entwicklung in mir nicht aufhalten, geschweige rückgängig machen. Ich sah immer besser und besser, sah gegen meinen Willen, oft auch ohne hinzuschauen. Reglos im Garten liegend, vernahm ich den Zug gnadenloser Ameisen und Käfer und ihren unsteten Kampf für was auch immer ihr angeborenes Recht zu sein schien.

Das Gleiche hörte ich in der Luft und auf den Bäumen und wiederum auf dem weißen Gartenweg vor mir, ich wusste sofort, dass die schwarze Amsel vor der Maus stand, die sich in Schreckstarre befand. Und in den runden Augen der Amsel erkannte ich die stumpfsinnige Weigerung aller Wesen, das Wimmern und Klagen und schließlich die Stoßschreie der Gerichteten zu erhören.

War all das nötig, war es notwendig? Ein von Natur aus gerechtfertigter Tatendrang, der Beweis der eigenen Lebendigkeit? Wenn dem so war, war dann mein Unverständnis dafür nicht ein Zeichen von Lebensferne?

XII

Wir sîn gelîchen bluotes

Etwa drei Tage nachdem sich meine Sinne geschärft hatten und ich eine andere geworden war, sah ich, wie Sabins Sohn Ata am Souvenirkiosk vorbeiging. Ich hatte regelrecht auf sein Vorbeikommen gelauert und zog ihn mit meinem Blick die Straße hinunter bis vor unser Tor, wo er verwundert stehen blieb.

Noch immer war ich verwundert, auch wenn ich diese meine horriblen neuen Fähigkeiten nun schon aus den letzten Tagen kannte.

»Ich spürte plötzlich, dass ich dich sehen muss«, sagte er leise und mit der zögerlichen Artikulation, die er im Gespräch mit mir immer gehabt hatte.

»Ich weiß«, sagte ich, wohl wissend, dass meine Ehrlichkeit hier keinen Unterschied machte.

So stand er vor mir, mit weißem Hemd und schwarzer Hose; das Hemd tailliert, mit weit hochgeschlagenen Hemdsärmeln.

»Du hast dich nicht verändert«, sagte er leise.

Das war schon immer seine Art, mit mir zu sprechen, ganz leise, damit ich mich zu ihm beugte. Doch ich hörte nun allzu gut, und das Verbeugen war nur Trug.

»Du hast dich nicht verändert«, sagte er etwas lauter.
»Das ist nett«, sagte ich, »danke.«

Ich entfernte mich einen halben Meter. Die Brille ließ ich auf, wodurch er mir blass erschien, mit rabenschwarzen Augen und Haaren, wie sein eigenes Porträt in schwarzer Kreide, weiß erhöht auf grau grundiertem Papier.

Meine Freundinnen Tina und Arina waren beide in ihn verliebt gewesen, hatten mich derselben Verliebtheit verdächtigt: »Gib's doch zu!« Anders als die Männer im Ort stehe Ata mit beiden Beinen im Leben, sagten sie, aus ihm werde noch was werden. Das hatten sie alles von ihrer Mutter gehört, Tante Ana. Ich verdrehte dann jedes Mal die Augen, Ata sei ein blasser Typ, ein Mensch ohne Leidenschaften. So wiederum sprach Mamargot über manch einen, von dem sie nicht viel hielt. Tina und Arina kicherten: »Du magst ihn auch, gib's doch zu!« Und einmal sagten sie es auch in Atas Gegenwart, als wir an ihm vorbeigingen: »Gib's doch zu!« Eine von ihnen schubste mich in seine Richtung und rief mit spitzer, ungewohnt feindseliger Stimme: »Gib's doch zu!« Und ich erhaschte dabei Atas Lächeln.

War dieses Lächeln behäbig? Vielmehr triumphierend?

Er sei wer, stehe mit beiden Beinen im Leben – das sagten alle Bauern in B. Vielleicht weil er als Sohn des einflussreichsten Mannes im Ort ein Selbstvertrauen spazieren führte, das, anders als bei seinem umtriebigen Vater, gewissermaßen herrschaftlich aussah. Er ging auffallend aufrecht und immer allein, gab sich keinerlei Freundschaft hin und hatte nur gelegentliche, sehr diskrete Beziehungen zu Frauen, die seine Diskretion aber beargwöhnten und sich ihrerseits im Verbreiten unerhörter Intimitäten übertrafen.

So rankte sich Legende um Legende um Atas gewaltige
Manneslust, wobei es auch zu Streitigkeiten kam, ja manchmal zu Schlägereien unter den Frauen, was seinen Ruhm nur
weiter beförderte; und ich grübelte darüber, wie denn ein
Mensch ohne Leidenschaften bei anderen derartige Leidenschaften wecken kann.

Damit Sie sich Ata besser vorstellen können: Sein augenscheinliches Interesse galt der Männermode. Hier, wo alle
Einheimischen einfach und ärmlich gekleidet waren, barfuß
gingen oder in Plastikschlappen, trug er appretierte Hemden
und altbackene Westen, eine Zeit lang auch einen Panamahut. Diese Sorge um sich selbst und auch sein einsames Auftreten vermochten die Leute im Ort zu rühren. Man mochte
Ata als Sohn, der ganz anders war als sein Vater. Er schien in
allem unterrichtet, nur eben unbeteiligt – ein Profiteur, doch
über alle Kämpfe um Profit erhaben, einer, dem einfach alles
zulief, auf seine Weise ein Auserwählter.

Von unserem Zaun bis unter die Brust eingerahmt und
seitlich an mir vorbeiblickend, gab er das populäre Dreiviertelprofil glorreicher Cinquecento-Gemälde ab, mit
imposanter Adlernase, die laut Temperamentlehre auf
Macht, Männlichkeit und Edles hinweist. Hinter seiner
rechten Schulter war die borkige Rinde einer Tanne, auf
die unter geheimnisvollem Glimmen ein langer Ameisenzug
hinauflief, indes hinter seiner rechten Schulter der Weg sich
schlängelte und dem Bild wenigstens perspektivische Tiefe
gab.

Ata räusperte sich gekünstelt.

»Bittest du mich nicht herein?«

»Doch, komm nur.«

Wir gingen zu der Bank bei den Fliedersträuchern und

setzten uns. Er lachte sein tiefes, heiseres Lachen und fragte, ob ich noch Tennis spielte.

»Nein«, sagte ich, »nicht so oft wie früher.«

»Weshalb?«

»Mir gehen die Partner aus.«

Und wieder lachte er heiser.

»Wir könnten doch ab und zu Tennis spielen«, sagte er.

»Ich habe keine Lust«, sagte ich, »mir geht es nicht gut.«

»Der Tod dieser Tante hat dir zugesetzt.«

»Nicht so sehr *ihr* Tod, der von Traian.«

»Der arme Traian«, sagte Ata.

Er sagte es nicht einmal gleichgültig, vielmehr ironisch. Und es war diese Ironie … Im Nachhinein bin ich überzeugt, dass es diese Ironie war, die mich derart aufbrachte und die auch Atas Verderben herbeiführte.

Der Wind rauschte durch die Blätter, und unweit prallte ein Brett auf den Zement, während weiter oben beim Souvenirkiosk eine Frau »Awesome« rief, »Honey, this is really, really awesome!«.

»Du hast Traian irgendwie gemocht«, sagte Ata.

»Ja.«

»Tut mir leid«, sagte er.

»Dass ich ihn gemocht habe oder dass er so gestorben ist?«

Wir schauten uns an, und als ich lächelte, prustete Ata los.

»Ich habe dich vermisst«, sagte er und ergriff meine Hand.

Und hier unterbrach uns Fräulein Sanda, die einen Teller mit ihren Pasteten – Spinatpasteten und Brennnesselpastete mit viel Knoblauch – auf den Gartentisch stellte sowie eine Wasserkaraffe und blaue Gläser.

Ich sehe nun beim Schreiben diese Kristallkaraffe gestochen scharf und klar gegen das fahle Licht, als stünde sie mit vor Kühle beschlagenem Glas neben meiner rechten Hand, und wenn ich kurz innehalte, meine ich ihre immense Kälte noch auf beiden Handrücken zu spüren. Es war Wasser von unserem Brunnen aus dem Garten.

Ob sie uns auch Kaffee bringen dürfe? Und Erdbeermarmelade? Oder von der Rosenmarmelade?

»Besten Dank«, sagte Ata, »wir sind bedient.«

Und Fräulein Sanda ging mit zufriedenem Lächeln wieder ab, drehte sich auf der Türschwelle um. »Wenn Sie was brauchen, ich bin da.«

Und dann kam auch Geo und begegnete Ata ungewohnt herzlich, klopfte ihm auf die Schulter: »Machen Sie es gut, junger Mann! Passen Sie auf die junge Dame hier auf!«

Ata stand auf, um Mamargot und Ninel die Hand zu küssen.

»Gute Reise!«, sagte er. »Passen Sie auf dem Weg auf, der ist leider voller Schlaglöcher.«

Mamargot zog ein amüsiertes Gesicht in meine Richtung, ich in ihre. Sie würde in Bukarest einen vertrauenswürdigen Anwalt treffen und nur kurz auch einen Arzt. Yunus würde sie in ein paar Tagen zurückbringen.

Ata und ich winkten dem abfahrenden Auto nach.

»Ob Traian sehr gelitten hat?«, fragte ich.

»Denk nicht mehr dran, es hat keinen Sinn.«

Aber ob er denn irgendetwas über Traians Tod wisse?

»Bist du von der Miliz?«, fragte Ata amüsiert. »Komm, iss mit mir!«

Ob er gefühlskalt war oder sich nur eine phlegmatische Art angewöhnt hatte? Hätte ich ihn damals gemalt, ich hätte dieses Geheimnis in seinen abgewandten Blick gelegt.

Ich schenkte ihm Wasser ein und fragte geradewegs, ob er sich für unsere Familiengruft interessiere, so wie sein Vater.

»Erzähl mir lieber von deiner Verwandtschaft mit Dracula«, sagte er, »die hast du mir verschwiegen.«

Er beugte sich vor, zwischen die gefüllten Wassergläser, um mich zu küssen.

»Gib's doch zu«, sagte ich, »du willst doch nur, dass ich den Zugang zur Gruft genehmige.«

»Ach Gott«, seufzte er.

»Gib's zu!«

»Gut, wenn du willst, gebe ich alles zu.«

Wir küssten uns; er roch nach Pastete mit Knoblauch.

»Ich genehmige den Zugang trotzdem nicht«, sagte ich.

Er lachte. »Und warum nicht?«

»Weil es für alle gefährlich wäre.«

»Gefährlich? Man könnte euch die Gruft auch enteignen. Schon mal daran gedacht?«

»Das geht nicht mehr so schnell wie früher, glaub mir. Darin besteht nicht die Gefahr.«

»Sondern?« Ata trank einen Schluck aus dem Glas.

»In etwas ganz anderem«, antwortete ich vielsagend.

Und dann flüsterte er, selbstsicher in seiner gekünstelten Heiserkeit: »Aber ich liebe die Gefahr. Du nicht?«

»Doch, doch«, sagte ich, »unbedingt.«

Ich gebe zu, dass ich nach dem Treffen mit Ata die Nacht herbeisehnte und mit ihr eine weitere schlimme Begegnung in der Art, von der ich nun wusste. Weshalb ich aber ein

Verlangen nach der Nacht hatte, hätte ich damals noch nicht sagen können, und beim Versuch, Ihnen doch noch eine Erklärung abgeben zu können, befällt mich eine Nervosität, die meinen Schreibfluss nur hemmt. So will ich denn nur davon berichten, was da wirklich gewesen war – und urteilen darüber soll ein jeder von Ihnen für sich, am besten ganz bei sich, denn um die Selbstgerechtigkeit der öffentlichen Urteile wissen wir alle Bescheid.

Ich sehnte also die Nacht herbei, schaute nun fast schon wollüstig auf das sich vermindernde Licht, auf das lila Aufflackern in den Fenstern der leeren Häuser, die rot schimmernden Krangerüste. Immer schwärzer wurden die Berge und der angrenzende Wald finster.

Mit der einbrechenden Nacht flogen die Fledermäuse auf, mit langem, spitzem Geschrei, während aus dem dunklen Garten die Hitze emporstieg und mit ihr der süße Odem sterbender Blumen. Über B. schien der Mond, fahl wie ein LED-Laternenlicht an der Decke einer Grotte.

Als ich mich hinlegte, war es im Haus totenstill, doch aus allen Winkeln hallte das Echo meines Vorhabens. Es muss nach Mitternacht gewesen sein, die nass zerknitterten Bettlaken unter mir juckten, ich war noch immer wach, atmete flach.

Mehrfach hatte ich gedacht, es sei so weit, und ich fing zu schlottern an; zur Beruhigung war mir dieses Lied aus der Kindheit eingefallen: »*Johnny, tu n'es pas un ange ...*«, ich grübelte, wieso es die Frau nicht anficht, ob Johnny gut ist oder nicht, und fast wäre ich in diesem merkwürdigen Gedanken eingeschlafen.

Das Parallelogramm des eindringenden Mondlichts hatte sich auf meine Bettdecke verschoben und dabei die Möbel von ihrem Platz gerückt, vom Fenster zum Bett hin lag seine fahle Bahn.

Ich tat, als schliefe ich tief und sähe alles nur im Traum, auch den, der schließlich zu mir kam als grün schimmernder Rauch, als starker, würziger Weihrauch, der nun das Zimmer anfüllte. Es war Weihrauch, ich erkannte das blind, und doch wurde sein Geruch in der hohen Konzentration derart süß, als wäre es die Tarnung für etwas anderes.

An den Wänden vernahm ich ein Kriechen, das schnelle Aufziehen von kalter Feuchtigkeit; in der Hitze der Sommernacht überzog es mich kalt und wieder heiß mit tausendfachem Stechen unter den Achseln und zwischen den Beinen und zwischen den Lippen, im Gaumen, überall da, wo Haut auf Haut lag und sich öffnen wollte.

Ich hatte ihn über die Fensterbank streifen gehört, langsam unter die Laken ziehen, ein anhaltendes Hauchen, das mein Seufzen überdeckte.

»Komm«, sagte ich tollkühn, wenngleich wie im Schlaf, »komm!«

Sodann warf er sich in Mannsgestalt über mich, eine Schwere, die ich gleich umfasste.

Bei der ersten Berührung erstarrte ich in Ekel. Er war glatt wie eine gewachste Marmorstatue und ebenso lauwarm. Ich hielt die Augen fest geschlossen, zog alsbald die Hände weg. Er roch nach Weihrauch und nach Kellermief, wie der Schwanz dieses ausgestopften Eichhörnchens im Lagerraum der Villa, und auch nach Kupfer, wie manche Halsketten von Mamargot. Sein Geruch vermochte mich dennoch zu rühren. Ich drückte den Oberkörper in die Matratze, hob den Unterleib an.

»Komm«, sagte ich, und es hauchten leise Laute in mein

Ohr zurück, undeutlich wie aus den tiefsten Abgründen, aber kitzelnd.

Ich wollte noch etwas sagen, doch unverhofft durchfuhr mich ein kalter Schauder bis zur Kehle hinauf, worauf ich mit einem Schrei aufschreckte und die Arme nach hinten warf.

Ich krallte mich an dem lauwarmen Körper fest und hielt dagegen. Dann stieß ich ihn von mir und drehte mich unter ihm um, während er weitermachte in ungebrochenem Rhythmus, als wäre seine Kraft nur meine Einbildung.

Berauscht gierte ich nach Ekstase, meine Erschöpfung ging mit einer ungestillten Sehnsucht einher.

Sein Leib blieb lauwarm und so glatt, dass nicht einmal mein Schweiß daran haftete.

Auf den Mund küssten wir uns nicht, zu schnell rutschten unsere Gesichter voneinander weg, doch als ich mit halb geöffneten Augen seine Brustwarze sah, saugte ich mich daran fest und biss zu, worauf mir sein Blut in den Mund spritzte, lauwarm und auf der Zunge klebrig.

»Wir sîn gelîchen bluotes«, flüsterte er.

Ich saugte an seiner Brustwarze, bis er mich wegdrückte und mit einer bestimmten Haltung aufstand, ein schwarz eingehülltes Spektrum, im Mondlicht grau.

»Geh nicht, bitte geh nicht!« Ich zitterte am ganzen Leib, wollte noch etwas sagen – aber was? Es fiel mir nicht ein. Ich wollte aus Büchern zitieren, ja, von der Frau reden, die den Schatten ihres Geliebten an der Wand nachzeichnet, der Anfang aller Malerei.

Ich wollte etwas sagen, aber er war schon im Fensterrahmen, stand allein da, warf dabei keinerlei Schatten.

Da packte ich ihn am schwarzen Gewand, doch weg war

er, und am Fenster stand nun ich allein da, in der Hand schwarzen Rauch, der sich alsbald verflüchtigte.

Als ich die Augen öffnete, lag ich seltsam verrenkt im Bett, sodass ich weder den Raum noch die Anordnung der Möbel erkennen konnte. Ich spürte meine Zunge im trockenen Gaumen prickeln wie nach zu viel Knoblauch.

XIII

Von oben herab

Als er ging, blieb ich zurück im starken Zweifel, ob er tatsächlich da gewesen war; ein taubes Gefühl in allen Gliedern.
 Ich lief zum Fenster und sprang hinunter.
 Es war wie im Traum, und doch auch nicht, denn da war niemand, der mich mit böser Absicht hinuntergestoßen hätte, und außerdem empfand ich keinerlei Angst. Ich sauste hinab, den Kopf nach unten, sah die Hauswand als weißes Meer mit Wellen, hörte ein Rauschen.
 Im Fallen schnalzte ich. Ja, ich schnalzte mit der Zunge, machte dieses unzufriedene »Tz«, die wegwerfende Kopfbewegung dazu, die hierzulande alle machen, nebenbei, und sich dessen gar nicht mehr bewusst sind.
 »Tz«, und mit der wegwerfenden Kopfbewegung schnitt ich wieder nach oben, mein Bauch streifte das nasse Gras, und ich flog in die andere Richtung, aufwärts, ich wand und drehte mich und glitt durch den feuchten Fliederbusch, lautlos auch über die Wasserpumpe, den Zaun und den schmalen Weg, dann gleich die erste Tanne entlang zu ihrem Wipfel hinauf. Aus der Tanne flatterte ein aufgewachtes Tropfpaar, das mit schwerem Flügelschlag davonflog. Ich

aber empfand mich unverhofft leicht und wendig wie ein loser Gedanke, kannte kein Oben und kein Unten mehr.

Entlang der Tanne machte ich kletternde Bewegungen mit Armen und Beinen, obwohl ich in der Luft war und mich an nichts abstoßen konnte außer an meinem Willen, mich mit meinen neuen Kräften abzufinden. Ich staunte nicht und fühlte auch keinerlei Begeisterung, vielmehr den Trieb, die neue Macht anzuwenden, zu welchem Ende auch immer, am besten bis zum Äußersten.

Über dem Wald schnalzte ich, drehte mich bäuchlings ab und dann wieder auf den Bauch, machte sogleich Schwimmbewegungen, das fahle Mondlicht auf meinem Rücken.

Ich zog in Richtung des Waldes, vermochte gar nicht lange auf B. zu blicken, auf die Bauruinen und die Kräne, die Zelte und die temporären Unterstände und Übertragungswagen der Fernsehanstalten, die neuen Lichter überall, die sich von oben wie ein staubiges Spinnennetz ausnahmen.

In der Waldlichtung sah ich das Anwesen von Ata, eine unförmige Villa, unserer sehr ähnlich, mit Blumengarten und zwei Tennisplätzen. Als ich drüber hinwegglitt, jaulten seine Hunde, und einige sprangen sinnlos über den Zaun.

Ich ließ sie in Ruhe und schwamm weiter durch die Lüfte, nackt und mit wehenden Haaren. Es hätte mir kalt sein müssen, doch mir war nicht kalt. Auch tränten meine Augen nicht, und in den Ohren rauschte kein Flugwind.

Es hatte den blassen Anschein, dass die Gesetze der Natur mir nichts mehr anhaben konnten, und ich nahm dies hin, furchtlos, wie die mittelalterlichen rumänischen Helden einst ihr Schicksal hinnahmen. Unter mir wiegten sich die Baumwipfel im leichten Wind, kleine Bäche und Rinnsale spiegelten in ihren Schnellen tausendfach den Mond.

In den Waldlichtungen setzten die Rehe zum Bellen an.

Vor allem der eine Rehbock röhrte so laut und heiser, mit ausgestreckter Zunge, als würde er sich über seine Angst lustig machen. Speichel spritzte aus seinem Maul, als er immer lauter röhrte.

Mit einem Mal stürzte ich auf ihn herab und saugte ihm dieses Lachen aus.

Den einen Arm fest unter seiner Gurgel, vernahm ich dabei ein immer leiseres Glucksen, bis der Rehbock mit gekreuzten Beinen zu Boden sank. Zwischen den großen saugenden Schlucken hatte ich milde gesummt, und das heisere Raunen des Tiers war in einem befriedeten, langen Laut aufgegangen.

Ich wischte mir das Blut von Mund und Armen am Fell des Tieres ab, erhob mich vom Waldboden und schnalzte mit der Zunge. Und ehe ich michs versah, schwebte ich wieder über den Wald und hielt Ausschau nach dem Fluss.

Da war er, so hell, als kennte er keine Nacht. Ob er einen Namen hatte? Ich hatte mich nie danach erkundigt. Gestochen scharf sah ich einzelne graue Flusssteine, weiß geädert. Es roch nach frischer Minze und nach Ampfer, am Ufer blühten Schaumkraut und Blutweiderich, überragt vom weißen Bärenklau.

Nebelschwaden benetzten mein Gesicht, als ich sie durchflog.

Als ich weiterzog und der Tau von mir tropfte, meinte ich zu weinen.

Durch den süßlichen Rauch der Müllhalde sah ich Bären, Wölfe und Füchse und auf einem Ast gegen das Mondlicht die Silhouette eines Eichhörnchens, das mir vertraut vorkam.

Ich schnalzte und rauschte die Felswände hinauf, dann wieder Abhänge, an denen sich Tannen festkrallten, über fallende Wasserströme, kleine Einbuchtungen und Heiden, abfallende Felsen und Grate, die sich ausnahmen wie gefletschte Zähne, schwarz klaffende Flure, in die kein Licht drang. Ich segelte durch die Finsternis, dann wieder im fahlen Licht, über die Seilbahnkabel zur berühmten Wiese der Sphinx und weiter zum Caraiman-Kreuz, wo der heldenhaften Ahnen gedacht werden soll. Die Streuner auf dem eingezäunten Kreuzsockel spürten meine Nähe und verkrochen sich jaulend, stießen dabei Aluminiumdosen um, die in der Nacht glänzten.

Ich glitt feierlich hinab im Schatten des Kreuzes.

Hier stand ich also und konnte nicht anders, als die am Sockel angebrachten Nickelplättchen des Heldenkult-Vereins zu lesen.

Königin Maria habe das Kreuz erbauen lassen, nachdem sie in einem Traum die Karpaten gesehen habe, »bespritzt vom Blut der Vaterlandshelden«. Das Kreuz sei, in dieser Größe, das höchstgelegene der Welt.

Von hier aus blickte ich hinunter auf diese weite Hügellandschaft, dazwischen verstreute Dörfer und Städte, Wälder und auch B., ferner unsere Villa, der Weg, die weiteren Häuser, eingefallen und bald auch verschandelt bis zur Unkenntnis, das Licht um die glänzenden Kräne, weiter hinauf der Friedhof, die Grüfte und ja, da war sie, auch unsere Gruft, die Grabstätte des mächtigen Fürsten und Woiwoden Vlad des Pfählers!

Ich horchte auf. Es war still hier oben, Nacht, feierlich. Von hier aus sind die walachischen Kämpfer über die Feinde hergefallen. Ein Wind fegte über die Plattform und blies mir durch die Haare. Es musste kalt sein, ich aber war nackt und litt keinerlei Kälte.

Langsam reckte ich die Arme empor, und dann rief ich durch die Karpaten: »Hier bin ich, mein Fürst!«

Doch es entfuhr mir als Geheul, ein solches wie von einem Wolf.

»Hier! Ich!«

Nicht vom Wolf, eher ein heiseres Brüllen, das sich zog zum Geheul. Ich vernahm das Echo – aber keine Antwort.

Lange horchte ich in die Nacht.

Dann rief ich wieder. Und es war vielleicht diese ungeheure Ungeduld, die alles in mir ballte, abermals zu einem tosenden Geheul, das alles Lebendige zum Rückzug zwang. Ich warf mich mit einem Ruck hinterher – über Bergföhren und zerfurchte Grate und Wälder, den Fluss hinunter, über Tannen und Buchen und Fichten und flüchtendes Wild, über Straßen, gerodete Hänge und aufgerissene Plätze, Areale, grell beleuchtet das Depot der Firma Schweighofer, hoch gestapelte Baumstämme, dann wieder dunkle Schraffuren von Feldern, wiederum Depots und Brachland.

Liebte ich dieses Land, wie es unsere Ahnen geliebt haben sollen? Ich glitt an Tankstellen und Dörfern und Fabrikruinen vorbei, an flatternden Plastikplanen bei den Gemüsemärkten und suchte eine Ähnlichkeit mit meiner räumlichen Vorstellung davon, wie ich sie noch als Jugendliche gehabt hatte.

Langsam glitt ich an Wohnblöcken mit blau beleuchteten Fenstern vorbei, an blinkenden Leuchtreklamen und über meterhohe Werbetafeln für *MoneyTransfer*, die aus den Gärten kleiner Lehmhäuser ragten. Ich segelte über Blumenbeete, Rosen und Jasmintabak, zu dem ich als Kind

»Königin der Nacht« gesagt hatte, über den von Baumwurzeln gewellten Asphalt, Pappelwege entlang, dann wieder über verstreute Häuser, das runde Dach eines Ziehbrunnens, Bänke, dunkel schimmernde Kastanienbäume. Auch nahm ich über einem Lehmhaus den starken Geruch von verbrannten Auberginenschalen wahr. Mein Land!

Unter mir bog ein Pferdewagen ein, wobei mich die Pferde spürten und sogleich scheuten. Das war ich, auf den Spitzen der Strommasten, deren Gewölle aus schwarzen Kabeln bis zum Boden hing, und ich zog durch die Gegend mit dem Pflichtbewusstsein eines Fürstenboten, der das Land und die Leute auskundschaftet, registrierte die Misswirtschaft, die verlassenen Baustellen, die wild auf dem Gehsteig geparkten Autos, die absurd übermäßige Zahl der Bänke im Park, die vielen Wechselstuben und Lotterien.

Mit offenem Mund kreiste ich einem Nachtfalter bei der beleuchteten Statue eines einarmigen Granatenwerfers hinterher, als mit lautem Quietschen ein Geländewagen unter mir abbog, auf dessen anthrazitfarbenes Autodach ich schließlich – ich konnte nicht anders – sprang.

Ich hüpfte nach wie auf einem Trampolin, sodass sich das Autodach etwas nach innen ausbeulte.

Das Auto hielt, doch der Motor blieb an; ich wartete zwei Meter über dem eingebeulten Autodach, hörte, dass die dumpfen Beats im Innern abgedreht wurden. Dann ging die Tür auf, und ein kahl rasierter Mann mit Sonnenbrille auf der Glatze stieg unsicher aus.

Er ging um den Wagen, schaute auf den Weg.

»Ein Hund?«, rief ein blonder Kopf durch die Seitentür.

»Ein Hund bist du und deine Hure von Mutter!«, rief der Mann zurück.

Er legte sich auf den Bauch und schaute unters Auto.
»Es war aber auf dem Dach«, rief der blonde Kopf.
Der Mann richtete sich fluchend auf und schaute übers Dach.
»Was zum Teufel!« Ungläubig sah er hoch.
Und da geriet ich in sein Blickfeld, ein weißes Gespinst mit ausgebreiteten Armen und Beinen. Meine schwarzen Haare hingen mir übers Gesicht, meine nackten Brüste baumelten. Und meine Finger griffen leer abwärts, wurden zu Krallen.
»Meine Fresse«, rief der Mann aus, er schüttelte den Kopf und begann zu lachen.
»Was ist, warum lachst du? Immer musst du lachen«, rief die blonde Frau, die nun ebenfalls ausstieg. Sodann deutete der Mann mit dem Kinn auf mich, und die Frau schaute hinauf.
Sie schaute auf meinen nackten Körper, dann auf den Mann und wieder hinauf.
»Mein Gott, du bist wirklich ein Schwein!«, rief sie schließlich. »Ich gehe zu Fuß.«
Sie schmiss die Wagentür zu.
»Hey, machst du jetzt mein Auto kaputt?«, schrie der Mann.
Ich schnalzte ob dieser *Basse-Classerie* unter mir und drehte ab.
Nur wohin? Wohin mit mir?
Ich zog über Hausdächer voller Fischgratantennen und Satellitenspiegel, über Höfe und Feldparzellen, Maisfelder, Weizenfelder, Parkplätze, hell erleuchtete Malls und Kfz-Betriebe, fliehende Formen, über leichte Hügel und Wege, die seitlich abfielen, versuchte, die Linien unter mir zu lesen.

Tief unten im Wasser eines Sees sah ich eine verrottende Brücke. Dann wieder Siedlungen, über denen es mir wärmer wurde am Bauch, ob vom Leben da unten oder vom Zersetzen desjenigen. Süßlicher Rauch, überall Unrat, einzeln, gehäuft oder getürmt, und Schutthaufen, quer gelegen die Behausungen, Betonhöfe, jaulende Hunde und hinter dem Hang das Heulen vorbeifahrender Lastwagen, gelbe und rote Lichter, dann wieder Stille – ein verlassener, aufgegebener Ort.

Diese süßliche Wärme, die zu mir aufstieg, die weit um sich greifende Fäulnis ...

Ich schnalzte – und da spürte ich den Druck auf meine rechte Schulter, und ich wusste ihn über mir; oder auch neben mir, gab es doch kein Oben und kein Unten, wohl aber ein Vorwärts durch die Nacht, der wir nun gemeinsam entgegenstrebten, hinter uns die brennenden Felder und die vergifteten Wasserstellen vor der Feindeslinie.

Umsonst nannte man Mehmed II. Abu al-Fatih, Vater der Eroberung! Zwar führte er ein mächtiges Heer, so groß wie bei der Einnahme Konstantinopels! Reiterheere bedeckten das Feld, Janitscharen mit Lanzen, Flaggen, Pfeilen, Säbeln und Yataganen, Kamelen und der Artillerie. Doch sie schritten durch leeres, ausgebranntes Land; beißender Brandgeruch und kein Wasser. Die Brunnen waren zugeschüttet, kein lebendes Wesen weit und breit.

Die Wilden hatten ihr eigenes Land verwüstet und sich zurückgezogen, wohl in die Berge.

Und dann fanden sie diese verhüllte Frau, in schmutzigem Weiß, sie saß vor einer Hausruine und lutschte an einer ledernen Peitsche.

Gut, dass sie hergekommen seien, sagte sie, sie wolle alles über die Walachen sagen, nur wolle sie zunächst Speis' und Trank.

Ein Janitscharen-Aga nahm sie auf sein Pferd und ritt mit ihr ins Lager. Auf dem Weg noch betatschte er sie und staunte ob ihrer Willigkeit. Er ließ sie noch in seinem Zelt baden und sich umkleiden, bevor sie dem Sultan vorgeführt wurde.

Diese schöne Frau, so entstellt, dachte der Sultan.

Und dann fiel ins Lager die Pest ein.

Viele starben, denn die Kranken und Fiebernden wurden umgehend von ihren Kameraden getötet, die Leichen verbrannt. Immer öfter wusch man sich und trank, um nicht erhitzt auszusehen, wie befallen. Das Wasser wurde knapp.

Man fürchtete auch die Flöhe, die von den Leichen sprangen. Kleider und Zelte wurden verbrannt.

Überall der beißende Rauchgeruch und kaum noch Wasser.

Kamele wurden geschlachtet, und die berühmte Kanone aus der Belagerung Konstantinopels musste man zurücklassen, vor den Walachen verscharren.

Allah, steh uns bei!

Immer wieder wurden Reitertruppen ausgesandt, um nach Essbarem zu suchen, Kühe und Schafe, doch die meisten kamen nicht mehr zurück.

Bleibt auf offenem Feld, meidet die hohen Gräser, meidet das Moor, meidet auch den Wald! Geht nicht über die engen Pässe, denn da lauern sie, die furchtbaren Soldaten des Fürsten Vlad. Seid auf der Hut und bleibt beieinander, geht nicht allein, auch keinem Reh hinterher, keinem Hasen, geht nicht auf die Jagd. Denn die Gejagten seid ihr.

Und bloß nicht langsamer werden, mahnte sie der Sultan, das Heer sollte baldigst die Karpaten erreichen, wo es Gras gab für die Tiere, kleine Flüsse und endlich Kühle.

Eine gleißende Hitze im Tal, sie hielt sich auch nachts.

In jener gottlosen Nacht war es aber heißer als sonst ...

Kein Windhauch im Nachtlager, die Zelte reglos.

Da erklang jener schaurige Schrei, vom Opfer oder von seinem Henker.

Der Sultan war sofort auf den Beinen, die geschwungene Klinge in der Hand, als wie ein Feuerball die entmenschlichten Horden an seinem Zelt vorbeizogen, von überallher Schlachtrufe und gellende Schreie, bald auch Trompetenstöße. Draußen sah er, wie sich Osmane mit Osmane schlug, die Janitscharen untereinander, ein Mohammedaner mit dem anderen. Und er rief: »Schaitan! Das ist der Teufel!«

Mit von Blut triefenden Yataganen mähten sie sich nieder, schlugen Häupter und Arme ab, auch die Beine der Tiere, während die Trommler unablässig Alarm schlugen.

Verzerrte Gesichter mit offenen Mündern, blutiges Verkeilen, quellendes Gedärm, wie Säbel geschwungene Fackeln, geweitete Pferdeaugen, ein Fallen in die Knie überall, Getrampel, das Nachtbild verwackelt.

Der Sultan überlebte unter einer Leiche. Wessen Leiche das war, ob die eines Osmanen oder die eines getarnten Walachen, konnten sie tags darauf nicht mehr feststellen. Zu viele waren gefallen, die meisten von der Hand des Feindes, sagt man. Und als sie sich zum Weitermarsch aufstellten, waren sie nur noch halb so viele.

Doch wollte der Sultan nicht aufgeben. Mit Allahs Hilfe würde er über diesen Schaitan siegen. Der wollte uns nur

Angst machen, mit List, dass wir vergessen, wie klein seine Macht ist.

Sie hoben Gräben um ihre Nachtlager aus, stellten Spieße auf, und in manch einem Zelt trafen sich die Janitscharen mit ihren weißen Kopfbedeckungen, dem Ärmel des Hadschi Bektasch, und wiederholten das Losungswort des Meisters: »Glücklich ist, wer die Gedankenfinsternis erhellt.«

Nach Tagen angespannter Märsche erreichten sie den Fürstensitz Târgoviște, der vorgeschickte Reitertrupp fand die Stadt verlassen vor. Der Sultan fürchtete eine Falle und befahl seinem Heer einen großen Bogen um die angebliche Geisterstadt.

Vor ihnen aber zog ein Sturm auf und verdunkelte die Gegend, obwohl es nicht etwa kühler wurde, im Gegenteil; und immer heftiger stank es nach verdorbenem Essen.

Ein bisschen Kühle am Fuß der Karpaten täte nun gut, gleich seien sie da und könnten die Zelte aufstellen.

Trommelwirbel setzten ein und gaben den Rhythmus für einen schnelleren Marsch vor. Doch da schwirrten sie auf, die schwarzen Wolken, Tausende Krähen mit ihrem schnarrenden »Kraar, kraar, kraar«, und mit ihnen ein Wind von einem unausstehlich süßen Moschusduft, der die kampferprobten Männer bis ins Mark erschütterte.

»Der Wald!«, schrie jemand.

»Der Wald!«, riefen immer mehr Kämpfer. Und auch das Trommeln geriet aus dem Takt, ratterte dahin und verstummte.

Der Sultan ritt zuvorderst, um ihn zu sehen, den gewaltigen Wald.

Doch da waren keine Tannen und Buchen, sondern ein Wald von Pfählen, an denen Tote hingen.

So leise schritt der Sultan mit seinem Großwesir, der Sultanswache und dem Sultanskampftrupp, gefolgt vom restlichen Heer, durch diesen furchtbaren Wald, dass die Krähen wieder herniederkamen und sich auf die Leichen setzten, auf die hängenden Köpfe, die durchbohrten Schultern, sie flogen in die Brust der Toten, wo es flatterte und fiepte.

Skelette schauten aus leeren Augen zum Sultan hinunter und bleckten die Zähne, während alles an ihnen herabhing, verweste Fleischbrocken, zerschlissene Kleider und geborstene Knochen. Auch summte es von überallher. Dicke Fliegen durchschnitten das Bild und setzten sich auf polierte Rüstungen.

Am Rande standen die kleineren Pfähle, sodass manch ein Skelett darauf den Boden berührte, doch je weiter man schritt durch diesen teuflischen Wald, desto höher wurden die Pfähle, und auf dem höchsten erblickte der Sultan, der sich das Ende seines Turbantuchs schützend über die Nase hielt, sich selbst, Sultan Mehmed II., Abu al-Fatih, mit genau dem gleichem Turban, wie er selbst ihn trug!

Sah dieses Ungeheure auch sein Großwesir? Sahen das die Kämpfer?

Der Sultan begann zu lachen.

Da stimmten die anderen mit ein, das Lachen wurde immer wilder.

»Schaitan!«, rief der Sultan. »Der Mann ist ein Teufel!«

Und lachend machten sie kehrt.

XIV

Ordo Draconis

Das Zeichnen blieb in dieser Zeit meine einzige Routine. Ich nahm Skizzenblock und Stifte überallhin mit, meist auf den Friedhof von B., wo ich mich seit Mamargots Abfahrt jeden Tag aufhielt.

Stellen Sie sich diese Landschaft vor: Ein Hügel mit hohen, in Richtung des letzten Windes geneigten Gräsern, hier und da vergilbt, rostbraun, man meint, das Heu schon an der Farbe zu riechen und die Grillen zu hören, mittendrin nehmen sich die Krypten wie niedrige Hirtenhütten aus, doch da, unansehnlich sonnenverbrannt, ragen überall ausgestreckte Arme und verbogene Hände heraus, mit Smartphones, zum Selfie bereit: eines mit dem Grab, eines mit der Grabinschrift, Hunderte Selfies mit den schiefen Kreuzen.

Selfies vor unserer Krypta, Selfies vor den bizarren Männern in der Tracht; zynische Selbstdarsteller auf ihrer eifrigen Jagd nach dem absonderlichsten Bild. Dabei Gelächter, als würde man das Fotografieren gar nicht ernst nehmen.

»It's really awesome.«

»Yeah!«

»But guys, guys, after all: where is Vlad?«

»Wollen Sie ein Bild von sich als Vlad der Pfähler?«, fragte ich, den Zeichnungsblock unter dem Arm, wie damals in Paris am Montmartre.

Mein erstes Modell war ein holländischer Tourist um die fünfundzwanzig. Im Stile Jan van Eycks machte ich eine karikaturale Unterzeichnung, erreichte mit starken Verzerrungen eine Ähnlichkeit zum Sujet: breites, bäuerliches Gesicht, eine gewölbte, enge Stirn, eher kleine Augen sowie eine Stupsnase, die die Nasenlöcher freilegte. Er hatte rasierte Schläfen und einen Samuraizopf. Ich bat ihn, die Haare loszubinden, sie hingen ihm bis auf die Schulter.

»So ist es besser«, sagte ich.

Er blickte mich erwartungsvoll an.

Sein Bild überzeichnete ich mit den Zügen Vlads des Pfählers aus dem berühmten Bild: Ich hob den Haaransatz, verlängerte damit die Stirn, legte ihm die Haare enger ins Gesicht, zog eine steilere Nasenlinie und vergrößerte auch die Augen.

»Sie haben einen schönen Mund«, sagte ich, »ähnlich dem des Fürsten.«

Das war tatsächlich so. Die Ähnlichkeit war jetzt nicht mehr zu übersehen.

Und der Mann war begeistert.

Das Geld, das er für das Porträt bezahlte, gab ich gleich unseren Wachmännern von der Krypta.

Und überhaupt alles Geld, das ich mit den Porträts machte, gab ich ihnen, damit sie nicht vergaßen, für wen sie arbeiteten.

Die Krypta blieb entsprechend für die Touristen geschlossen, während der Andrang für ein Porträt im »Dracula-Style«, wie man es zu nennen begann, immer größer wurde. Ich meine mich nicht zu irren, wenn ich behaupte, dass diese

Porträts, die ich damals auf dem Friedhof zeichnete, die einzige Dracula-Attraktion in B. waren.
Jeder durfte seine Ähnlichkeit zu Dracula erfahren. Und während ich zeichnete, auf einem Grab sitzend, auf einer Bank oder einfach am Boden, begann ich, vom Pfähler zu erzählen. Die Leute waren dankbar. In ihren Augen war ich eine Einheimische, die ihnen jenseits aller Gaunereien von Touristenfängern wie Sabin endlich die wahre Geschichte erzählte von dem sagenumworbenen Vlad Dracula.

Dracula, so nannte man ihn schon zu der Zeit, da er die Walachei regierte, sein Vater war ein Dracula. Der Name ist Inbegriff für Treue und Beständigkeit.
Die Geschichte geht so: Es war eine Zeit ungeordneter Zustände, nach dem Tod des langjährigen Fürsten Mircea des Alten. Zweiunddreißig Jahre hatte er die Geschicke der Walachei gelenkt, »der mutigste und fähigste aller Prinzen des Christentums«, wie er in französisch-burgundischen Chroniken genannt wurde. Über ein kluges Netz von Allianzen war es ihm gelungen, die Gegend zu befrieden – er war der verlässlichste Partner des Sigismund von Luxemburg, König von Ungarn, und dem Osmanischen Reich zahlte er einen symbolischen Tribut für die Unabhängigkeit des Landes. Er förderte den Handel, prägte Münzen, die über die Landesgrenzen hinaus verwendet wurden, und war ein Freund der liturgischen Chormusik und der Kirchenmalerei. Seine vielen Kinder erzog er im Sinne seiner friedlichen Gesinnung: Ein Herrscher habe für gute Nachbarschaft und allgemeinen Wohlstand zu sorgen und müsse die christliche Lehre weitergeben.
Sie werden sich fragen, wie es kommen konnte, dass

nach einer Regierung der Eintracht, die zwei Generationen geprägt hatte, mit einem Schlag wieder Krieg ausbrach – Kleinkriege, ehrlose Fehden unter den Nachfolgern um den Thron. Mächtige Großgrundbesitzer, die man Bojaren nannte, hielten zu unterschiedlichen Söhnen und Neffen des verstorbenen Fürsten, je nach Privatinteresse. Sie reisten in die Nachbarländer, brachen Allianzen, schmiedeten andere, und so schwappten die Kämpfe über die ganze Region. Sechzehn Jahre lang wechselten sich die Strohmänner unterschiedlicher Mächte auf dem walachischen Thron ab. Das Volk litt, die Bojaren verarmten; und da regierte auch einer mit dem Beinamen »Prasnaglava«, der Kopflose.

In der Zwischenzeit aber lebte am Hofe des Sigismund von Luxemburg, der nun römisch-deutscher Kaiser war, ein kluger und freundlicher Sohn des verstorbenen Fürsten Mircea namens Vlad. Und dieser junge Mensch erinnerte Sigismund an seinen alten Verbündeten; also fand er Gefallen an ihm und machte ihn zum Mitglied des Ordo Draconis.

Dem Drachenorden gehörten ein paar ausgewählte Könige, der polnische, serbische, litauische und aragonische, an sowie polnische und ungarische Magnaten. Man schwor sich ewige Freundschaft und dass man sich allerorts im Dienste des Guten beistehen wolle.

Für Vlad ging ein Kavalierstraum in Erfüllung. Er legte zu Nürnberg den feierlichen Schwur ab und bekam das Goldmedaillon mit dem sich einrollenden Drachen, Symbol des Chaos unserer Erde, das sich durch Demut bändigen lässt. Über dem Drachenleib prangte ein Kreuz, auf dem waagerechten Balken stand: »O, quam misericors est Deus«, »Oh, wie barmherzig ist Gott«, und im senkrechten: »Justus et pius«, »gerecht und fromm«.

Als Vlad durch diplomatisches Geschick seiner Ordensbrüder zum Fürsten der Walachei wurde, ließ er den Drachen mit dem Kreuz auf die Münzen prägen, damit alle Menschen im Land und über die Landesgrenzen hinaus davon erfuhren. Auch in die von ihm gestifteten Kirchen wurde der sich einrollende Drache mit dem Kreuz gemalt. Und weil Drache auf Latein »draco« heißt, nannten die Walachen ihren Fürsten Dracula.

Fürst Vlad Dracula, der Vater des berühmten Vlad Dracula, dem er sowohl den Vornamen verlieh als auch den Ordensnamen vererbte, wird in den Geschichtsbüchern als weiser und milder Herrscher beschrieben. Seine drei Söhne Mircea, Vlad und der kleine Radu bekamen das Credo des Drachenordens vorgelebt: Der Vater war fromm, gerecht und vor allem barmherzig mit dem ihm anvertrauten Volk.

Er wollte Frieden durch Frieden wahren, was ihm auch eine Zeit lang gelang.

Doch sein Land stand zwischen den beiden Großmächten Ungarn und Osmanisches Reich, die bald erbittert Krieg führten.

Als die mächtige Armee des Sultans die Walachei durchquerte, eilte ihr Fürst Vlad entgegen und erbat Milde für sein Volk. Bauern, Hirten und Bojaren sollten nicht geplündert, ihr Leben unbedingt geschont werden. Dafür gab er freiwillig Lebensmittel aus und versprach, dem Sultan freundlich gesinnt zu bleiben.

Er wollte sich nicht einmischen in diesen Krieg, schwor daraufhin auch dem neuen ungarischen Fürsten Treue und Freundschaft.

Die Freundschaft mit allen gefiel allerdings keiner der Krieg führenden Parteien.

Vlad und seine Söhne wurden gefangen genommen und zum Hof des Sultans gebracht. Hier sollte eine exemplarische Hinrichtung stattfinden und der Wankelmut des Fürsten grausam bestraft werden.

Es gebe keinen anderen Weg als den mit Allah, der sich den Menschen durch ihre Herrscher zeige. Der Herrscher habe diesen Weg tapfer zu gehen, als Erster. Man sehe doch seine vielen Söhne, alle gehegt und geliebt, doch das Recht sehe nur einen einzigen Herrscher vor, mit ungeteilter Macht. So müsse der Sultan den fähigsten seiner Söhne zur Nachfolge bestimmen – und wenn dieser den Thron besteige, habe er seine Brüder töten zu lassen.

Dies könne niemals Gottes Wille sein, entgegnete Vlad Dracula.

Da staunte der Sultan ob dieser kühnen Äußerung eines doch bald unter Qualen Sterbenden. Und er lud den Fürsten ein, sich mit ihm und dem Großwesir auf den Diwan zu setzen. Sie redeten und redeten, tranken Kaffee und redeten auf Griechisch, wie die gebildete Elite, und wie vor Jahren Sigismund von Luxemburg fand auch der Sultan Gefallen an der Standhaftigkeit des Walachen, der offenbar auf eine besondere Gnade Gottes vertraute. Der Großwesir rezitierte aber: »Oh, Tiefe des Reichtums, der Weisheit und der Erkenntnis Gottes! Wie unergründlich sind seine Entscheidungen, wie unerforschlich seine Wege! Denn wer hat die Gedanken des Herrn erkannt? Oder wer ist sein Ratgeber gewesen? Oder wer hat ihm etwas gegeben, sodass Gott ihm etwas zurückgeben müsste? Denn aus ihm und durch ihn und in ihm ist die ganze Schöpfung. Ihm sei Ehre in Ewigkeit! Amen.«

Ob er den Sultanspalast sehen wolle?

Sehr gern, sagte der walachische Fürst.

Und der Sultan zeigte ihm die Gärten, die Pavillons, führte ihn durch den Pferdestall, zeigte ihm seine Waffensammlung, auch die Waffen Mohammeds und der ersten Kalifen, und brachte ihn schließlich in die Palastschule, wo der Nachwuchs für die Staatsberufe ausgebildet wurde, alles Jungen aus den unterworfenen Gebieten. Denn seine treuen Janitscharen waren einst Kinder von Christen gewesen, die jährliche »Knabenlese« auf dem Balkan.

Am Ende ließ der Sultan seine Söhne kommen und stellte sie einen nach dem anderen dem Walachen vor, schließlich Mehmet, seinen auserwählten Jungen, den künftigen Sultan. Der Junge, kleiner als so mancher seiner Brüder, lachte den Walachen an. Er war zwölf Jahre alt und zutraulich wie alle geliebten Kinder.

Habe er denn überlegt, welcher seiner Söhne ihm auf den Thron folgen solle, fragte der Sultan. Natürlich im Falle, dass er begnadigt werde, fügte er hinzu.

Der älteste, sagte der Fürst.

Der Sultan nickte nachdenklich. Sodann beschloss er, dass der Fürst begnadigt sei und mit ihm der älteste Sohn. Sie könnten sofort in die Walachei zurückfahren, sobald sie ihm, dem Sultan, ewige Treue gelobt hätten. Die zwei jüngeren Kinder aber hatten in einem der Sultanspaläste zu bleiben, um für die Treue ihres Vaters zu bürgen. Da war Vlad elf Jahre alt, und sein Bruder Radu war fünf. Ihnen sollte die erlesene Ausbildung der osmanischen Elite zugutekommen.

Die Kinder Vlad und Radu verabschiedeten sich also vom Vater und blieben am Hofe des Sultans. An dem Nachmittag nahm sich ihrer Mehmet an und stellte ihnen die anderen Kinder vor.

Man hörte mir zu. Ich erinnere mich an eine Frau, die beim Zuhören eine Flasche Nivea Sun aufdrehte und vom Geräusch, das das Aufklappen des Deckels erzeugte, so aufschreckte, als wäre sie im Theater.

Woher kennte ich diese Geschichten, fragte sie, aus dem Studium?

Von hier und da, sagte ich. Man wolle doch alles erkunden, was einen betrifft.

Und wie ging es weiter mit Vater Vlad?

Er regierte noch ein paar Jahre, blieb den Ungarn treu und unterstützte mit seinem Sohn Mircea die Kreuzritter im Kampf gegen die Ungläubigen. Doch als die Kreuzritter die türkischen Festungen an der Donau beschossen, soll Fürst Vlad geweint haben, denn die Festungen habe sein Vater bauen lassen, und so schöne Festungen könne es kaum irgendwo mehr geben. Daraufhin verdächtigten ihn die Ungarn der heimlichen Allianz mit den Osmanen und schickten ein Heer, das ihn und seinen Sohn Mircea tötete.

Da war Vlad Dracula, sein Sohn, der berühmt werden sollte, siebzehn Jahre alt. Und er erbat sich vom Sultan, das Erbe seines Vaters antreten zu dürfen, den Thron der Walachei.

Man ließ ihn gehen, half ihm aber nicht, als er bald wieder entthront wurde von einem, den die mächtigen Bojaren bevorzugten. Der Widersacher hatte sich dem Sultan untertänig vorgestellt und ihm hohen Tribut gezahlt. Und auch die Bojaren hielt der emporgekommene Fürst mit Geld und Zuwendungen bei Laune. Er war ja an die Geldquelle gelangt und konnte daraus verteilen, so viel es zu verteilen gab.

Vlad grämte sich sehr über die Bestechlichkeit aller.

Er zog acht Jahre umher, erst zum Fürsten Moldawiens, der bald ermordet wurde, und dann mit seinem aus Moldawien geflüchteten Vetter Ştefan durch die Walachei, nach Transsilvanien und zum ungarischen Hof.

Da fiel er allen Hofleuten auf, dieser Ausgestoßene mit so vornehmem Gehabe und steifer Haltung, der wiederum so kühn war bei den Turnieren. Und man staunte, dass er beim Sultan aufgewachsen war und sich nun so über den Fall Konstantinopels empörte. Am ungarischen Hof sprach man schon über Künftiges, über den Handelsfluss und die Zollerhebung an der Grenze Transsilvaniens zur Walachei, doch der junge Walache fuhr fort mit dem einen Thema: Konstantinopel! War er etwa ein frommer Christ? Hielt er an der Orthodoxie fest? Man wusste ja von seinem Bruder Radu, dass er zum Islam übergetreten war. Und dass er längst in zärtlicher Verbindung zum Sultan stand und »Radu der Schöne« genannt wurde.

Indes geriet der ungarische König in Zwist mit Vlads Widersacher. Es ging um die Zölle an den Pässen zur Walachei. Die transsilvanischen Sachsen sollten im Gegenzug für das Zollrecht die alten Befestigungen aufrüsten und somit die Grenze Ungarns gegen die Osmanen verteidigen. Der amtierende Fürst der Walachen aber hielt gegen die Zölle, und so beschloss der ungarische König, ihn kurzum zu ersetzen durch einen Mann seines Vertrauens – Vlad Dracula!

So wurde im Jahre 1456 Vlad Dracula endlich zum Fürsten der Walachei ernannt.

Da war er fünfundzwanzig Jahre alt und ungeduldig zu regieren. Er sprach fließend Rumänisch, Türkisch, das osmanische Türkisch der Elite, Griechisch, Ungarisch und ein bisschen Deutsch; und er war ein geübter Reiter und konnte mit allen Waffen seiner Zeit kämpfen.

»Holy shit!«, rief die Frau mit dem von Sonnencreme speckigen Gesicht, als ich ihr das Porträt aushändigte. »I'm badass Dracula!«

XV

Dracula der Pfähler

»He'd become an honest ruler, a tough guy with a strong hand!«

Das fand Anklang unter meinen Zuhörern.

Mit Vlad Dracula sollte eine neue Ära beginnen, die Ära des wahren Dracula. Er sollte dem Drachenorden Ehre machen – das Chaos der Welt bändigen, vorerst in seinem eigenen Land.

Acht Jahre war er gewandert und hatte die Zustände erkundet. Er kannte nun die Walachei sowie die Nachbarländer, wusste von den Bojaren mit ihren Bauern und Leibeigenen, von den herumziehenden Hirten, kannte die Händler, das Zechen, die Popen, wie sie das eine predigten und das andere taten, die Eigensucht der Mächtigen und die Eigensucht der lästigen Bettler auf den Märkten; er kannte die Puppenspiele der Wandertheater und die Lust des Volkes am groben Witz.

Da saß er also, auf dem Thron einer Walachei, die weder sich selbst noch den Thron ernst nahm. Es galt zunächst einmal, Ordnung zu schaffen.

Die Zuhörer nickten, das kannten sie ja, das war auch bei ihnen so.

Das Land war verarmt, ausgenommen von venalen Bojaren, die Fürsten nach ihrem Gutdünken auswechselten. Nichts war beständig im Land, mit jeder Regierung wurde alles Vorherige zunichtegemacht, Handelspläne, Allianzen; es war ein Durcheinander. Herrschende hatten nur eines im Sinn: ihre Untertanen auszurauben. »Wie bei uns ist es nirgendwo«, sagte man im Volk und war sodann der Meinung, dass Diebe zu bestehlen kein Laster sei, sondern eine Tugend. Und so füllte sich das Land mit Dieben an.

Wehe dem Durchreisenden! Sobald er vom Pferd stieg, nahten die Pferderäuber, am Esstisch kamen die listigen Huren und Taschendiebe heran, und was noch übrig blieb, nahm ihm der gerissene Gastwirt. Auf Ordnungshüter war kein Verlass, wenn man sein Recht nicht kaufen konnte. Das wussten die Diebe und waren dreist. Und so zog der Reisende wieder ab, das Land verfluchend, während ihm eine stinkende Horde von Bettlern folgte, mit ihren miauenden Stimmen, ihm eitrige Wunden vorhielt und die sich selbst zugefügten Verrenkungen.

Ein verfluchter Ort hier! Die Menschen ohne Rückgrat, ohne einen Rest an Ehre. Ein Hohn den großen Fürsten von früher, ein Hohn dieser schönen Gegend, die die Berge voller Gold hatte, reiche Salzlager, und die Felder so fruchtbar.

Er aber würde noch allen das Verhöhnen austreiben, ein für alle Mal!

Hier stand er also, mit seiner noch unerkannten Macht und seinem unverrückbaren Willen, dem Drachen zu dienen: der junge Vlad Dracula, großer Woiwode und Fürst, alleiniger Herrscher, von Gott beauftragt mit der Herrschaft über die ganze Walachei!

Fromm sein und gerecht, das hatte ihm sein Vater als

Gebot mitgegeben. Woran aber glauben? Nicht einmal auf christliche Alliierte war Verlass. Hatte die Christenheit nicht weggeschaut, als Konstantinopel belagert wurde und zerstört? Zu Pferde war der freche Mehmet in die Hagia Sophia geritten, und nichts hat er zu befürchten gehabt. Wo waren die europäischen Herrscher geblieben? Ja, mutig sind die Menschen nur mit den Schwachen, den Mächtigen aber setzen sie nichts entgegen. Ist das gerecht? Er, Vlad Dracula, werde nun allen zeigen, was Gerechtigkeit ist!

Gerechtigkeit ist der senkrechte Pfahl des Kreuzes, er verbindet Himmel und Erde. Und er, Vlad Dracula, würde diesen Pfahl wieder mit aller Kraft in die Mitte seines Landes einstanzen. Dass davon die ganze Welt erbebt, Gott zur Ehre.

Ich prüfte die Reaktionen meiner Zuhörer. Verständiges Nicken. Sie gingen alle mit.

Da kamen sie eilig an, ihn zu begrüßen, die mächtigen Bojaren, jeder wollte der Erste sein, dem neuen Fürsten am nächsten. Und Fürst Vlad richtete für die Angereisten ein Festmahl aus; obschon es Fastenzeit war und er dann kein Fleisch aß.

Es wurde gegessen und getrunken, freudig auf den neuen Fürsten angestoßen. Die Stimmung war ausgelassen.

»Wie viele Fürsten hat die Walachei vor mir gehabt?«, fragte Fürst Vlad irgendwann.

»Siebzehn!«, rief der eine Bojar.

Gelächter.

»Falsch«, rief der junge Fürst.

»Zwanzig!«, rief ein anderer.

»Tz!«

»Zweiunddreißig!«, rief wiederum ein anderer.

»Ihr habt keine Ahnung von unserer Geschichte«, rief Fürst Vlad und lachte. Und die Bojaren lachten mit.

Fürst Vlad aber stand auf und befahl, dass alle gepfählt würden. Und später ließ er sich sein Fastenmahl in den Hof bringen und speiste unter den Gepfählten.

Sein Page aber hielt sich die Nase zu vor dem Gestank der Sterbenden. Da befahl der Fürst, dass dieser sofort gepfählt werde, auf einem hohen Pfahl, damit ihn kein Gestank erreiche.

Wie das mit dem Pfählen ging, fragte man mich, und ich machte meinen Zuhörern einige Skizzen davon. Die Spitze der Spieße wurde eingefettet, damit sie rutschte, der Verurteilte wurde im Liegen daraufgezogen. Das perfekte Aufspießen ging durch das vorhandene Loch, der Pfahl wurde vorsichtig mit einem Hammer eingeschlagen, an Nieren und Herz vorbei, zum Mund hinaus oder aus dem Hals, zwischen Kopf und Schulter. Danach wurde der Pfahl angehoben und aufgerichtet, sodass er wie ein Baum war mit schrulliger Frucht.

Meine Zuhörer kicherten, fotografierten die Skizzen. Sie mochten das Abwegige, das, was nicht langweilte. Aug' in Aug' mit den Gepfählten, sagte ich ihnen, die Pfähle waren üblicherweise nicht sehr hoch. Manchmal rutschte der eine noch auf seinem Blut etwas weiter hinab, während ihm aus dem Mund das Erbrochene quoll und gar Kot, den der Pfahl hinauftrieb.

Ich sah, wie die Touristen dabei ein Ausnahmezustand ereilte, der sie allerdings nicht selbst betraf und endlich eine Wohligkeit entfaltete.

Und ich sagte, dass Vlad Dracula so blutrünstig erscheinen mag, weil man das Leben im Allgemeinen höher einstuft als den eigenen Glauben und die Moral. Und da gab man mir recht, was mich belustigte.

Und als das gemeine Volk vom grausamen Tod der habsüchtigen Bojaren hörte, jubelte es und pries den neuen Fürsten.

»Hosanna«, rief man ihm zu Ehren, als er durch die Tore der Stadt Târgoviște ritt, und die Menschen legten Weidenzweige und Kleider vor seinem Pferd nieder.

Nicht in den üppigen Bojarenmantel, sondern in das Kettenhemd mochte er sich kleiden, wie der heilige Georg auf der Ikone.

Und kaum war Vlad Fürst geworden, besuchte ihn eine Gesandtschaft des Sultans, um ihn an seinen Tribut zu erinnern. Fürst Vlad empfing sie im Thronsaal vor dem ganzen Hofstaat und bat, dass sie vor ihm das Haupt entblößten, nach dem Brauch des Landes, in dem sie sich befanden.

Den Turban abnehmen, das könnten sie niemals, sagten die Gesandten. Dies verbiete ihr Glaube, den Fürst Vlad ja bestens kenne.

»Ach so, euer Glaube!«, rief der Fürst und lachte.

Dann wolle er doch dafür sorgen, dass ihre Turbane auch richtig säßen.

Und er befahl, dass man den osmanischen Gesandten die Turbane mit drei großen Nägeln an den Kopf nagelte.

Und wieder jubelte das Volk ob dieser kühnen Tat.

»Hurra«, rief auch einer der Zuhörer.

Fürst Vlad aber verlor keine Zeit und stellte eine tapfere Armee zusammen. Reichtümer hatte er den Kriegern keine zu geben, dafür aber große Ehre und Ruhm. Es sollten nur die Tapfersten von den Tapferen mitkommen, den Feigen würde es bei ihm nicht wohlergehen. Und es kamen Soldaten von überallher, mit vierzehn Jahren heuerten einige schon an und schworen dem Fürsten ewige Treue.

Sie alle wollten ihn sehen, den Kühnen, und er war genau so, wie die Kunde von ihm ging: bescheiden gekleidet, doch aufrecht wie nur die Heiligen auf den Ikonen, bedacht im Umgang, im Urteil aber unbeugsam – der legendäre Drachentöter, wild und gerecht! Sein Blick war fest, seine Gesten bestimmt, sein Ruf kam aus tiefer Brust, er übertönte das lauteste Säbelgeklirr, sagte man.

Persönlich bewachte er die Ausbildung seiner Männer und sprach mit jedem, ohne im Rang zu unterscheiden. Er war der beste Ritter im Land und ein Kämpfer mit allen Waffen. Und er bewies sich als unermüdlicher Lehrmeister.

In der Schlacht dann ritt er todesmutig voran, durchbrach die Feindeslinie und mähte eine breite Flur hinter sich zum osmanischen Befehlshaber.

Seine kleine Armee siegte an allen Fronten und vertrieb den Aggressor, so steht es in den Büchern.

Und überall im Land verbreitete sich die Kunde, Fürst Vlad prüfe nach jedem Kampf persönlich seine verletzten Soldaten. Jene, deren Verletzungen im Rücken zu finden waren, die Feigen also, die dem Feind den Rücken gekehrt hatten, ließ er pfählen; die Mutigen aber, mit Verletzungen im Gesicht oder auf der Brust, lobte er und ließ sie in seinen Kreis.

»Würdig ist er, würdig ist er«, sangen die orthodoxen Popen in der Kirche für ihn.

Als er sich dann mit seiner Braut dem Volk zeigte, entstand

großes Gedränge. Denn es wollten ihn viele berühren, so wie man die Gebeine eines Heiligen berührt, um sich den besten Segen zu holen.

»Hosanna«, rief das Volk.

Und die vielen Bettler erhofften sich einen Regen aus Goldmünzen.

Die Garde des Fürsten aber wies die Leute zurecht.

Als dies der Fürst hörte, wurde er unwillig und sagte: »Lasst die Bedürftigen zu mir kommen!«

Seine Garde löste die Blockade auf. So stürzte sich das zerlumpte Bettelvolk vor seine Füße, und aus zahnlosen Mündern stiegen Lobpreisungen.

Und der Fürst befahl, dass man diese Leute in das große Festzelt einließ und ihnen das Hochzeitsmahl auftischte.

Er und seine Braut setzten sich ans Tischende und speisten mit.

»Das ist mein Volk«, sagte Fürst Vlad zu seiner Braut, einer transsilvanischen Adligen, die er auf Empfehlung des ungarischen Königs geheiratet hatte.

Und die Braut schluckte ihre Tränen und aß, ohne zu diesen hässlichen Menschen zu schauen.

Derweil floss der rote Wein in Fülle, und die Bettler jubelten und prosteten dem Brautpaar zu. Viele Kinder sollten sie haben, so tapfer wie der Fürst.

Da fragte Fürst Vlad: »Soll ich euch alle Sorgen nehmen, dass euch nichts mehr fehlt und ihr nichts mehr braucht auf dieser Erde?«

Und die Bettler schrien mit einer Stimme: »Ja!«

Da ging Fürst Vlad mit seiner Frau aus dem Hochzeitszelt, und er befahl, dass es von mehreren Seiten angezündet werde.

Und seiner Frau und den Hofdamen, die dies sahen und die Schreie hörten, sagte er: »Ich habe dies getan, damit sie nicht mehr leiden und anderen zur Last fallen. Es soll niemand mehr arm sein in meinem Land, sondern nur noch reich.«

Auch diese Begebenheit verbreitete sich unter dem Volk. Und obschon sich die Menschen fürchteten, freuten sie sich über so einen kühnen Herrscher – auch, dass aufgeräumt würde in der Walachei. Ihre Nachkommen würden es besser haben, sagte man sich. Ohne ihn würde es noch Hunderte von Jahren so elendig sein, mit Bettlern und Dieben und ehrlosen Schmarotzern. Der Fürst aber reiße das Böse heraus samt der Wurzel, ein für alle Mal.

So verhasst war ihm die Ehrlosigkeit, dass er einen jeden, der stahl, betrog oder sonstiges Unrecht tat, sofort hinrichten ließ, meistens am Pfahl. Und von den Verurteilten gab es keinen, der sich wieder freikaufen konnte, und war er noch so reich. Es gab nur eine Gerechtigkeit, eine für alle.

Und wenn jemand unter den zuhörenden Touristen den Kopf schüttelte, sagte ich, sie müssten nicht hinhören. »No hard feelings«, wenn sie sich abwendeten und gingen, denn die Geschichte sei brutal und schwer zu ertragen, die Geschichte dessen, der dem Monster ins Auge schaute und seinem Blick standhielt. Denn nur wenigen ist es gegeben, die Boshaftigkeit der Welt zu sehen und ihr abscheuliches Leid und sich davon nicht ablenken zu lassen. Fürst Vlad aber hatte die gewaltige Kraft, dem Monster ins Auge zu schauen, geradewegs, ohne zu zwinkern oder den Blick zu senken – da ward bald das Monster dasjenige, das Fürst Vlad ins Auge schaute. Und es erschrak.

»Ich, großer Woiwode und Fürst, alleiniger Herrscher,

von Gott beauftragt mit der Herrschaft über die ganze Walachei!«

Vor ihm noch hatten die Fürsten Befehle erteilt und gedroht, der Ungehorsame würde in Zwist mit der Heiligen Jungfrau sterben. Fürst Vlad aber befehligte und sagte lapidar: »Anders soll es nicht sein.« Da beeilten sich alle, ihm zu gehorchen.

Und ich erzählte von tollkühnen Kämpfen und den großen Heldentaten seiner kleinen Armee und riss alle mit.

Ja, er besiegte den Drachen im Ausland wie im Inland. Keinen Dieb gab es mehr in der Walachei, die Händler konnten nun ruhig auch nachts reisen, schliefen in Wäldern und konnten ihre Geldsäcke bedenkenlos im Freien abstellen, denn keiner rührte sie an. Und an die Brunnen ließ der Fürst Becher aus Gold stellen, aus denen ein jeder trinken konnte und die keiner stahl.

An dem Tag, als einer der Becher wegkam, wusste man sofort: Dem Fürsten war etwas zugestoßen!

Am Wochenende vor Mamargots Rückkehr saß ich im Friedhof und erzählte den Leuten von der Gerechtigkeit des Fürsten Vlad und der Ehrfurcht seiner Leute, da kam Ata vorbei mit dem Parteipräsidenten Druga – tatsächlich demjenigen! –, in Begleitung mehrerer beleibter Männer in Anzügen.

Ich sah nun Druga von Nahem, er war kleiner, als ich dachte, aber der graue Schnurrbart war derselbe, auch die kaputten Zähne, und noch immer redete er stets über »das Ganze«, »dies und das Ganze«. Er grüßte uns als Gruppe, überhaupt waren er und Ata die Einzigen, die grüßten.

»Guten Tag!«, sagte er. »Wir wollten uns das Ganze hier mal anschauen.«

»Hey, Leute,«, rief Ata den Touristen zu, »wisst ihr, mit wem ihr hier redet? Die Dame ist aus der Familie des Fürsten Dracula! Ihr gehört die Gruft mit dem Grab. Mag sie uns nicht reinlassen, um zu sehen, ob er da ist oder der Sarg etwa leer?«

Damit fraßen ihm die Leute aus der Hand, und Druga klopfte ihm auf die Schulter.

»Is that true?«, fragten die Leute.

Man beschwor mich, die Gruft zu öffnen.

Gut, sagte ich. Kommt!

Warum ich einwilligte? Ich weiß es nicht. War es Verlegenheit? Oder Wut? Meine Geschichten reichten wohl nicht, die Leute gierten offenbar nach anderen Geschichten. Dann geht alle hinab, wenn das euer Wunsch ist, passiere, was passieren mag …

Ich bat die verdutzten Wächter, das Grab zu öffnen.

Sie krempelten die Ärmel ihrer weißen Trachtenhemden hoch, hoben mit einem gemeinsamen Ächzen den Grabstein an und schoben ihn beiseite.

Jemand will grünen Rauch gesehen haben.

Man lachte über diese Vorstellung.

Wieder dieses wohlige Erschaudern.

»Herabgestiegen, die Herrschaften!«, sagte ich. »Wer will zuerst?«

Ich schaute auf Ata.

»Nun gut«, sagte er schelmisch. Er mache gerne den Anfang.

Druga klopfte ihm auf die Schulter.

Ich sehe noch, wie Ata hinabsteigt, sehe seine schönen Hände auf der dritten Leitersprosse, da war er mit den Beinen fast unten, sehe seine Fingerknöchel, weiß, höre, wie ein Wind durch die Bäume zieht, wie das trockene Gras um uns rauscht. Dann dieses dumpfe Geräusch, unten, das die anderen wohl nicht hörten, da sah man ihn nicht mehr, nur noch den Grund, gestampfte Erde.

Die Leute hatten sich schon aufgestellt, in der Reihenfolge, in der sie hinabzusteigen gedachten. Sie bildeten einen guten Hintergrund für Druga und die Männer im Anzug, die sich mit den Wächtern in Nationaltracht fotografierten.

Die Frau mit den kurzen Hosen bitte raus aus dem Bild, man sei doch auf dem Friedhof! Thank you!

Ob ich Kerzen hätte in der Krypta?

Einer der beleibten Männer ging Feldblumen pflücken, er holte sie allerdings, in allgemeiner Heiterkeit, von den anderen Gräbern.

Druga stand indes etwas abseits, rauchte mit einem der Männer. Das Grab sei nicht so wichtig für das Ganze, den Themenpark mit dem nachgebauten Dorf, dem Schloss, der Geisterbahn und alldem. Aber wenn man das Ganze sehe, sei das Grab vielleicht doch wichtig, je nachdem. Man müsse auf jeden Fall entschiedener sein und vorwärtsgehen. Die Firmen gebe es ja schon, die Funktionäre hätten schon genug bekommen, jetzt wolle er endlich Resultate sehen, damit etwas laufe hier zum hundertjährigen Jubiläum des Landes! Sonst könnten sie die nächsten Wahlen vergessen, und das hieße, wieder die Justiz zu verlieren. Und das würde nun doch wirklich keiner der Genossen wollen! Da würde das Ganze nur von vorne beginnen, zum Henker!

Er sprach mit verkniffenem Mund, zog lange an der Zigarette und schloss dabei die Augen; dann ließ er den Arm steif nach unten fallen, die Hand zur losen Faust geballt, als würde er die Zigarette verstecken wollen.

Schließlich schmiss er den Stummel zu Boden und zerdrückte ihn mit dem Fuß.

Er müsse nun gehen.

Ein Wärter fragte mich, ob er nach Ata schauen sollte.

»Tz!«

»Kollege, wir müssen gehen!«, rief der eine Parteimann ins Grab hinein.

Druga sagte: »Servus«, wähnte sich wohl in Transsilvanien, wo man so grüßte, und ging mit den Männern ab.

Es blieb nur der eine Parteimann, der wieder ins Grab rief: »Kollege Ata, komm bitte, die anderen sind schon gegangen.«

Er bekam keine Antwort.

»Geht es da unten weit?«, fragte er mich.

»Tz! Nicht so weit.«

Wir warteten.

Die Leute in der Schlange wurden abwechselnd unruhig und wiederum angeheitert von der eigenen Unruhe.

»Are you okay, mate?«

Man lauschte.

Keine Antwort.

Ein Wärter sagte, dass er nachschauen sollte, vielleicht sei der arme Kerl ja in Ohnmacht gefallen.

Er solle bitte nicht da runter, sagte ich.

Ich sehe uns noch warten, die strammen Wärter mit den über der Brust verschränkten Armen.

Ob Ata ein Witzbold sei, fragen sie. Schließlich hätten sie ja das Objekt hier zu bewachen, oder etwa nicht?

»Komm jetzt wieder herauf, Ata«, rief ich, »sonst schließen wir die Krypta und lassen dich drin!«

Ich blinzelte die Zeit weg, bis ich wieder Atas Kopf sah

in der Graböffnung, die gegelten Haare, er stieg langsam hinauf, schwankend.

Als er oben ankam, schauten ihm alle ins Gesicht, ob er blass war.

Ata blinzelte ins Licht.

»Geht nicht hinab«, sagte er benommen. Da seien dieses grüne Gas und der Gestank, das könne nicht gesund sein.

Indes rückten die Wärter den Grabstein auf seinen Platz zurück. Ob es auch ungesund sei, bei dieser Krypta zu patrouillieren?

»Nein, das ist unproblematisch«, sagte ich. Ata wolle sie nur interessant machen für die Touristen.

Die Wärter nickten, während Ata schnell abging. Die Leute taten es ihm gleich. Sie aber blieben und sorgten sich um ihre Gesundheit.

Es sei das starke Blutsband über die Zeit, das mich an Ereignissen teilhaben lässt, die ich niemals selbst erlebt hatte. Denn ich könne die Erinnerung wieder zur Gegenwart machen. Ob mit Erinnerung dabei eher Mitgefühl oder aber nachträglicher Voyeurismus gemeint sei, fragte ich mich nicht.

Und ich trauerte auch nicht beim Erinnern über mich selbst und meine Vergänglichkeit, denn ich war dabei, die Gleichgültigkeit des Tapferen zu erlangen. Ich sah die Gleichgültigkeit im Gleichgewicht der Farben, die ich wiederherstellen konnte, auch unten, im Keller des Hauses, unter der tief hängenden nackten Glühbirne. Ich hatte die Routine im Arm, die Erinnerung der Proportionen, die ich auch mit der Farbe herausstrich: das schmale Gesicht, vom dunklen Haar umrahmt, der blasse Teint, die geschwungene Brauenlinie, die sich zur Nase hinabzieht, der Hals mit dem offenen Kragen. Auch malte ich mir einen roten Samtmantel mit klobigen Goldknöpfen auf der Brust.

Ich malte im Stehen, unter der summenden Glühbirne, zu der aufsteigender Staub zog, inmitten verstaubter Dinge, von denen ich gedacht hatte, Mamargot hätte sie längst weggeworfen – die sperrigen Möbel aus der Kommunistenzeit, daneben, darauf und rundherum die ausgestopften Tiere, die Wachstücher, Makramees, Wandteppiche, Vorhänge, Wimpel mit lange Fransen, Aschenbecher aus vielfarbigem Plexiglas, geflochtene Körbchen mit Plastikorangen, Senfgläser, diverse Heizlüfter, lackierte Holzvasen mit Plastikrosen, die Lampen aus Milchglas. Alles war noch da, in Ermangelung einer Müllabfuhr in B. – die gerollten Teppiche aus Kunstfaser, der Glasschrank mit den Schiebetürchen für die Bibelots, ein von Staub ergrautes Aschenputtel mit nur einem Schuh, der Wiedehopf, die zwei sich prügelnden Gossenjungen, Hahn und Henne, das benzinfarbene Pferd und auch dieser Fischer mit dem Glasbarsch an der dünnen Schnur. Alles, was ich einst nur flüchtig gesehen hatte, beim Heraustragen vielleicht, war nun wieder da und um mich her, während ich zielstrebig und mit sicherer Hand mein Selbstporträt malte, ohne Spiegel.

Ich malte mit einer noch nie gefühlten Selbstsicherheit, als folgte ich vorbestimmten Linien. Meine Hand glitt weiß über die Staffelei wie eine fremde Hand, und doch bewegte sie sich mit meiner Billigung. Noch nie war ich meiner Kunst so sicher, ihrer unmissverständlichen Aussage.

Als ich fertig war, ging ich zum Kleiderschrank, an dessen Schlüssel ein rot-gelb-grüner Bommelbund hing.

Ich öffnete den Schrank, der tatsächlich auf der Innentür einen Spiegel aufwies.

Sein Licht, ein zittriges Parallelogramm, streifte das Gerümpel und strahlte mir in die Augen. Ich schaute auf die Staffelei, schließlich doch in den Spiegel, um zu sehen, ob ich dem Bild ähnelte.

Und ich schrie sofort auf, ich erschrak dermaßen, dass ich zu Boden sank.

Dieses Grauen!

Es war, als ob ich plötzlich allein wäre, fern aller Dinge.

Und doch war ich schon gar nicht mehr da.

Aus der rückhaltlosen Selbstsicherheit war ich in den Zustand völliger Haltlosigkeit gefallen.

Ich kroch zum Spiegel hoch und schaute nochmals hinein. Doch ich hatte richtig gesehen, eine Ansammlung von Bibelots: Wiedehopf, Hase und ein betrunkener Mann mit hochgehaltener Flasche. Es war das Gerümpel hinter mir; im Licht noch der funkelnde Staub. Mich aber zeigte der Spiegel nicht! Auch nicht, als ich nach hinten ging und Hase, Wiedehopf und den betrunkenen Mann aufhob. Da hingen sie in der Luft, ohne ersichtlichen Grund, schwankten hin und her, als könnten sie fliegen. Ich ließ sie am Boden zerschellen und ging wieder zum Spiegel, diesmal von rechts, die Glühbirne im Rücken.

Ich sah die Birne im Spiegel, und auf dem Spiegel war nicht einmal ein Schatten, ich aber stand doch genau zwischen Birne und Spiegel.

Die Welt, die ich kannte, entzog sich mir, obwohl ich noch da war.

Doch wer war ich? Ich ging zum Selbstbildnis auf der Staffelei, betrachtete es genau.

Ja! Es war das nämliche Bild des Fürsten Vlad des Pfählers!

Nur war es nicht mehr abgewandt, im Dreiviertelprofil, sondern blickte nach vorn, geradewegs in meine Augen.

XVI

Der nächtliche Angriff

Ich roch ihre Angst und entschuldigte mich – es war nicht meine Absicht, sie zu erschrecken.
»Nein, nein«, wehrten sie ab, »keine Ursache.«
Sie rieben sich die rauen Hände und wippten von einem Bein auf das andere, gegen die Starre von vorhin.
Ich hatte sie beim Schichtwechsel überrascht, sie hatten noch miteinander geredet; geraucht hatten sie nicht, auch nicht getrunken. Alle vier waren von guter transsilvanischer Moral, fast schon deutsch.
»Wir sind hier am Grabe des Fürsten Vlad Dracula«, sagte ich. »Und Gott hat euch erwählt, ihm zu dienen.«
Sie standen nun wieder stramm, das Mondlicht schien ihnen am breiten Hals vorbei und unter die Achseln.
»Wartet hier«, befahl ich.
Mühelos schob ich den Grabstein zur Seite, als wäre er eine leichte Bettdecke, und ließ mich entlang der Leiter hinabgleiten in die Tiefe.
Den Boden unter den Füßen, schritt ich, ohne zu sehen, wohin, ob geradeaus oder hinab, in eine Schlucht oder gar auf der Decke eines anderen Grabes, von innen her.
Meine langen schwarzen Haare hingen an mir herun-

ter – die einzige Spannung an meinem schwerelosen Körper. Dann griff ich Festes unter der Handfläche, Brocken und Steine, Klumpen, Wurzeln, gewunden wie Arme, und auch dünne, so wie Kopfhaare.

Ich strebte dem fernen Schimmer entgegen, eifrig und kühn, wie eine junge Soldatin. Es schien ganz nah, und doch war es fern, dann stieg der süßliche Weihrauch auf in Rauschen und Seufzen, aber noch war ich nicht da, und ich ging forsch weiter.

War ich angstfrei? Ich meine, ja.

Wie tot war ich, und doch getrieben. Und dann plötzlich dieses Geräusch vor mir, wie Geprassel von Münzen; ich streckte die Hände aus und berührte sein Kettenhemd. Lauwarm und feucht! Tief bohrte ich die Finger hinein.

Sagte ich etwas? Oder sagte er etwas? Das ist mir nicht mehr erinnerlich, nur, dass ich alles verstand.

Sie alle hatten ihn verraten – sein Vater, der ihn mit dem kleinen Bruder beim Sultan zurückließ und nie mehr zurückkam, der Sohn des Sultans, Mehmet, der sich sein Freund nannte und ihn doch verriet, sein kleiner Bruder Radu, der überzeugter Muselmann wurde und bald mit den Osmanen kämpfte, ausgerechnet gegen ihn … Überall dieser verderbliche Ehrgeiz und die Gier nach Geld und Macht. Ihn aber machte das stark; je größer das ihm angetane Übel, desto stärker machte ihn Gott. Unermüdlich sollte er dieses Böse bekämpfen, bis zum Ende aller Tage.

Um ihn war kein Glaube an die höhere Gerechtigkeit, keine Ehre, allein Gier und Niedertracht. Bei den Bojaren, den Gefolgsleuten, bei den Nachbarfürsten, bei seinen Vettern wie auch beim gemeinen Volk. Überall nur Menschen ohne Rückgrat, denen er ein Rückgrat zu geben hatte – den Pfahl!

Und als sie ihn von hinten abstachen, seine eigenen Männer, und ihn noch verlogen aufhoben und in den Armen hielten, hatte er ihnen Blut spuckend gesagt, es sei nicht vorbei. Bei Gott, er werde wiederkommen und diesen Kampf weiterführen.

So lagen wir, ich auf ihm oder er auf mir, und ich fragte, ob ich in den grünen Schuhen hätte kommen müssen, denen von Ecaterina Fronius Siegel, seiner Geliebten. Er lachte dieses tiefe Lachen, fast war es ein Rauschen, und ich fuhr fort: »Komm zu deinem Herrn, Ecaterina! Draußen ist Krieg, und ich muss hin.« Ich fingerte an seinem Kettenhemd herum und leckte seine Finger zwischen den Ringen. »Komm zu deinem Herrn!« Und ich zog mich hinauf, fasste die strohigen Haare und küsste ihn ins Gesicht, seitlich der Nase, auf den dicken Schnurrbart und auf den Mund, die fleischigen Lippen, die Zähne, wiederum die Lippen, biss hinein bis auf sein Blut.

Wir wandten uns entlang des Ganges, ein immer engerer Gang, darin die sandige Erde, sie floss. Und wir schlugen gegen die Schanzen, dumpfe Schläge, und ich schabte daran wie an seinem Kettenhemd, mit meinen Schulterblättern und der Wange, mit dem Knie und den Handballen, mit Brüsten und Bauch, während es um uns klirrte wie ein Regen von Münzen.

»Fertig!«, rief ich dann. »Fertig!«, und schob ihn ab. »Fertig, meine Liebe! Ich muss!«

Kriechend auf allen vieren und schließlich aufrecht, mit kerzengeradem Rücken, ging ich in Richtung des blassen Lichts und hinaus.

Die vier Wachmänner waren da, und ich erkannte den

ehrfürchtigen Blick der Krieger vor ihrem Anführer. Sie folgten mir auf ein Zeichen wortlos den Hügel hinab über die Zäune, durch Gebüsch und hohes Gras, verlassene Höfe, bis zu dem alten Dacia, aus dem tagsüber Frischgetränke und Brezeln feilgeboten wurden.

Der Dacia brannte als Erster. Lichterloh und mit schwarzem Rauch; dann der Souvenirshop, mit gelbroten Feuerzungen, darin die Flaschen, die mit weißem Blitzen zerbarsten.

Mit Getöse stürzten die Kräne über die Holzbaracken mit dem Bauwerkzeug, schubweise zischende Funken, und das Feuer fraß sich durch die Büsche, bis zu Sabins schwarzem Geländewagen, der als riesiger Feuerball in den Himmel schoss.

In B. wurde es hell wie am Tag.

Die Menschen rannten, gebückt von der Hitze, in alle Richtungen und hielten sich Kleidungsstücke vor Nase und Mund. Bei den Brunnen füllten sie Zinkeimer und Gießkannen und warfen sie auf die Häuser.

Das Rauschen des Feuers zog über B., ich vernahm wunderlichen Gesang. Es war die Heidelerche.

Oben am Bergrand brannte das vierstöckige Bürgermeisteramt samt den mobilen Toiletten davor. Das Feuer legte kurzerhand das Innere des brennenden Gebäudes frei, klotzige Möbel, bevor die Balken einstürzten mit zischender Glut.

Als später Sabin mit den Parteigenossen ankam, mit Ata sowie, im Schritttempo hinter ihm, dem kleinen Polizeiwagen aus dem benachbarten Ort, war dem Feuer nicht mehr Einhalt zu gebieten. Nur die bewohnten Häuser hatten kein Feuer gefangen. Mit Fräulein Sanda, den paar

Bauern und einigen Touristen hatten wir Ketten gebildet zu den Brunnen hin.

Feuerwehrwagen konnten keine kommen, dafür waren die Wege zu eng; niemand hatte gesehen, wie das Feuer ausgebrochen war, der Polizeiinspektor aber erkannte die Ursache sofort: Brandstiftung.

»Es war Brandstiftung«, sagte ich den Touristen umgehend. Und: »A war will come!« Am besten, man reise gleich von hier ab.

XVII

Ex ossibus ultor

Am Nachmittag, als wir Mamargot erwarteten, regnete es bereits seit zwei Tagen. Die grauen Aschereste waren unter tiefgrauen Rinnsalen vergangen, und der Rauch hatte sich größtenteils verzogen, reizte kaum noch die Augen.

Im Haus roch es nach verbrannten Auberginenschalen, Toastbrot und eingelegten Paprika – einfache Kost, die Mamargot zum Champagner mochte. Die Türen zwischen den Zimmern standen weit offen, und die Lichter waren alle an: im Wohnzimmer, in den privaten Räumen, bei den Gästen, in den Fluren und in der Küche. Licht ging in weitere Lichter über, was zu sehen mich aus unerklärlichen Gründen dauerte.

Im roten Samtkimono lief ich durchs Haus und prüfte, ob alles an seinem Platz war: die Möbel, die Ikonen, die Teppiche, ob sie nicht weggerückt worden waren. Und dann hörte ich dieses wohlbekannte Knistern und Knacken auf dem schadhaften Parkett, und ein Rauschen setzte ein, genau unter meinen Füssen.

»Adieu, notre petite table ...«

Mir war, als hörte ich diese Arie aus der Ferne, wie aus dem Trichtergrammofon von Mamargots Vater.

Wie konnte dies sein, wer hätte jetzt eine Platte auflegen mögen? Ich ging zum Plattenspieler, der tatsächlich lief. Ich nahm die Hülle auf, um sie zu betrachten; es war länger her, dass die ramponierte Scheibe Hariclea Darclées abgespielt worden war.

»Adieu, notre petite table ... / Qui nous réunit si souvent!«

Auf dem Plattenaufkleber war das vergilbte Bild von Hariclea mit den großen Augen, der »Nachtigall der Karpaten«, die mit einem Lächeln hinaufschaute, wie vom Schwung eines Karussells mitgenommen. Mit den Händen hielt sie sich an einem Tisch, an dem sie drehte und drehte und drehte.

»Adieu, notre petite table ...« Sie klang, als mokierte sie sich über den Abschied, ungeduldig, ihn endlich zu vollziehen; dazu ihr Antlitz in der schnellen Drehung. Ihr Dutt wollte sich in der Drehung öffnen, blieb aber stets in Form.

Nun gut, soll Mamargot eben mit Musik empfangen werden!

Ich hob den Tonarm und legte die Nadel einige Rillen weiter nach innen ab, kurz vor Haricleas ruhmreicher Arie »Vissi d'arte, vissi d'amore«.

Sie war schon in meiner Kindheit unsere Lieblingsarie, meine und Mamargots. Unzählige Bilder hatte ich von der klagenden Tosca gezeichnet – in gebeugter Haltung, händeringend, weil sie mit ihrer Kunst nichts bewirken kann auf dieser Welt, ich skizzierte auch den Polizeichef Scarpia, der ihren Liebhaber foltern und sich von Toscas Arie nicht erweichen lässt. »Ich lebte für die Kunst, lebte für die Liebe ... doch in dieser Schmerzensstunde ... warum ... warum, o Herr, warum dankst du mir das so?«

Kunst könne sehr wohl die Welt retten, sagte mir damals Mamargot. Denn wen vermag diese Arie nicht zu rühren und zu wandeln? Nur Holzköpfe wie Scarpia.

Kaum war ich wieder aus dem Raum getreten, hörte ich erneut und in aufgedrehter Lautstärke: »Adieu, notre petite table ...«

Jemand hatte den Tonarm bewegt.

Im Nu stand ich wieder vor dem Plattenspieler.

Da war niemand.

Ich hob den Tonarm und führte ihn zur Plattenmitte, um den Apparat abzustellen, dann in die Ruheposition, klappte den kleinen Bügel darüber. Dabei erschien mir der Tonarm seltsam schwer und unhandlich, und unausweichlich drängte sich mir die Vorstellung von einem toten Arm auf, mit dem ich den gerade Verstorbenen bekreuzigte.

Da bekreuzigte ich mich selbst.

Wo bist du, Gottesfrevler? Zeig dich!

Ich schaute mich um; spähte nach einer Bewegung.

Ich horchte.

Das Rauschen drang von draußen herein, ein stetes Rauschen.

Aus der Küche das schnelle Klopfen des Messers auf dem Holzbrett.

Ein Böe, und es prasselte kurz gegen die Scheiben.

Doch das war es nicht.

Es war viel näher ...

Um mich her.

Ich spürte es auf der Haut, ein Ziehen: die Unruhe der starren Dinge.

Ich registrierte ein Zucken in meinen Augen, vielmehr im Raum.

Sie!

Ja, sie!

»Fräulein Sanda!«, rief ich mit schriller Stimme. »Kommen Sie, bitte!«

»Gleich«, rief sie. »Gleich!«

Sie hielt ein kariertes Küchentuch in den Händen, roch nach Knoblauch.

»Haben Sie die Musik aufgelegt?«

»Nein«, sagte sie. »Wieso?«

»Weil der Plattenspieler an war.«

Fräulein Sanda starrte mir ins Gesicht.

»Also, nie im Leben habe ich diesen Plattenspieler angerührt.«

»Dann ist ja gut«, sagte ich. »Soll ich uns etwas auflegen? Wollen Sie etwas Bestimmtes hören?«

Sie zuckte mit den Achseln. »Was Sie hören wollen.«

»Ist es Ihnen gleichgültig?«

»Gleichgültig nicht«, sagte sie. »Ich mag eben hören, was Sie hören wollen.«

Mir schien, als redete Fräulein Sanda nicht wie üblich. Aber vielleicht hatte ich ihr auch nie wirklich zugehört.

»Ist gut«, sagte ich und legte die Schallplatte mit Hariclea Darclée auf den Stapel. »Ich will gar nichts hören.«

Fräulein Sanda zuckte mit den Achseln und ging in die Küche. Ich folgte ihr mit meinem Blick, blieb im Salon.

Kaum aber war ich beim Klavier, ertönte die Arie wieder: »Adieu, notre petite table ...« Und da sah ich auch das andere. Ich rief Fräulein Sanda herbei, die aus der Küchentür trat, wiederum mit dem karierten Küchentuch.

»Waren Sie das?«

Ich fragte nach den Mohnblumen in der Vase. Hatte sie die Mohnblumen auf dem Klavier abgestellt?

»Also, ja, ich habe sie dahin gestellt«, sagte sie. »Wer sonst?«

Die Mohnblumen standen genau vor dem Bild mit der Mohnblumenvase, als wäre das Gemälde ein Spiegel.

»Gefällt es Ihnen?«, fragte sie in scharfem Ton.

Ich gab ihr keine Antwort.

Lange standen wir da, vor den beiden Mohnblumenvasen, angeweht von dieser Musik mit den unverkennbar sich mokierenden Tönen. Adieu! Adieu! Adieu!

Ich blieb reglos und wartete, dass Fräulein Sanda ging oder noch etwas sagte. Doch sie stand genauso reglos neben mir und schaute in die gleiche Richtung.

»Ja«, sagte ich schließlich. »Es ist gut.«

Langsam drehte sie sich zu mir und schaute mir unverwandt in die Augen. Und zum ersten Mal sah ich sie lächeln, ein Lächeln, das ihr das ganze Gesicht verzerrte.

»Ich habe es gewusst«, sagte sie.

Ich hielt ihrem Blick stand und lächelte.

»Also dann«, sagte ich, »gehen wir runter!«

Wir stiegen die Treppe hinunter, diese Treppe, die ich so gut kannte, und ich hielt mich mit der Hand an der Balustrade fest, wie ich das immer tat.

Ich hatte die Autos gehört, lange bevor sie in die Straße eingebogen waren. Nun leuchteten ihre Scheinwerfer uns durch den Lattenzaun an.

Ich hielt Fräulein Sanda den Schirm, und sie öffnete die Gartentore. Da waren sie: Mamargot mit Yunus, Geo und Ninel mit dem Ehepaar Tudoran.

»Endlich wieder im Paradies«, rief Mamargot, die mich als Erste umarmte.

Ich schaute ihr ins Gesicht: Ihr Auge war verheilt.

»Endlich, endlich bist du wieder da, Mamargot!«

Ich ließ mich von allen umarmen, auch von Yunus, dessen penetranter Aftershave-Geruch nach grünen Äpfeln und Vetiver an mir haften blieb. Und ich hörte mich sagen, als müsste ich aus einem noch verborgenen Grund diesen Satz von einst wiederholen: »Wir haben Sie vermisst. Ich dachte, Sie haben uns vergessen.«

»Aber nein, aber nein«, rief Mamargot und ließ sich den Mantel abnehmen. »Wie hätte er uns vergessen können?«

Yunus mit seinem so gestrigen schwarzen Pony hielt meine Hände und lächelte vergnügt.

»Ein Glas Wasser, Johnny?«, fragte ich.

»Lass ihn erst mal den Mantel ausziehen.«

Die Gäste stürmten herein.

In der Küche knallte ein Korken, und am Klavier ertönte der Türkische Marsch von Mozart.

Geo spielte mit weiten Gesten und Gehampel, wobei Madame Tudoran nach jeder schmissigen Phrase jauchzte.

»Ich liebe Stürme mit Blitz und Donner«, rief Mamargot.

»Ich auch!«, rief Ninel.

»Ich auch!«, rief Madame Tudoran mit spitzer Stimme.

»Ich auch!«, sagte Yunus in meine Richtung.

Mamargot ließ Fräulein Sanda die Fenster öffnen, damit wir den Regen hörten, und auch die Schals bringen, damit uns der Durchzug am Tisch nichts anhaben konnte.

»Ein superber Kimono«, sagte Mamargot, bevor sie mir den Schal umhängte.

»Mit dieser noblen Blässe sieht sie prächtig aus«, rief Madame Tudoran mit ihrer spitzen Stimme.

»Sie muss aber an die Sonne«, befand Ninel. »Und mehr essen!«

»Ergo bibamus!«, rief Geo laut, und alle lachten.

Fräulein Sanda hielt uns das Tablett mit den gefüllten Gläsern hin.

»Prosit!«, rief Madame Tudoran.

»Gaudeamus igitur!«, rief auch Yunus, und alle lachten.

»Præsente medico nihil nocet!«, sagte Mamargot in Yunus' Richtung, und das Lachen schwoll an.

Sie tranken und ließen sich wieder die Gläser füllen, während sich die Vorhänge erhoben, fast bis zu uns, und dann wieder senkten.

Der Auberginensalat bekam größtes Lob, und die vielen Hände kreuzten sich über dem Tisch, griffen nach dem Toastbrot, nach dem Tomatensalat mit Knoblauch, den eingelegten Paprika und dem Pfeffer.

»Trink!«, forderten sie mich auf. »Iss!«

Und Geo kam mit dem Rotwein vorbei und rief: »In vino veritas!«

Zum ersten Mal sprach dann auch Herr Tudoran und sagte: »In hoc signo vinces.« Was seine Frau sofort zu tadeln wusste: »Bitte keine Blasphemie bei Tisch!«

»Aber das ist keine Blasphemie …«

»Ich bitte dich!«

»In vino veritas!«, rief Geo nochmals.

Worauf Yunus sagte: »Gaudeamus igitur!«

Da klopfte Geo mit dem Löffelstiel gegen sein Kristallglas, und als Ruhe einkehrte, stand er auf und deklamierte feierlich: »Qui bibit, dormit; qui dormit, non peccat; qui non peccat, sanctus est!«

Da jauchzte Madame Tudoran, und die anderen riefen: »Ja« und »So ist es!«, und sie klatschten laut Beifall.

Mamargot schaute zu mir, was Ninel mitbekam, denn sie sagte: »Qui tacet, consentire videtur!«

Alle lachten und ließen sich die Gläser füllen, während es im offenen Fenster so laut donnerte, dass nicht nur die Fenster klirrten, sondern auch die erhobenen Gläser.

»Ex ossibus ultor«, sagte ich.

Und sie drehten sich alle zu mir.

»Ultor?«, fragte Geo.

»Mars Ultor!«, erklärte Herr Tudoran. »Iniuriarum!«

Die Gesellschaft nickte, eher verständnislos.

»So ist es mit diesen Kommunistenkindern«, sagte Herr Tudoran, »die haben nichts gelesen, nicht einmal George Coşbuc!«

»Ich bitte dich«, tadelte ihn seine Frau.

»Stimmt doch«, sagte Geo, »wir sind tatsächlich Kommunistenkinder.«

»Helft uns verstehen!«, bat Ninel.

»Exoriare aliquis nostris ex ossibus ultor!«, deklamierte Herr Tudoran.

»Ach!«, rief Mamargot vergnügt. »Dracula!«

»Bravo!«, rief Madame Tudoran und klatschte in die Hände.

Und Geo sang das Gedicht von George Coşbuc von dem gestrengen Prinzen, der getötet und begraben wurde, sein Andenken verflucht von den Mächtigen, die nun weitersündigen konnten. Doch bei Sturm zeige ein weißer Blitz auf das vergessene Grab, das sich bald öffnen würde.

Und alle lachten und hoben die Gläser.
»Auf Dracula!«, riefen sie.
»Auf Dracula!«
Und dann erzählten sie, was ich in meiner Abgeschiedenheit nicht erfahren haben konnte und sie so lebhaft für mich aufgespart hatten: das Ende der Geschichte um den Dracula-Park.

Sie erzählten mir von den Enthüllungen, was die Zeitungen so alles schrieben, was im Fernsehen so alles zu sehen war, wer so alles auf wen getroffen war in den Talkshows und wer sich dazuschalten ließ – und sie sprachen am Tisch selbst immer lauter, fielen einander ins Wort und lachten, gaben Mamargot recht oder nahmen sich gegenseitig auf die Schippe.
Die Brände in B. hatten den Dracula-Park in die Medien gebracht. Die Regierung beschuldigte die Opposition der Brandstiftung, buchstäblich. Die Opposition hingegen beschuldigte die Regierung der Brandstiftung, buchstäblich wie im übertragenen Sinn. Erst hätten sie den tapfersten Fürsten des Landes entehrt und ihn zu einer Pappfigur in der Art amerikanischer Groschenromane gemacht, dann hätten sie eine Dracula-Aktiengesellschaft gegründet, das Geld daraus aber entwendet, und nun hätten sie Feuer gelegt an den eigenen Holzhütten, um riesige Verluste anzumelden, wo gar keine Verluste zu verzeichnen waren, um noch mehr Geld mit den Versicherungen zu verdienen.
Und Madame Tudoran rief jauchzend: »Gut gesprochen!«
Und ihr Mann sagte: »Auri sacra fames!«
Auch den Wald hier wollten die zerstören für den Grusel-Jahrmarkt, die österreichische Firma Schweighofer sollte

daran beteiligt werden. Dass sie immer noch da seien, diese Österreicher, nach all den Skandalen und Prozessen!

»Wie die Geier!«

»Wie die Vampire!«

Schlimm sei das, sagte auch Mamargot.

Über ein Viertel des Karpatenholzes werde illegal geschlagen, und das Gericht in Bukarest habe endlich festgestellt, dass Schweighofer am illegalen Einschlag und Handel von illegalem Holz beteiligt sei. Dies nach jahrelangem Hin und Her, nach Aufrufen von Greenpeace und WWF, nach unzähligen Aktionen von »Rettet den Regenwald«, Demonstrationen auf dem Universitätsplatz in Bukarest, sogar nach mehrfacher Intervention von Prinz Charles, der die Karpaten so liebte. Die Schweighofers aber hätten ihren teuren PR-Berater gehabt und in den europäischen Medien gesagt, dass sie nichts Rechtswidriges getan hätten: Es sei ja nicht ihre Schuld, dass die Politiker in Rumänien korrupt seien, die Gesetze so ungenau und die Menschen bereit, ihre eigenen Wälder zu roden. Ein Schild mit der Aufschrift »Nationalpark« hätten sie außerdem auch nie gesehen!

»Unrecht haben sie nicht.«

»Red doch keinen Unsinn, mein Lieber!«

»Hausgemachtes Unglück.«

»Ach was, das sind Schurken!«

Da kam die Enthüllung um den Dracula-Park und was die Schweighofers an Schmiergeldern für das Holzfällen in B. bezahlen wollten.

Da hätten sie endlich den Schwanz eingezogen. Und ihre illegalen Rodungsaktionen weiter nördlich, in die Ukraine, verlagert.

Menschen ohne Rückgrat seien das!
»Jawohl!«
»Auspeitschen!«, befand Geo.
»Anders ist ihnen nicht beizukommen«, sagte auch Madame Tudoran.
»Carpe noctem«, sagte ich.
Madame Tudoran schaute mich irritiert an.
»Corruptio optimi pessima!«, sagte ihr Mann.
Und Madame Tudoran drehte sich ärgerlich zu ihm um.
»Jetzt ist gut, mein Lieber!«
Der Plan für einen Dracula-Park sei nun definitiv begraben. Man würde ihn weder in B. noch anderswo bauen.

Gestochen scharf erinnere ich mich an meinen Teller mit der goldenen Schwerterkante und an die Zahl 164 der gekreuzten Schwerter, die ich auf einen Blick erfasste.

»Ist der Plan definitiv begraben?«, fragte ich mit vorgetäuschter Lebhaftigkeit.

Ja, der Plan für einen Dracula-Park sei nun definitiv begraben, wiederholte Madame Tudoran. Man würde den Park weder in B. noch anderswo bauen.

Es entspann sich ein Gespräch über Vampire; Vampire hätten hier nichts zu suchen, seien eine Erfindung anderer, in der hiesigen Tradition nicht existent.

In der Sendung *Bucharest, the day after* habe Professor Irmicescu über die Entstehung des *Dracula*-Romans von Bram Stoker gesprochen. Im 19. Jahrhundert – Königin Victoria von England war gerade zur Kaiserin von Indien gekrönt worden – wollte Stoker eine Gruselgeschichte über eine diabolische Gestalt aus dem fernen Ausland schreiben, die Großbritannien zu zerstören trachtete. Dieser Feind sollte aus einem dunklen Wald kommen, Stoker dachte zuerst an die dunklen Wälder der österreichischen Steiermark. Hier habe der Moderator gesagt, dass dies nicht verkehrt gewesen wäre, die bösen Geister kämen tatsächlich aus Österreich, eben die Holzfirma Schweighofer, die Hand in Hand mit der Regierung Kahlschläge in geschützten Nationalparks besorgte. Stoker aber traf auf einen ungarischen Professor, der ihm von der *Cosmographia* des Renaissancegelehrten Sebastian Münster erzählte. Diese Kosmografie hatte das Wissen der Zeit zusammengetragen, der Gelehrte hatte in der ganzen ihm bekannten Welt nach Beiträgen für sein Buch angefragt. Und so bekam er von den transsilvanischen Sachsen auch jene Schmähblätter über Vlad den Pfähler, Gruselgeschichten über den walachischen Fürsten, der eine protektionistische Handelspolitik betrieb und den Sachsen verboten hatte, Detailhandel quer durch das Land zu betreiben – sie durften ihre Ware nur noch *en gros* an der Grenze verkaufen, an die walachischen Händler. Und die Sachsen grämten sich, dass der Fürst keine Beschwichtigungsgelder annahm und auch nicht von seinen Gesetzen abrückte und dass er sie beim kleinsten Vergehen sofort pfählen ließ.

»Gut so!«, kommentierte Madame Tudoran.

Und Geo rezitierte: »Ach, Pfähler! Herrscher! Kämst du doch! / Mit harter Hand zu richten.«

Stoker, der irische Protestant, hörte also von Vlad Dracula, auch, dass er blutrünstig dargestellt worden war von den transsilvanischen Sachsen, und so dachte er, Vlad sei ein Transsilvanier gewesen, ein Hochgestellter, womöglich ein Graf, und der Drache in seinem Namen stehe für seine teuflische Natur: der passende Held für eine Gruselgeschichte! Dabei hatte er nichts anderes getan, als gerecht zu sein, um jeden Preis. »Dura lex, sed lex!« Heute aber herrsche hierzulande Chaos ...

»Weiß man schon, wer Traian getötet hat?«, fragte ich.

»Bitte wen?«, fragte Mamargot.

»Den Mann auf unserem Grab.«

»Nein. Aber hört ihr auch diese Musik, die von draußen kommt?«

Ja, sie hörten sie, unterbrochen vom Donner.

Sie standen auf und gingen zum Fenster, und sie spähten, still geworden durch das Rauschen des Sturm, hinaus.

XVIII

Allah, vergib ihr!

Rechts vom Eingang, im Pronaos, war die heilige Maria von Ägypten abgebildet, mit zerzaustem Haar und einem weiten, offenen Umhang, der den Blick auf ihre abgemagerte Brust freigab; in ihrer Hand hielt sie einen Papyrus mit der Inschrift: »Das Gottesreich ist nicht Speis' und Trank, sondern Gerechtigkeit und Tugendübung mit Heiligung.« Davor schlug ich ein großes Kreuz, von der Stirn zum Bauchnabel und von der rechten zur linken Schulter.

Maria die Ägypterin wurde beim Eintritt in die Kirche zu Jerusalem von einer unsichtbaren Kraft zurückgehalten, und erst nach dem Gebet und dem Gelöbnis, das Hurenleben aufzugeben und dahin zu gehen, wohin sie Gott schicken möge, gelang es ihr, einzutreten und sich dem Kreuz zu nähern.

Mich aber hielt keine Kraft zurück, und ich betrat unsere kleine Kirche, mit einem angenehmen Gefühl der Bestätigung. Denn ich hatte mich von vornherein hingegeben, der Kraft, die mich ermächtigte.

Der süße Weihrauchduft wehte mich an, und aus dem Altarraum erklang vom Band byzantinische Chormusik. Ich bekreuzigte mich und küsste die Ikone des Christus

Pantokrator mit den zwei Gesichtern, während Yunus danebenstand, etwas steif, immerhin aber nicht mit den Händen in den Taschen.

Seit er hergekommen war, begleitete er mich überallhin wie ein Schatten und gab zuweilen ärztliche Empfehlungen von sich, etwa dass ich mich an der frischen Luft bewegen, vitaminreichere Kost verzehren sollte, ich sei etwas blass und mit fiebrigem Blick. Ich billigte seine Begleitung, unsicher, ob nicht etwa Mamargot ihn beauftragt hatte.

Eine sehr schöne Kirche sei das, sagte er. So schön gemalt, und auch diese in Silber gefassten Ikonen so schön. Er möge die rumänischen Kirchen, sie seien einzigartig.

Ich machte ein Zeichen, dass er schweigen solle, und betrat den Naos. Und dann geschah es mir. Ich meinte zu zittern, aus meinem Körper heraus stark zu zittern, als würde ich über die Konturen meines Körpers hinaus und wieder hinein tänzeln. Unaufhörlich der Cherubim-Gesang, »Die Sorge, die weltliche Sorge, legen wir sie ab« – quälend langsam gesungen, mit auseinandergezogenen Worten, Lauten, die ich um mich geschrieben sah.

Diese Märtyrer aber, hörte ich dann Yunus aus dem Pronaos, schaut man sie sich überhaupt an?

Enthauptet, ertränkt, erdolcht, zerstückelt, verbrannt und lebendig begraben.

Ob ich die gesehen hätte, fragte er nochmals: »Schau.«

Ein fantasievolles Gemetzel, so kunstvoll hingepinselt.

Opfer und Henker, alle genauso schön gekleidet, blau und rot und golden.

Welche Farbenpracht!

»Auch die Blutfontänen!«, sagte er und lachte.

Aber sein Lachen währte nur kurz, denn er schreckte auf,

als ich dicht hinter ihm stand und flüsterte: »Dies hast du gut bemerkt, dass Märtyrer und Henker gleichermaßen schöne Kleider tragen.«

Und wenn er aufmerksam hinschaue, merke er, dass die meisten Märtyrer auf allen vieren stünden, wie die Tiere.

Im runden Heiligenschein sehe ihr Kopf aus wie ein davonrollender Ball.

Wie unheimlich, sagte er freimütig und griff nach meiner Hand.

Bilder wie diese könnten selbst einen Arzt erschrecken.

Doch zum Glück sei er mit einer tapferen Frau unterwegs.

Meine Hand entwand sich seinem Griff mühelos wie Rauch, und ich war schon bei den Verschlägen für die Kerzen. Links der Verschlag für die Lebenden, rechts der für die Verstorbenen, dazwischen der Eimer für die Kerzenstummel.

»Ich wähnte dich eben noch neben mir«, sagte Yunus, als er mich erreichte. »Wollen wir eine Kerze anzünden?«

Das Zittern von vorhin hatte gänzlich aufgehört. Ich war kompakt, von meiner Macht erfüllt. Ich hätte mich schlagartig zu ihm drehen können, mit ausgestrecktem, vollstreckendem Arm.

Ruhe!, wollte ich sagen, doch aus dem Altar ertönte das *Kyrie eleison*, und ich blieb selber still.

Als ich mich dann zu Yunus umdrehte, tat ich es mit der Ruhe des Mächtigen, der seine Macht noch zurückhält, um mit überlegener Sanftmut zu belehren.

»Verzeih! Ich werde dir alles zeigen.«

Welch eine Macht ich fühlte, als ich meine Macht nicht zu zeigen brauchte!

Als er neben mir stand, spürte ich die Wärme seiner Haut, ich hörte das dumpfe Murmeln des Blutes in seinen Adern, und jenseits seines penetranten Aftershave-Geruchs nach grünem Apfel nahm ich den leicht ranzigen Geruch seines Schweißes wahr.

Ich widerstand alledem, ja, der bloße Gedanke zu widerstehen wäre kein Leichtes, erfüllte mich mit Abscheu.

»Das Gottesreich ist nicht Speis' und Trank, sondern Gerechtigkeit und Tugendübung mit Heiligung.«

Da stand er, meine Nähe suchend, mit diesem völlig gedankenlosen Gesicht, den matten Augen, wie von einem Reh, und dem so gestrigen schwarzen Pony.

Ich erläuterte ihm alle Wandgemälde im Pronaos, die Märtyrergeschichten, von Stephanus dem Gesteinigten, den wohltätigen Ärzten Kir und Johannes, dem rechtgläubigen Cornelius dem Centurio, von der heiligen Filofteia mit dem Beil, den alten Vätern aus Sinai und Rat, den vierzig Märtyrern von Sebaste, denen man alle Knochen zerstampfte und die sich freudig richten ließen für den Glauben.

Und er unterbrach mich mit bemühtem Schalk und lobte die walachische Festspeise für die vierzig Märtyrer aus Sebaste, runde Teigringe in Zuckerwasser mit Zimt und Nuss, herrlich! Besser als die moldawische Festspeise, die nur ein trockenes Honigbrot sei mit ein paar Krümeln zerstampfter Nuss.

Selbstredend sei er schwach, sagte ich, er wolle sich die Qualen der Märtyrer nicht einmal vorstellen und mit Gaukelei davon ablenken.

Er zuckte die Schultern, er möge halt keine sinnlose Gewalt.

Fürwahr, sagte ich, man möge es immerzu gemütlich. Die

Heiligen Märtyrer aber hätten sich der Hölle gestellt, festen Willens, sagte ich. Sie geben ein Beispiel an Standhaftigkeit, was hierzulande und auch meistenorts fehle.

»Und bin ich nicht standhaft?«, fragte Yunus.

Da wurden die Geräusche um mich lauter, sogar die Geräusche der sich aufrichtenden Teppichschlingen unter Yunus' Fuß.

Ob ich an Heilige glaube, fragte Yunus, und dass sie nicht verwesen?

Mein Blick verharrte auf der Ikone mit dem Entschlafen der heiligen Maria, im Glasfenster aber sah ich nicht mich, sondern Yunus mit seinen matten Augen, dessen Blick sich im Raum verlor.

Ich schlug ein ausladendes Kreuz.

Selten seien jene, die sich der Pein auslieferten, festen Willens, sagte ich, doch früher gab es noch viele, die ein solches Beispiel an unverrückbarem Glauben und Leidenskraft mit Ehrfurcht erfüllte. Heutzutage aber gebe es keine Ehrfurcht mehr, sondern nur Schalk und Hohn.

Ich hörte sie hereinkommen und den Kronleuchter anknipsen, und sie ging in ihren Plastikschlappen schürfend an uns vorbei, eine Frau mit Kopftuch, sie machte mit rauschenden Atemzügen und Seufzern Niederwerfungen vor der Ikone der Muttergottes.

Die Maler dieser Ikonen, die hätten beim Malen noch gefastet und gebetet, heutzutage bringen die Restauratoren ein Schinkensandwich mit und das Handy. Und vor der Kirche gibt der Bürgermeister Wein aus und verteilt seine Parteizettel, was sei schon dabei … Der sei ein gemütliches Väterchen, man kenne ihn, er klaue die Gelder, die aus Bukarest kommen, aber die anderen klauten ja auch. Also wählt man ihn wieder und wieder, und irgendwann wählt man seinen Sohn. Die seien ja beide von hier, Einheimische, und sprächen die Sprache dieser armseligen Leute: die Sprache des Trotzes, des Verharrens in der Sünde!

Wieso sich aus seinem Elend erheben, nur weil es andere sagen, die Bukarester, die hier Ferien machten? Wieso Ehrfurcht haben vor Menschen, die mehr gelernt und also mehr wissen müssten als sie?

Sie trotzen dem Wissen, sie trotzen aller Macht und schreiben sich diese Macht selbst zu.

Gehe die Welt zugrunde!

Die Frau mit dem Kopftuch hielt kurz an, dann setzte sie ihre Niederwerfungen fort, mit noch lauterem Seufzen.

Yunus lachte.

Dieses Lachen!

Ich zwinkerte, zwinkerte, atmete schneller, doch hielt das Lachen an, störrisch, allen Belehrungen abgewandt.

Da kam der junge Pope hinein, ich zwinkerte ihn fast fliegend an uns vorbei, und die Frau mit dem Kopftuch zwitscherte ein hohes »Küss die Hand, Vater!«.

»Bei so köstlicher Fastenkost meiner Frau«, rief uns der Pope zu, »da fragt man sich, ob das noch Fastenkost ist ...«

Er war vergnügt.

Habe ich den jungen Mann in die Kirche gebracht, um ihn zum orthodoxen Christen zu machen?

Sein Ton war schelmisch.

Und Yunus lachte.

Der Pope schüttelte ihm die Hand und erkundigte sich nach seinem Namen, lud uns ein, Platz zu nehmen auf den Schemeln an der Wand.

Yunus?

Hervorragend! *Yunus* komme von Jona dem Propheten, das sei eines seiner Lieblingsbücher im Tanach!

Wieder überkam mich dieses Zittern, und ich lehnte mich seitlich an die kalte Mauer mit den vielen Heiligen, die standen kerzengerade und so dicht aneinandergereiht, dass sich die Heiligenscheine überschnitten. Hinter den Heiligen waren andere Heilige und wieder andere, von denen nur noch die Heiligenscheine zu sehen waren. Mein Zittern übertrug sich auch auf die Farben, an denen ich lehnte, als wäre die Wand ein aufgewirbeltes Wasser. Man sah mir wohl nichts an, denn der Pope redete und redete und erzählte von dem Propheten Jona.

Da wurde Jona von Gott in die sündhafte Stadt Ninive geschickt, damit er den Bewohnern ob ihrer Bosheit ein Strafgericht Gottes androhe. Doch Jona wollte nicht nach Ninive. Er ahnte, dass Gott ein gnädiger und barmherziger Gott ist, der das Gericht über der Stadt nicht vollstrecken würde. Jona hingegen war ein gestrenger Prophet, der die Geißelung der Sündigen wollte. Warum sollte er nach Ninive und den Bewohnern die Strafe Gottes androhen? Nur damit die Sünder Buße tun und Gnade erfahren?

So ging er also nicht nach Ninive, sondern in die entgegengesetzte Richtung, nach Jaffa, von wo er mit dem Schiff nach Tarsis aufbrach. Auf dem Meer aber stürmte es gewaltig, und als das Schiff zu sinken drohte, gestand Jona den Seeleuten, dass Gottes Zorn ihm galt und dass man ihn ins Meer werfen sollte, um das Meer zu beschwichtigen und sich selbst zu retten. Ins Meer geworfen, wurde Jona von einem Wal verschluckt, in dessen finsterem Bauch er drei Tage und drei Nächte lang blieb. So wie später Christus im Reich der Toten.

Wie lange dauern drei Tage?, hätte ich fragen müssen. Wie lange währt die Finsternis?

Doch was hätte mir eine Antwort genutzt?

Der Pope erzählte beherzt, wie Gott dann Jona lehrte, dass man Demut benötige, nicht Hochmut. Der Pope sagte dies schwungvoll, mit aufgezucktem Finger: »Aufgepasst: Demut, nicht Hochmut! Und Liebe!«

Mit diesem Namen müsse er sich fast taufen lassen, nicht wahr?, sagte Yunus.

Er wolle aber ein Geständnis machen, jetzt, da er in der Kirche sei und vor einem Geistlichen stehe. Früher sei er Atheist gewesen, da Kommunist. Der Pope seufzte und schaute hinauf oder verdrehte die Augen. Das sei im Irak anders gewesen als hier, sagte Yunus. Irgendwie Punk sei das gewesen, etwas für junge Leute, die mehr verstanden und kühn waren.

Er habe eine jüdische Mutter gehabt, die ihren Glauben im Irak einfallsreich verheimlicht habe. An Ramadan habe sie vor der Morgendämmerung die Lichter im Haus angezündet, damit die Nachbarn dächten, sie würden nun essen. Ebenso nach Sonnenuntergang, zum Fastenbruch. Und aus dem Haus sei sie immer mit Kopftuch gegangen, obwohl es auch Frauen gab im Ort, die Jeans trugen und kein Kopftuch.

Als sie aber im Sterben lag und die muslimischen Nachbarn um ihr Bett wachten, um mit ihr die Shahada zu beten – »Ich bekenne, dass es keinen Schöpfer außer Allah gibt, und ebenso bekenne ich, dass Mohammed Diener und Gesandter Allahs ist« –, da richtete sich seine Mutter auf, mit geweiteten Augen, und rief: »Nun sollt ihr es wissen: Ich bin Jüdin!«

Für einen Moment war Stille an ihrem Bett, niemand sagte etwas, auch nicht ihr Mann und die Kinder. Alle verharrten reglos, unsicher, was die Wahrheit auslösen würde. Bis die eine Nachbarin in Schluchzen ausbrach und rief: »Sie ist verrückt! Unsere geliebte Schwester ist nun verrückt!« Und allen liefen die Tränen übers Gesicht, und sie riefen, die Arme zum Himmel gestreckt: »Allah, hilf ihr!«

Als es dann so weit war, half man seiner Mutter, das letzte Gebet zu sprechen, indem man es ihr ins Ohr flüsterte: »Ich bekenne, dass es keinen Schöpfer außer Allah gibt, und ebenso bekenne ich, dass Mohammed Diener und Gesandter Allahs ist.«

Yunus schaute dem Popen in die Augen. Der Pope sah dann mich an.

XIX

Die Tote im Wald

In manchen Nächten wiederholte sich dieser gellende Schrei, von dem Mamargot und unsere Gäste am Morgen darauf sagen sollten, sie seien davon wach geworden und hätten suchend hinausgeschaut. Ob sie geträumt hätten, einen kollektiven Traum?

Vom Dach unseres Hauses sah ich auch die Bauern aus den Fenstern schauen. Keiner aber ging hinaus.

Vielleicht hatte man sich getäuscht, vielleicht kam es aus den Bergen, ein Echo von irgendwas.

An jenen Nachmittag, wir saßen auf der Bank beim Tee, kam Fräulein Sanda mit dem Tablett angerannt; sie stolperte und fiel mit einem spitzen Schrei, warf den in Scheiben geschnittenen Cozonac in hohem Bogen über uns hinweg in den Fliederstrauch.

Sie müsse Mamargot von den Pilzsammlern und der toten Frau erzählen. »Bitte nicht«, sagte Ninel.

Aber Madame Tudoran rief beherzt: »Bitte erzählen Sie uns alles, unsereiner hat vieles erlebt und ist gerüstet. Nicht wahr, Margot?«

»Setzen Sie sich doch zu uns, meine Treue«, bewilligte Mamargot. »Was ist schon wieder passiert?«

Und Fräulein Sanda setzte sich an den Gartentisch und erzählte von den Pilzsammlern und der toten Frau, die verschwunden war, sie erzählte detailreich, wie für die Leute hier üblich, und sagte immerzu: »Also.«

Die Pilzsammler seien also am Vortag in den Wald gegangen, nicht zur alten Weberei, sondern rechts hinauf, zum Haus von Ata, wo es die besten Steinpilze gab. Da waren hohe Fichten und Buchen, und am Boden lag eine dichte, rostbraune Laubdecke. Der alte Simion, der als Ziege tanzte und gerne auch Possen riss, hatte die alte Camelia, die mit dem rosa Haar, auf einen größeren Laubhaufen geschubst. Die aber habe angefangen, wie am Spieß zu schreien. Denn im Laub neben ihr lag eine tote Frau!

Eine tote Frau, die allen bekannt vorkam.

Da hätten die Männer die Mützen vom Kopf genommen. Hätten sie doch bloß eine Kerze dabeigehabt, die Frau sah aus, als wäre sie nicht allzu lange tot. Noch nie hätten sie so eine schöne Tote gesehen, mit fest gespannter, schimmernder Haut, als wäre sie aus Porzellan. Die Brust sei entblößt gewesen, und ihre Brustwarzen noch spitz und rosig. Nur seitlich am Hals war die Haut eingefallen, wie von einem tiefen Biss. Vielleicht wies sie auch andere Bisse auf, und man sah sie nicht wegen des Laubs und des schwarzen Umhangs. Über den Armen habe sie eben diesen schwarzen Umhang gehabt, der sie unter dem Laub wahrscheinlich auch vom Nabel abwärts bedeckte.

Da habe jemand die Idee gehabt, bei dem jungen Bürgermeister zu klingeln, sein Haus lag gleich gegenüber.

Die Alten hätten sich aber nicht getraut zu klingeln, auch der alte Simion nicht, der sich ja von allen am meisten hätte trauen müssen, weil er jedes Jahr die Ziege war.

Da seien sie also weggegangen.

Das sei morgens um neun oder um zehn Uhr gewesen.

Der eine meinte, sie sollten den Popen suchen gehen, Simion aber sagte, sie sollten erst zum Internet-Hügel und die Nachrichten lesen, ob da was gewesen war, und dann bei der Polizei im Nachbarort anrufen; die alte Camelia mit dem rosa Haar hingegen sagte, nein man müsse erst den alten Bürgermeister holen, sonst entwickle sich noch was zu ihrem Nachteil.

Sie waren sich nicht einig, und keiner wollte den anderen begleiten, also ging keiner irgendwohin, und alle blieben bei sich zu Hause.

Nur am Abend trafen sie sich wieder und erzählten auch anderen von ihrem Fund im Wald, und die anderen wurden neugierig und wollten die schöne Tote sehen.

Da gingen sie alle in den Wald, rechts hinauf, zum Haus von Ata, wo sie am Morgen Steinpilze aufgestöbert hatten, und unter den hohen Fichten und Buchen suchten sie nach dem Laubhügel.

Da fanden sie reichlich Laub und warfen es auf, erst furchtsam und dann immer kühner und wilder. Aber die Tote war nirgends.

Die Leute ärgerten sich über die Pilzsammler und verhöhnten sie. Da sei nichts gewesen, sie hätten nur gelogen, um zu prahlen, sie hätten etwas erlebt. Hier aber passiere nichts; anders in Italien und Spanien, wo ihre Kinder lebten, da gebe es echte Banden, Ehrenbünde und die Mafia, die sehr kühn vorgehe.

Als sie aber auf dem Rückweg waren, schon fast aus dem Wald, sagte einer, da sei etwas Großes im Baum. Aber keiner wollte hinaufschauen, denn alle hatten Angst.

Nun habe am nächsten Morgen auch der Pope von der Frau erfahren und sei mit seinem Diakon und zwei Jungen aus dem benachbarten Ort in den Wald. Und auch Sabin habe davon erfahren und sei mit großem Geleit und der Polizei aus dem benachbarten Ort an die Stelle gegangen, so auch Ata, der sehr besorgt war, dass gleich bei seinem Haus ein Verbrechen begangen wurde. Aber die schöne Tote, die hätten sie nicht gefunden. Und nun dachten immer mehr Leute, was sie dem jungen Popen nicht gestehen wollten, denn der ärgere sich immer und sage: »Seid gläubig, nicht abergläubisch!« –, also die Leute kämen nun nicht umhin zu glauben, die schöne Frau mit der bleichen Haut und den rosigen Brustwarzen sei nicht tot gewesen wie die üblichen Toten. Vielmehr sei sie selbst aus ihrem Laubbett aufgestanden, man habe sie auf einem Baum gesehen. Und nachts höre man ihren furchtbaren Schrei. Nun wisse man endlich, wer die Tiere im Stall tötete mit einem Nackenbiss und ihnen das Blut aussaugte. Eine, die im Volksglauben als Fledermaus komme, als Spinne auf einem schwebenden Faden, als Wolf oder als trügerischer Schober.

Die schöne Frau, die sie alle zu kennen glaubten, sei eine lebende Tote.

Und Sabin habe versprochen, dem nachzugehen mit der Hilfe von Polizei und Partei. Und er spreche übrigens auch wieder vom Dracula-Park, sagte Fräulein Sanda.

»Das sieht ihm ähnlich«, rief Mamargot verärgert. »Der gibt nicht auf!« Und dann rief sie vergrämt: »Ach, Pfähler! Herrscher! Kämst du doch! Mit harter Hand zu richten.«

XX

*Bildnis des unerbittlichen Fürsten
Vlad des Pfählers*

Kerzengerade, erhobenen Hauptes, starrte er zur kupfernen Vorhangstange, das rechte Bein gestreckt, das linke angewinkelt unter dem Samtschemel, und ließ sich sein Porträt anfertigen von diesem ruhmreichen Maler, der auch andere Adlige am ungarischen Hof gemalt hatte – darunter natürlich Ilona Szilágyi, die schöne Cousine des Königs Matthias Corvinus mit der man ihn verheiraten wollte.

Für das Porträt hatte er sich festlich angezogen, als walachischer Fürst, der er nicht mehr war.

Es war heiß im Raum, durch den zugezogenen Vorhang drang rot glühendes Licht. Er trug den roten Samtmantel mit dem breiten Zobelfellkragen, auf dem Kopf die schwere Samtmütze mit der Perlschnurkette und der aufgerichteten Reiherfeder.

Nur nicht bewegen, damit er dem Maler nicht aus den Konturen rückte! Er hielt still, so still er konnte, den Blick in die Ferne gerichtet, zur Vorhangstange, und zählte im Geiste die Jahre seiner Gefangenschaft am ungarischen Hof. Er zählte langsam, zählte die Monate, zählte die Jahreszeiten, versuchte sich zu verzählen, um wieder von vorne beginnen zu können, während er stillhielt mit der schweren Samtmütze auf dem Kopf. Er zählte nach dem gregorianischen Kalender und nach dem julianischen und alle vier Jahre einen Schalttag dazu. Er zählte auch seine Jahre bei den Osmanen, zählte sie dazu, wiegte sie auf gegen die Jahre der Freiheit.

War er denn Freiheit zu nennen, der Kampf für die Freiheit?

Nein! Niemals war er frei gewesen, immer in schwerer Rüstung, verschwitzt, mit juckender Haut, getrieben von seiner Pflicht, hinter sich die Heerschar wankelmütiger Soldaten.

Wäre ihm nur ein langes Leben beschert … Dass er den König und den Sultan überlebte und seinen frevelhaften Bruder, Radu den Schönen, der ihn vom Thron gestoßen hatte! Und die habgierigen walachischen Bojaren bis ins siebte Glied – alle überleben. Dann, fern dieser niederträchtigen Menschen, fände er vielleicht seine Freiheit und seinen Frieden.

»Stört Euch das Licht?«, fragte der Maler.

»Nein, verzeiht!«, sagte der Reglose und blinzelte sich die Tränen weg.

Er versuchte an Gräfin Szilágyi zu denken, vielleicht konnte der Gedanke an sie ein angenehmer sein. Zumindest brachte er ein bisschen Verwirrung in seine Stille.

Wie viele Jahre sollte er dieser ungarischen Gräfin anrechnen in seiner Jahresreihe? Es gab kein Entkommen.

Zunächst hatte er sich gegen die Heirat entschieden gewehrt.

Er habe Krieg zu führen, müsse zurück auf den Thron seiner Ahnen und kämpfen. Kaltblütig müsse er sein, um für die Gerechtigkeit zu kämpfen! Das Land seiner Väter gehe zugrunde, versinke im Chaos.

Wie nur sollte er wieder Hochzeit feiern? Wo sich auf der Flucht mit ihm seine Frau doch selbst getötet hatte, weil sie zu langsam war und ihn nicht aufhalten wollte ...

Ein Krieger habe allein zu leben, wie ein Mönch. Wie der heilige Georg! Er und das Pferd, die Lanze in den Drachenschlund bohrend.

König Matthias Corvinus aber hatte gelacht.

Der heilige Georg habe gegen den Drachen in sich gekämpft. Da sei Dracula weit mehr von dieser Welt als der Heilige ...

Wohl wahr, was man über ihn gesagt hatte, dass er nämlich verliebt sei in die transsilvanische Händlerstochter Ecaterina Fronius Siegel.

Verliebt? Verliebt, sage er?

Hatten dies die transsilvanischen Sachsen auf ihren dummen Flugblättern verbreitet? Zusammen mit den Schmähgeschichten, er pfähle Mütter, und an ihren Brüsten pfähle er Säuglinge? Besitze man am ungarischen Hofe diese Flugblätter, die statt Gebetbüchern gedruckt wurden auf deutschen Pressen?

Als diese Druckerpresse erfunden wurde, hat man ja gesagt, sie schaffe Gerechtigkeit. Das Gedruckte solle für jedermann sein, auch für die Ungebildeten, sie befreien und ermächtigen. Aber wozu? Da sieht man ja, was das gemeine Volk lesen mag, wenn es liest. Schmähblätter und Lügengeschichten.

Er antworte ihm damit aber noch nicht auf seine Frage, sagte der König. Habe er mit dieser Ecaterina Siegel gelebt?

Gelebt? Da habe Dracula gelacht.

Und Matthias habe mitgelacht.

Dann gebe es ja nichts, was eine Heirat mit der Gräfin Szilágyi und ein Verschwägern mit ihm verhindern könnte, mit ihm, dem König von Ungarn!

Doch, da gebe es etwas. Er sei ein Krieger, ein Einzelgänger.

Auch ein Krieger brauche Nachkommen!

Er sei aber ein Krieger und kein König. Seine Nachkommen sind all jene, die über die Jahrhunderte hinweg an die Gerechtigkeit glauben.

Wie auch immer, hatte Matthias gesagt. Der innige Wunsch des Königs von Ungarn sei, dass er die tugendhafte Gräfin Szilágyi heirate hier am Hof. Eine Weigerung käme einer unritterlichen Beleidigung gleich, der für ihre Schönheit und Tugend gerühmten Gräfin – und seiner, des Königs! Fürst Vlad denke darüber nach!

Also dachte er nach. Er kam zum Schluss, dass er keine Wahl hatte. Er musste sich die Niederlage eingestehen.

»Die Gräfin Ilona Szilágyi hat ebenso geschwungene Augenbrauen wie Eure Hoheit«, sagte der Maler.

Dracula hörte auf, zur kupfernen Vorhangstange zu schauen.

Man hielt ihn hier gefangen.

Nur warum?

Was hatte man ihm vorzuwerfen?

Seit Jahren quälte er sich mit diesen Fragen.

Lebendig begraben sei er, und er klopfe vergeblich an den Deckel seines Sargs.

Warum hielt man ihn fest? Warum nur?

Warum?

Wie konnte seine Standhaftigkeit angezweifelt werden? Die Moral des Vlad Dracula, eines verdienten Athleta Christi!

Wieder zählte er die Jahre, versuchte, eine Lücke zu finden, die er übersehen haben mochte.

Entschieden pochte der König auf seine Heirat hier am Hof. Dieses Verschwägern brauchte er als Garant, um ihm wieder zu vertrauen. Vielleicht würde man ihn danach gehen lassen …

Und während er wieder an die vielen Jahre dachte, an den Stillstand und an die Gräfin Szilágyi, die er nur flüchtig kannte, wurde es plötzlich laut im Hof, Getrappel, Befehlsrufe, und die Mägde begannen zu schreien. Schritte auf der Holztreppe, Rufe.

»Halt an, du Schuft!«

Getrampel, umgeworfene Möbel und Türenschmeißen.

Da legte Dracula seine Samtmütze ab, nahm das große Schwert von der Wand und ging aus dem Zimmer.

Draußen im Hof seine donnernde Stimme: »Was tut ihr da in meinem Haus?«

Der Kapitän erklärt ihm, sie jagten einen Dieb, der hierher geflüchtet sei und sich verstecke.

»Wurde ich benachrichtigt, dass ihr in mein Haus eindringt?«

Dafür sei keine Zeit gewesen, sagte man ihm.

»Also dann«, sagte Dracula.

Es fiel ein Schlag.

Glucksen.

Ein Röcheln.

Und aus dem Fenster sah der deutsche Maler sein Modell Vlad Dracula, einen Fuß auf dem enthaupteten Rumpf des ungarischen Kapitäns. In der rechten Hand hielt er das Schwert, in der linken den blassen Kopf an den Haaren.

»Das ist mein Haus, und ich bin ein Fürst«, sprach er feierlich zum verängstigten Volk in seinem Hof. »Niemand hat das Recht, in mein Haus zu kommen, ohne geladen zu sein. Und wenn ein Mensch hier Zuflucht sucht und man ihn einen Dieb nennt, dann ist es nur an mir, dem Fürsten, über ihn zu richten und zu entscheiden, ob er eine Strafe verdient – oder Gnade!«

XXI

Atas Hinrichtung

Von der Dachkante aus sah ich die Vorhänge meines Zimmers aus dem Fenster herausflatterten. Ich hörte die Ringe auf der Vorhangstange klirren, bevor wieder jemand schrie.
Der Schrei kam aus dem Wald.
Dieser Schrei!
Ein gellender Schrei, der nichts Menschliches an sich hatte.
Ich legte ab, glitt im Segelflug über den dunklen Wald, da war es wieder still; nur das Rauschen der Baumkronen, das Rauschen des Flusses bei der Weberei und der ferne, wiederkehrende Ruf eines Nachtvogels. Blau war nun alles Grün, dunkelblau die hinaufgreifenden Äste, das Laub, weiter hinten die schimmernden Felswände. Wie eine Spinne am Faden ließ ich mich hinab, Arme und Beine ausgebreitet, und krabbelte über das feuchte Laub der Buchen zur kleinen Lichtung vor Atas Haus.
Da richtete ich mich auf, begierig, der schönen Frau zu begegnen, die man eine Vampirin nannte.
Es roch nach Moos und nach modrigem Laub.
Würde sie mir gewogen sein?
Vielleicht. Vielleicht auch nicht.

Mir aber lag viel daran, ihr höflich zu begegnen.
»Guten Abend!«, flüsterte ich. »Sind Sie da?«
Es kam keine Antwort.

Ich war gespannt auf ihren Aufzug mit dem schwarzen Mantel. Selber trug ich ein weißes Nachthemd und Tennisschuhe.

Wir würden uns also weiß und schwarz gegenüberstehen.

Da hörte ich etwas über Atas Zaun springen, mehrfach. Winselnd liefen sie in die andere Richtung, durch das Laub. Ich roch den Hundespeichel und das talgige Fell.

Sollte ich sie einholen? Nur wozu?

Ich klingelte an Atas Tor.

Wieso ich das tat, weiß ich nicht, zumal ich im Nachhinein allerlei Erklärungen dafür fand, wobei mir bestimmte Gründe, aber auch ihr Gegenteil triftig erschienen.

Es verging eine Zeit, dann erklang Atas Stimme nasal durch die Türsprechanlage.

»Ich bin's«, sagte ich. »Lässt du mich rein?«

Er kam selbst hinunter, um mich reinzulassen.

Ich war allein? In dem Aufzug? Dass ich mich getraut hätte, nachts durch den Wald, um ihn zu besuchen.

Er führte mich durch den Hof, und hier schon spürte ich es, wie eine Warnung. Dieses Kitzeln der Kopfhaut, ein leichter Schwindel und ganz deutlich dieser unendliche Degout – ein trockenes Prickeln im Mund wie nach zu viel Knoblauch. Eine Ahnung im Taumel; ich meinte auf den Flusskieseln auszurutschen.

Diese Flusskiesel!

Ja, nur diese Flusskiesel waren verkehrt. Sonst war es der gleiche Weg, die gleiche unnötige Windung im Weg! In unserem Garten waren es weiße Kieselsteine.

Und da sah ich das Furchtbare: die Blumen, die Hecken, den Fliederstrauch und die Bank! Alles war wie bei uns! Nur leicht anders, als wäre das nur geträumt. Und auch das Haus, genau gleich: unförmig, mit einer großen Galerie im ersten Stockwerk und weiß angestrichen, dass es nur so schimmerte im Mondlicht und sich die Schatten der umliegenden Bäume darauf abzeichneten, hin und her streifend im Wind. Unter der Galerie ein Schildchen mit der Gravur »Villa Diana«.

Mir graute davor, das Haus zu betreten ... dieselben Möbel vorzufinden wie bei uns, nur leicht verrückt von ihrem Platz. Oder gar die Möbel von früher, die ich in unserem Keller wusste.

Ob ich Angst hätte vor seinen Hunden, fragte Ata. Ich müsse keine Angst haben, wenn er dabei sei.

Ich wolle erst die Tennisfelder sehen, sagte ich. Er habe doch welche, oder?

Natürlich, sagte er. Zwei Felder, wie bei Frau Margot. Ob ich ein Match mit ihm spielen wolle, bei Flutlicht? Oder erst ins Haus gehen? Als er das sagte, kam er mir ganz nah und hauchte mir an den Hals.

Wenn er sich traue, gegen mich Tennis zu spielen, gern, sagte ich.

Ein Blinken, dann sprang auch das Flutlicht an, ein blasses Licht, wie vom vollen Mond.

Grell leuchteten die Feldlinien, weiße Plastikstreifen.

Der Sandbelag war blau statt rot, beschafft von Sabins Freund, einem ehemaligen Tennisspieler und erfolgreichen Geschäftsmann, der in die Gegend oft jagen kam.

Auf blauem Sand könne man den Ball viel besser sehen,

sagte Ata, während wir ein paar lange Bälle spielten. In Madrid hätten sie gesagt, die Unterlage sei rutschiger, und der Ball springe weniger hoch, aber das sei nicht wahr ...

Der blaue Sand sehe aus wie ein Hartplatzbelag, sagte ich. Man erwarte Beton, daher rutsche man aus und wundere sich, dass der Ball nicht höher springe. Eine Täuschung!

Ata lachte. »Was auch immer!«

Das von Ata geliehene Racket lag so gut in meiner Hand, als wäre es mein eigenes; dieselbe Kopfgröße, dasselbe Besaitungsbild, dasselbe Gewicht, ein Gewicht, das beim Spielen schwand, als wäre es die Verlängerung meines Arms.

Wann hatte ich zuletzt gespielt?

Mir war, als hörte ich vergessene Herzschläge: plopp – plopp, plopp – plopp, als erinnerte ich mich eines fernen Lebens ...

Es rauschte ein Wind, wie alles, was an einem vorbeizieht, die Haare flatterten über meine Stirn, und eine seltsame Rührung überkam mich beim Anblick des zurückkehrenden Balls, zu dem ich mich einfand im richtigen Abstand und Tempo, um ihn mit kreisend ausholendem Arm ins gegnerische Feld zurückzuschlagen.

Dieses satte Ploppen von meinem Racket hallte von den umherliegenden Baumstämmen, ehe der grüne Ball zu mir zurückgeschlagen wurde – plopp!

Und wieder stieg der Ball vor meinem ausholenden Arm auf. Das Pfeifen des Schlägers und: Plopp!

Zurück, wieder: Plopp!

Einhändige Rückhand: Plopp!

Zurück, wieder: Plopp!

Aus der Kniebeuge: Plopp!

Zurück, wieder: Plopp!

Ein Longline-Schlag: Plopp!

Zurück, wieder: Plopp! – Und plopp! Ich erwischte den Ball volley, traf Atas Beine.

Er könne sich nicht konzentrieren, sagte Ata. Eine Gegnerin im Nachthemd, das lenke ihn ab.

Wir liefen beide ans Netz, um die Bälle einzusammeln, und als wir uns trafen, fasste Ata an meinen Hinterkopf und drückte mich gegen sein Gesicht und seine geschwollene Zunge, was ich geschehen ließ. Mit dem Racket in der Hand streifte er meinen Rücken hinunter, da knackte ein Ast so laut, dass Ata vor Schrecken zurücksprang.

Es ist nur ein Ast, sagte ich. So sei es halt im Wald, wo er wohne. Ob er denn die schöne Frau vor seinem Tor fürchte.

Welche Frau?, fragte er. Da sei niemand, die einzige schöne Frau im Wald stehe im Nachthemd vor ihm … Ob ich mich denn getraute, nun ein Match zu spielen.

Und ob, sagte ich und lief auf den Platz.

Ich machte den ersten Aufschlag. Ich setzte ihn flach übers Netz hinweg auf die T-Linie, stellte mich gleich wartend ans Netz und ließ Atas Return abtropfen. »Serve and volley. Bum-bum«, sagte ich.

»Fünfzehn zu null«, rief Ata.

Mein nächster Aufschlag, ein Ass. Wie in alten Zeiten!

Dann schlug ich einen Ball an die Außenlinie, und Ata verschätzte sich, nahm ihn gar nicht mehr an.

Den nächsten Return versenkte er im Netz.

»Game!«, sagte Ata und konnte seinen Ärger nicht verbergen.

Er tat so, als stimmte etwas mit seinem Racket nicht, ging ab und kam mit einem neuen zurück.

Ich gewann das erste Set, ohne groß aufzuspielen.

Entfuhren mir beim Siegen höhnische Kommentare und Gesten? Ich meine nicht. Ich will Ata im Nachhinein nicht schlechtmachen, und überhaupt: »De mortuis nihil nisi bene«, aber an dieser Stelle muss ich sagen, dass er ein schlechter Verlierer war – wenn er denn überhaupt ein Spieler war. Mehrfach warf er mir vor, ich sei im Nachthemd, und obschon ich witzelte, es sei das weiße Hemd für den weißen Sport, wurde er grimmig. Er spielte, als ginge es um den Sieg; und ich ließ ihn nicht gewinnen. Erbittert kämpfte er hinter der Grundlinie, brachte Ball um Ball zurück, bis er wieder eine Vorhand neben das Feld setzte.

Da warf er sein Racket zu Boden, hob es wieder auf und spielte weiter, mit wuchtigen Schlägen und ohne jeglichen Spielwitz.

Ob ich mit mehr Kraft spielte als sonst, werden Sie fragen. Ob ich zum Ball hin schwebte, flog, wie in meinen Kindheitsträumen. Nein! Entschieden nicht. Umso mehr, als ich diese neue Kraft hatte, setzte ich sie nicht ein und ließ Fair Play walten. Zwar geriet ich nicht außer Atem, aber das wäre ich ohnehin nicht so schnell, weil Ata die Bälle geradeaus schlug, mit Kraft, aber ohne Taktik.

Er schickte mich nicht umher, von einer Ecke zur anderen, ans Netz und wieder zur Grundlinie – wie ich das mit ihm tat. Ich meine, dass ihn sein Ehrgeiz außerstande brachte zu spielen. Und ich brauchte auch gar nicht so viel Kraft auf meine Schläge zu verwenden, denn die Kraft kam vor allem aus dem Schwung, der halben Pirouette, mit der ich den Ball traf.

Ich fand in die Seitenschritte, wie beim Tanz, kam in den Takt mit dem Ball, den ich im Sweet Spot traf, immer wieder mit der einhändigen Rückhand, mein Favorit, die rechte Fußspitze über den Sand geschleift.

Ein Rückhand-Schlag gelang mir sogar mit dem Rücken zum Feld, aus dem Handgelenk.

»Du spielst gut«, rief ich Ata ermutigend zu, wie man es bei Freundschaftsspielen eben hält.

Am Netz zwang ich ihn hinter die Grundlinie, wo er den Ball noch erwischte, dann aber wegrutschte und den schalkhaften Stoppball nicht mehr erreichte.

Erneut schmiss er sein Racket zu Boden.

Und ich rief laut, in breitem Englisch: »Quiet, please!«

Er hob entschuldigend die Hände, lächelte aber nicht.

Beim nächsten Ball dann lockte ich ihn ans Netz und spielte einen hohen Lob, der hinter ihm ins Feld plumpste.

»Auf rotem Belag wäre das nicht passiert«, witzelte ich.

Danach versenkte er mehrere Bälle im Netz.

So verkam das Spiel von einem »Dialog der Bälle«, wie Mamargot das nennen mochte, zu einem Monolog. Ich haute drauf, Ata war überrascht und konnte den Ball nicht retournieren.

Es wurde trist. Als wäre ich allein mit einer Ballwurfmaschine.

Ich rief, dass ich müde sei, und brach das Spiel ab.

Ob ich mit Traian auch so gespielt hätte.

Mit Traian?

Ja, mit Traian.

Mit dem hätte ich andere Spiele gespielt, gab ich zurück.

O ja, das habe der Lump nach ganz B. hinausgetragen.

Das war sein gutes Recht.

Ich hätte ihn sehen müssen, sagte Ata, wie er an diesem

Tor gebettelt habe, um Arbeit, ja, Traian habe ihn um Arbeit angebettelt, egal, welche Arbeit. Dünn und krumm sei er aus Spanien zurückgekehrt, und er habe sich im leeren Haus seiner Eltern versteckt. Niemand sollte erfahren, dass er wieder zurückgekehrt war ... Er habe sich geschämt.
Und dann?
Ja, was gäbe ich, um dies zu erfahren!
Was brauchte er denn?
Er brauchte nichts.
Ob er Traian eine Arbeit gegeben habe, wollte ich wissen.
Natürlich habe er. Er habe ihn das Gras in den Waldlichtungen mähen lassen, auch auf dem Berg. Dafür habe er ihn bezahlt. Traian habe das Gras am Tag ausgestreut und trocknen lassen, vor Nacht und Regen dann eingesammelt und zu Schobern getürmt. Und immer habe er sich dabei vor den Leuten versteckt.
Er sei mit einem Plan hinuntergekommen; da hast du zehn Schober, da fünfzehn – wohin damit? Jeden einzelnen Schober habe ihm Ata bezahlt, er habe sie nicht einmal gesehen und doch alles Heu bezahlt, und dann habe er gesagt, hier ist nochmals Geld, und jetzt verbrenne alles, das ganze Heu.
Da sei Traian außer sich geraten, wieso die ganze Arbeit verbrennen? Na, weil sie zu nichts nütze ist, du Trottel! Wo siehst du hier noch Tiere?
Da habe Traian das Geld genommen und es angezündet. Wie ein Trottel eben.
Und dann?
Dann sei Traians Frau hier im Wald erschienen. Sie schrie an seinem Tor, er habe Traian getötet. Warum sollte er ihn getötet haben? Aber sie blieb dabei – er habe ihren Mann auf dem Gewissen, er sei schuld daran, dass sie keinen

Mann mehr habe und Witwe sei wie ihre Mutter. Sie wollte kein Geld nehmen, schrie bis spät in die Nacht und kam am Morgen wieder, bis er die Hunde auf sie gehetzt habe. Danach sei sie weggeblieben.

»Die Frau hatte recht«, sagte ich. Er und sein Vater hätten hier alles zerstört und die Leute verjagt.

Er? Was er denn verbrochen habe?

Er habe alles weitergeführt, was sein Vater hier verbrochen habe. Er habe geplündert.

Er habe nichts getan.

Er habe nichts ändern wollen, er habe sich ins Unrecht gefügt. Er schaue herab auf die Leute, für die er eigentlich sorgen müsste, er lebe hier abgeschieden in Saus und Braus.

Er lebe doch genau wie ich!

Plagten ihn denn keine Albträume, keine Angst, dass er für die Raubzüge, für das ganze Elend in B. bestraft werden würde?

Nein, rief er, ihn plage gar nichts. Und Angst habe er auch keine. Wer könne ihm schon etwas antun?

Auf den Flusskieseln zog er an meinem Nachthemd, sodass es über der Schulter einriss, aber ich ging weiter. Er griff mehrmals nach mir aus, kriegte mich aber nicht zu fassen.

Er pfiff nach seinen Hunden, die allerdings nicht herkamen.

Ob er sich zu diesem Zeitpunkt schon gefürchtet hatte?

Ich ging weiter, ohne mich umzudrehen.

Am Tor traf mich etwas an der Schulter, ein Tennisball oder auch ein Stein. Ich meine, dass ihn das erschreckte, seine Tat, mehr noch, dass sie ohne Folgen blieb.

Ich ging, als sei nichts gewesen, und ohne ein Wort des Abschieds.

Hatte ich das alles nur geträumt? Oder das, was unmittelbar folgte?

Ich schritt durch rote Lichtbänder, dem gellenden Schrei hinterher. Vor mir sah ich die roten Bänder von ebendiesem Schrei hoch aufflattern, ganz weit vorn. Dort angekommen, bemerkte ich ihn oben am Pfahl, mit zerrissenem Hemd.

Zwischen den Zaunlatten erblickte ich die dunkle Gestalt, die ihn an den gespreizten Beinen hielt.

Mit einem Ruck zog sie ihn zu sich herunter, sodass ihm die Spitze des Pfahls zwischen Schulter und Kopf herausschoss, blau leuchtend im fahlroten Mondlicht – lapisblau, wo immer es rot war.

XXII

Der Geist auf dem Pfad

Meine Schritte waren so regelmäßig wie meine Atemzüge, das Rauschen der Blätter, an denen ich entlangstreifte, betörte mich, am Hang die Kreuze für die abgestürzten Bergwanderer, dann die Inschrift: »Gute Reise, Unbekannter, ich habe hier haltgemacht.«

Die feuchten Blätter schimmerten, dahinter glitt der schwarze Umhang den Berg hinauf, ich folgte ihm. Wohin? Nun, genau genommen wusste ich das schon.

Das mehrstimmige Schlagen des Flusswassers, dieses kalte Tosen, wurde lauter, es hallte in der Schlucht, die, verhangen von länglichen weißen Nebelschwaden, vor mir lag. Hier also war ich wieder, zurückgekehrt auf den nämlichen steilen Pfad, wir hatten bei jedem Schritt die Füße zwischen die herausgewachsenen Wurzeln gesteckt, um Halt zu finden. Das brauchte ich nicht mehr zu tun. Ich bewegte mich nun behände und furchtlos.

Ich ging der schwarzen Gestalt hinterher, ich hätte ihr auch mit geschlossenen Augen folgen können, denn ich spürte ihre Nähe auf der Haut. War ich schon ihresgleichen?

Durch den milchigen Nebel sah ich die Kreatur, wie sie nur wenige Schritte vor mir wandelte. Der schwarze Umhang klebte feucht an ihrem schlanken Leib. Dann hielt sie an, genau da, wo Madame Didina zuletzt gestanden hatte, und wartete. Ich soll also an das Schicksal glauben.

Tosend flogen mich die Bilder an, Bilder von diesem schmalen Pfad, dem Pfad der Verfluchten. Ich sah die Verräter, wie sie einzeln herkamen, zu Fuß, das Pferd am Halfter, und wie sie von den Treuen hier abgefangen wurden: Mensch mit Pferd, Mensch mit Pferd, einer nach dem anderen stürzten sie hinab, ein endloser Strom, ich sah weg, wenn auch nur kurz. Und im mitgeführten Fass hatten sie Honig – darin konserviert für Sultan Mehmet II. Abu al-Fatih den Körper des Fürsten Vlad Dracula.

Auf Knien beweinte Ecaterina Fronius Siegel den Geliebten, der auf ausgelegten Tüchern lag. Wer das getan habe, wollte sie wissen. Um sie her die Treuen, mit entblößten Häuptern. Die Verräter hätten das getan, sagte ihr Vater. Walachen, Sachsen, Ungarn, Osmanen, weiß Gott wer noch. Mächtige und gemeines Volk, die sein Recht gefürchtet, mögen sie in Finsternis darben in alle Ewigkeit. Die Männer bekreuzigten sich, den Blick fest auf ihren Helden gerichtet. Das blasse Gesicht des Fürsten leuchtete unter dem Honigfirnis, auf der sich, nach und nach, die Insekten des Waldes verfingen.

Es wurde so still um uns, das Tosen des Flusses nur ein unerträgliches Toben der Stille. Hie und da ein Knistern, der Raum dehnte sich, und dann zog er sich wieder zusammen.

Vor mir die dunkle Gestalt, die wartete. Mein Schicksal! Also schritt ich durch die herausgewachsenen Wurzeln auf das Unvermeidliche zu, sah, wie der Rücken reglos blieb, die Hände aber aus dem dunklen Stoff griffen – lange, blasse Finger, klauenhaft verkrümmt.

Auf einen Zwischenschritt nur blieb ich stehen.
War ich diejenige, die so hauchte?
Langsam drehte sich die Kreatur um.
Ich blickte in das Gesicht meiner Freundin Arina.
Ihr lang gezogenes Gesicht, die lachenden Augen, die Nase mit dem leichten Höcker etwas oberhalb der Mitte.
Sie schaute mich geradewegs an, herausfordernd, wie damals in der Nacht, als sie meine Hausmauer hochgeklettert war.
Da bist du endlich, meine Freundin aus alten Zeiten, meinte ich sie sagen zu hören. Ihr Mund bewegte sich nicht. Nur das mir so vertraute Gesicht verzog sich zu einem wollüstigen Lächeln.
Du hast mich ja hergelockt, antwortete ich mit den Augen.
Sie hob eine Hand und fächerte die langen Klauen: Gerufen habe ich dich, wie man seine Gesellin ruft.
Ihre Bewegungen waren von einer lasziven Langsamkeit; mir schien, dass sie mich jederzeit anspringen könnte.
Ich schaute furchtlos in ihr Gesicht: Warum hast du Ata getötet?
Warum? Sie begann lautlos zu lachen, warf den Kopf in den Nacken und schüttelte ihn hin und her. Ihr Körper aber blieb reglos, als gehörten Kopf und Körper nicht zusammen.
Warum also?
Als sie mich wieder anschaute, war sie eine andere: das Gesicht zerfurcht, die Augen geweitet, die Zähne gebleckt. Und ich hörte, was sie gar nicht erst aussprechen musste: Ich habe den Pfahl des Fürsten Vlad gebracht, das kalte Rückgrat für jene ohne Rückgrat.

Warum? Konnte sie meinem harrenden Blick nachgeben? Warum, Arina?

Sie neigte das böse Gesicht und kam auf mich zu, ging dann wieder seitlich auf Abstand, und ich sah sie auf den Nebelschwaden über die Schlucht gehen.

Dein Freund Ata hat meinen Mann sterben lassen, und auf mich hat er seine Hunde gehetzt.

Er war nicht mein Freund.

Gib endlich zu, dass du ihn mochtest.

Arina!

Sie war mir so vertraut, und doch war sie ein hässliches Spektrum, das auf Nebelschwaden schritt.

Ob sie nun hörte, womit ich zeit ihres Lebens zurückgehalten hatte, aus Nachsicht mit einer Freundin? Dein Neid stand immer zwischen uns, meine Gefährtin, hast mich für bessergestellt gehalten.

Ich wähnte sie ganz nah, im weißen Nebel, meinte wieder, ihre Stimme zu hören.

Vieles hat uns damals im Leben getrennt. Aber bald bist du wie ich, vom Blut des Fürsten Vlad Dracula. Nichts wird uns brechen!

Jetzt erst merkte ich, dass meine Turnschuhe nicht mehr den Boden berührten. Arina und ich standen uns schwebend gegenüber und verständigten uns, ohne etwas zu äußern.

Der Vampirbiss ist keine Strafe, wie etwa der Pfahl eine ist. Er ist die Erlösung dessen, der geknechtet, verraten und erniedrigt wurde.

Her mit eurem schwachen Blut! Und dann nehmt und trinkt alle vom Blut des Fürsten. Ihr Ohnmächtigen, die ihr mächtig werden wollt. Dies ist der Blutsbund derer, die für das Recht kämpfen.

Allmählich konnte ich Arinas Gedanken von den meinen nicht mehr unterscheiden.

Ich bin ein ewig lebender Vampir vom Blut des Fürsten Dracula, ich bin die ewige Rache der Gerechten.

XXIII

Die ewige Rache der Gerechten

»Darf ich reinkommen?«
»Ja«, sagte er, »aber wie ...«
Ich weiß nicht, was ihm Angst machte. Es ging sehr schnell.
In buckliger Haltung schwebte ich an die Zimmerdecke Sabins, den Kopf hinabgebeugt in Richtung des kleinen Mannes im Pyjama, der unablässig jammerte: »Mein Bein, mein Bein!« Er hatte sich in die Hose gemacht, und das eine nasse Bein meinte er nicht mehr bewegen zu können.
Ich bedeutete ihm zu schweigen, ein lautes »Pssssst«, das aber nach dem Rasseln einer Schlange klang. Er fuhr fort zu jammern: »Mein Bein, mein Bein.«
Es roch beißend nach Ammoniak und von irgendwoher auch nach Zwiebeln, Schnaps und nach geräucherter Wurst.
Sabin lag mit dem Rücken gegen die Seitenlehne des graugelblichen Ledersofas und strampelte mit den Beinen.
Dieses Zimmer war von einer ausgewählten Hässlichkeit, die Aussicht von oben schwer zu ertragen. Ein Zimmer von früher, aus Nachlässigkeit, wenn nicht aus Behagen darüber unverändert gelassen, der Teppich mit blutigen Jagdszenen, auf allen Möbeln Wachstücher und Makramees, geflochtene

Körbchen und lackierte Holzvasen, an zwei Wänden stapelten sich ungeöffnete Pakete. Ich erinnerte mich daran, wie ich dieses Zimmer als Kind betrat, eine Geschenktasche in jeder Hand; und wie Sabins kränkliche Frau, zuständig für die Vermietung der Villen in B., aus dem Nebenzimmer rief: »Leg sie auf dem Sofa ab, Mäuschen, ich schaue dann, was sich machen lässt.«

Ich versetzte der hässlichen Deckenlampe einen Tritt, dass sie zerschellte. Das Licht ging aus.

Als ich unten die alte Stehlampe anknipste, standen wir uns gegenüber, beide im dunklen Mantel.

»Ihr Sohn Ata ist tot«, sagte ich.

Sabin nickte mit unverändertem Gesichtsausdruck.

»Mein Beileid!«, sagte ich weiter.

Und wieder nickte er.

»Wollen Sie ein Glas Wasser mit Zucker?«

Er fuhr fort, mich anzustarren, ein aufgedunsenes, verschwitztes Gesicht mit verrutschter Haarsträhne.

Und dann fragte er unverhofft:

»Haben Sie mein Auto angezündet?«

Er fragte gar nicht nach seinem Sohn.

»Haben Sie Traian getötet?«, fragte ich zurück.

»Traian?«

Sein Blick wurde wieder lebhaft. Er schmunzelte, dann prustete er los. Er lachte wild, Farbe schoss ihm ins Gesicht.

Und dann erzählte er von Traian.

Er erzählte genüsslich, vergaß sich dabei, auch die nasse Pyjamahose, er vergaß seine Angst vor mir und dass ich gesagt hatte, sein Sohn sei tot. Sein Spott über den, den er »einen armen Lumpen« nannte, ließ ihn mit einer absonderlichen Verve erzählen.

Womöglich kann ich Ihnen meine Abneigung gegen Sabin nicht verständlich machen. Ein beherzter Bonhomme, überall dabei, dreht seine krummen Dinger und ist mit der Zeit allen derart vertraut, dass man ihn im Fall der Fälle missen würde. Schon in der Diktatur war er hier Chef und galt als umgänglich. In den letzten Jahren hat er seinen Sohn als Bürgermeister installiert – den hochnäsigen Typ, der sich an der Macht bereichert hat, ganz anders als Sabin, der unter die Leute ging.

Sein sogenannter Witz, die selbstgefällige Ironie, wird geschätzt, die abfällige Art, über die anderen zu reden, ist hier im Ort jedem geläufig. Und doch, als er über Traian erzählte, sah ich ihn als Ursprung allen Übels in B. – ein zynischer Verhinderer allen Lebens.

Er erzählte von Traians Hochzeit: Der hätte ein vermessen großes Fest gemacht, mit Musikanten und Essgelage und Tanz. Angeblich habe ihm die Schwester seiner Braut Geld geschickt, aus Spanien. Sie seien mäusearm gewesen, die zwei Familien – mäusearm, aber mit großen Ansprüchen ans Leben! Die hätten dann sofort den Zaun zwischen den beiden Höfen in Feuer gelegt und ein eigenes Haus zu bauen begonnen. Alle haben sie hier bauen wollen, planlos. Aber kaum hatten sie die Eckpfeiler, merkten sie, dass sie es sich gar nicht leisten konnten. Und alle seien zu ihm gekommen – Herr Sabin, hätten Sie eine Arbeit für mich und für meine Frau? Einfach so, voller Ansprüche, als wäre Herr Sabin das Arbeitsamt in Bukarest.

Traian sei dann mit seiner Frau ausgewandert, nach Spanien. In den Sommerferien seien sie jeweils zurückgekehrt, mit großem Geld im Schlepptau, und hätten weiter an ihrem Haus gebaut. Sabin habe ihnen gütlich angeboten, für sie zu bauen. Sie hätten ihm Geld schicken können aus Spanien, und er hätte geschaut, dass da ohne allzu große Unterbrechungen gebaut würde. Aber Traian war misstrauisch, hatte ihm nicht getraut, als wäre Sabin scharf auf einen armseligen Lohn. In anderen Ländern muss man teure Baugenehmigungen einholen, ihr Trottel, da gibt es keinen lieben Bürgermeister, der bauen lässt für kein Geld. Aber was kann man von dummen Leuten schon erwarten.

Statt sich die Wege zu sparen und Fachleute bauen zu lassen, seien sie lieber selber hergekommen, und Traians Frau habe tagelang im Hof Salsamusik gehört und den Mörtel gemischt, während Traian allerlei Fahrgelegenheiten gesucht hätte, um Ziegelsteine herzubringen. So sei es Sommer um Sommer gegangen, und irgendwann seien sie, wie die meisten, die von hier weggegangen waren, einfach nicht mehr wiedergekommen. Viele haben sich in der Fremde überarbeitet, viele Ehen, die hier in B. geschlossen wurden, gingen weit von hier entfernt in die Brüche. Woher dann noch Geld verdienen, um ein Haus zu bauen? Und wozu das Ganze noch?

Von den meisten, die als Saisonarbeiter gingen, hörte man nie wieder etwas. Anders von Traian, der es von Spanien aus in alle Medien geschafft habe – als Trottel.

Es war in einer kleinen Stadt in Nordspanien, da haben hundertzwanzig Rumänen eine Hochzeit gefeiert, haben Musiker die ganze Nacht spielen lassen, haben getanzt und nur das Feinste gegessen und getrunken, ohne Rücksicht auf die Kosten, und schließlich haben sie den Reihentanz getanzt, Conga, durch das ganze Restaurant, durch die Küche, wo man ihnen zugejauchzt hat, durch die Lobby des angrenzenden Hotels und draußen unter den Palmen.

Dass sie sich so aus dem Staub gemacht haben, ohne zu bezahlen, hat der Chefkellner Traian erst gemerkt, als er die Hochzeitstorte brachte mit den Wunderkerzen! Und in den Fernsehberichten am Tag darauf hat er mit großen Augen erzählt, wie unerwartet alles gekommen war, dass man ihn sogar aufgefordert hatte mitzutanzen, er aber hatte gesagt, später, Leute, nach der Torte ...

An dieser Stelle brach Sabin in lautes Lachen aus und verschluckte sich. Er lachte und hustete heftig. Seine fleischigen Wangen zitterten, ich schaute an schmutzigen Zähnen vorbei, hinab in den dunklen Rachen. Fast erstickte er an dem Husten, sprach aber weiter von der Reporterin, die dann gefragt habe: »Was sind Sie denn für ein Landsmann?« Da habe Traian noch verdutzter geschaut, ein Volltrottel eben! Ein Typ, der von den Seinen reingelegt wird! Man könne die Videos immer noch sehen im Internet. Ganz B. kenne sie! Wochenlang hätte man auf dem Internet-Hügel nur dieses eine Video geschaut. Teapa collosala!

»Und weiter?«

Etwa ein halbes Jahr später habe Traian an Sabins Tür geklopft. »Pate, Pätterchen, hast du Arbeit für mich?«

Zuerst habe ihn Sabin gar nicht erkannt, denn er soll sehr mager gewesen sein und irgendwie schief, sogar der Kopf soll irgendwie schief gewesen sein.

Sabin verzog hierzu eine Grimasse – so habe er ausgeschaut.

Es sei nicht mehr gut gegangen in Spanien, er versteckte sich hier in der Hütte seiner verstorbenen Eltern. Die Leute sollten nicht sehen, dass er zurück sei, so ganz ohne alles. Ob ihm Sabin helfen könnte mit einer Arbeit?

Ja, da kam er eben an, als er wieder etwas brauchte. Zuvor

hatte er mit seinem Geld aus Spanien angegeben und sein Haus alleine bauen wollen. Habe er Sabin zumindest die Personalausweise seiner Familie gelassen, für die Wahlen? Wie seine anständigeren Nachbarn, die wegzogen? Habe er nicht, obwohl er in Spanien einzig den Pass brauchte. Aber warum anständig sein und anderen helfen, wenn man genauso gut nicht helfen konnte? Nicht einmal die Ausweise seiner verstorbenen Eltern habe er Sabin gegeben! Seine Wiederwahl war ihm egal. Berechnend sei er gewesen, nur auf den eigenen Gewinn bedacht.

Traian verteidigte sich wie ein Trottel. Aber habe er zumindest der Kirche in B. etwas vom Geld gespendet? Ja, habe er, sagte Traian, aber Sabin verfluchte ihn und rief den Hund.

Einmal noch sahen sie sich, da hatte Sabin für Traian einen kleinen Auftrag gehabt, nichts Schlimmes – und überhaupt, wenn man klamm war, sollte man sich nicht zieren.

Als nach Wochen nichts erledigt worden war, ging Sabin zu Traian nach Hause, zur alten Hütte, die man hinter den hohen Betonmauern von außen gar nicht einsehen konnte. Im Hof waren wilde Gräser und Sträucher und allerlei Hingeschmissenes. Man hätte gedacht, dass da niemand mehr wohnte, wäre da nicht dieser Hühnerstall gewesen, mit neuen Brettern und sehr geräumig, vielleicht gar für die Gänse.

Sabin hatte mehrfach nach Traian gerufen, doch da kam keine Antwort.

Als er dann an die Tür klopfte, gab sie nach, und ein pestartiger Gestank schlug ihm entgegen, derart heftig, dass er schnurstracks hinausgelaufen sei. Erst durch das trübe Fenster hatte er ihn gesehen: Traian, wie er am Holzbalken der Hüttendecke hing; der Bauch aufgebläht, ebenso die ausgestreckte Zunge. Am Strang kam er Sabin vor wie ein mit Helium gefüllter Ballon.

Er sei dann weggegangen, habe ihn dagelassen, damit ihn andere fänden.

Und dann sei bald darauf Madame Didina verunfallt und musste begraben werden in der Krypta, wo auch Fürst Dracula liege. Da hatte er diese Idee!

Er hatte also längst von Vlad Draculas Grab gewusst.

Natürlich wusste er davon. Früher hatte man die Geschichte noch gekannt, nicht wie jetzt ... Wie er noch gelernt habe, damals! Er sei ein flammender Nationalkommunist gewesen, von allen Genossen geschätzt und hier eingesetzt, um für Ordnung zu sorgen, achtsam zu sein.

Der beliebteste Ort für die Jagd sei B. damals gewesen, auf Bären, Wölfe, Hirsche, Wildschweine und Gämsen. 385 Supertrophäen habe Genosse Ceaușescu hier ergattert, über 400 Punkte, darunter einige über 700er, Weltrekorde, die dem Land viel Ehre eingebracht hatten. Die besten Treibertrupps hätte Sabin organisiert, und zu den Jagden seien manchmal auch die Genossen Chruschtschow, Tito und Fidel Castro gekommen. Sabin habe sie alle erlebt, allesamt anständige Männer, die sich bei den Gastgebern zu bedanken wussten. Ein reicher Ort sei B. damals gewesen, wie ganz Rumänien. Das wüssten die jungen Leute heute nicht mehr. Die seien alle irregeleitet vom Westen, vom kapitalistischen Feind. Und von den Verrätern hier, den Klassenfeinden, diesen Bojaren, die von Anbeginn unserer Geschichte jede Ordnung zerstört hätten, und sie hätten ja auch den großen Fürsten Vlad Dracula getötet, das wisse man.

Mit dem großen Genossen Misiuga und einigen Genossen

Obersten sei Sabin einmal auf dem Friedhof gewesen, beim Grab. Genosse Misiuga plante damals einen Dracula-Park und versuchte die Genehmigung von oben zu bekommen. Man ließ sich Zeit, und dann war die Zeit auch um, mit dem Staatsstreich, denn Revolution könne Sabin das nicht nennen, was da vorgefallen sei. Aber dann sei dieser Genosse Agathon Tourismusminister geworden und habe den Plan mit dem Dracula-Park wiederaufgenommen. In Schäßburg sollte er gebaut werden, nicht hier, oder in Hermannstadt. Wo das Grab Draculas war, sei für den Plan nicht mehr wichtig gewesen, man könne ein Grab auch nachbauen, sagten sie.

Es regten sich dennoch Proteste in Bukarest, Studenten protestierten gegen das Fällen hundertjähriger Bäume für den Park, auch beschädige man damit die alten Stadtkerne, und dann protestierten auch die Popen, denn ein Dracula-Park könnte womöglich die Satanisten aus dem Ausland anziehen ... Das Projekt wurde schließlich aufgegeben, das Geld der Aktionäre nie mehr gefunden. Hier lachte Sabin voller Schadenfreude.

Er aber habe den Traum vom Dracula-Park nie aufgegeben – vom Dracula-Park in B.! Vlad Dracula sei hier begraben, und er sei ein Vermächtnis unserer Geschichte, einer Geschichte, die Sabin bestens kenne. Der allererste Nationalkommunist sei er gewesen, habe die Feinde des Landes gepfählt und auch die Klassenfeinde, die Diebe und die Parasiten der Gesellschaft, und er habe mit väterlicher Strenge für Ordnung gesorgt. Dracula gehöre den Rumänen, wieso sollten dann andere Gewinn mit ihm machen?

Und Sabin kam diese kühne Idee, Traian wie hingerichtet auf das Grab des Fürsten Dracula zu legen. Und dann so zu tun, als entdeckte man erst jetzt, dass da das Grab des Fürsten war.

»Warum aber sollte Traian hingerichtet worden sein?«, fragte ich, und Sabin freute sich über die Frage.

Weil man Traian hier immer als Strolch gekannt hatte! Schon seine Eltern waren zerlumpt herumgelaufen, seinem Vater habe man in der Weberei gekündigt, damals im Kommunismus, als man nun wirklich niemandem kündigen durfte. Der aber war unverbesserlich, habe nur getrunken und geklaut und keinerlei Respekt vor der Obrigkeit gezeigt. Und der Bursche habe barfuß die Gänse spazieren geführt und Äpfel geklaut. Ein Nichtsnutz, der auch später auf keinerlei grünen Zweig gekommen sei. Also einer, den Fürst Dracula geradewegs gepfählt hätte.

Verwest konnte er auch als gepfählt durchgehen, und mit der Polizei und dem Rechtsinstitut ließ sich reden.

Der eine Österreicher und ein Parteikollege halfen Sabin, die bestialisch stinkende Leiche auf Draculas Grab zu legen. Sie taten das bei Nacht, wie bei einem Männerstreich, andererseits doch aus Menschlichkeit: Niemand würde erfahren, dass Traian ein Selbstmörder war, er würde noch ein christliches Begräbnis bekommen.

Und dann könnte hier endlich der Dracula-Park gebaut werden, den schon zwei Tourismusminister geplant hatten – und zwar hier in B. würde er sein und nicht in Hermannstadt oder in Schäßburg, die sowieso von Bukarest immer begünstigt wurden.

Und weiter? Ich fragte nach Arina, Traians Frau.

Die sei hysterisch gewesen, sagte Sabin, eine, die herumschrie und alle des Mordes an ihrem Mann beschuldigte.

Die muss von Traian aus der Zeitung erfahren haben, soll

zuletzt in Bukarest gearbeitet haben und kam sofort hierher. Mit eben großen Beschuldigungen schwang sie um sich, dass man also ihren Mann getötet habe, und sie beschuldigte Ata und Sabin, warum auch immer.

Dann aber verschwand sie, als wäre sie nie hergekommen.

»Das war alles«, sagte Sabin.

Eine Weile standen wir uns in Stille gegenüber.

»Sagen Sie«, fragte er, »träumen wir das?«

»Selbst wenn wir träumen sollten«, rief ich, »wirst du Traians Tod dennoch büßen.«

XXIV

Das rettende Licht

Ich schwebte bäuchlings über B. und hielt Sabin am Kragen, Sabin krallte sich seinerseits an meinem Griff fest.

»Schau hinab, schau«, sagte ich zu ihm, »schau, was du angerichtet hast!«

Anfänglich hielt er die Augen fest geschlossen, und nun, da er sie geöffnet hatte, liefen ihm die Tränen über die Schläfen. Ich weiß nicht, ob er aus Reue weinte, vor Angst oder ob ihm die Augen tränten vom Flugwind. Seine lange Haarsträhne, die er sich über die Glatze strich, flatterte lose.

Er jammerte nicht mehr, bat mich nicht mehr darum, dass ich ihn auf dem Boden absetzte. Er hielt sich bloß noch fest.

Unter uns das ärmliche B., die Ruinen, die schlängelnden Wege, die alte Weberei, die Müllhalde im Wald.

»Schau hinab«, rief ich, »schau!«

»Ja«, sagte er, »ich schaue schon.«

Nun weiß ich nicht, ob er bereits bereute, dass er Böses getan hatte oder dass er gerichtet werden sollte.

Auf dem gleichen Pfahl wie sein Sohn sollte er sterben, ich würde ihm dabei zusehen, vom Gartentisch aus.

Doch als ich über den Wald segelte und es allmählich Tag wurde, geschah etwas. Vielleicht war es das Licht, das den Nebel auflöste, oder die Bäume unter uns, so prall von Licht und Schatten. Ein Vogel rief. Was war das für ein Vogel? Und mir wurde Sabin schwer in den Armen, ich schaute hinab und sah, dass er eingeschlafen war.

Tage später waren wieder Journalisten in B., Berichte vom organisierten Verbrechen machten die Runde, Ausgewanderte, die Kontakte hatten zur sizilianischen Mafia, und auch von Dracula war die Rede und von Satanisten.

Im Ort wimmelte es von Leuten, und entlang unserer abfallenden Straße reihten sich Kioske aus Wellblech aneinander, die Snacks, Postkarten aus benachbarten Orten und allerlei kleinteilige Souvenirs anboten.

An Yunus' Arm lief ich in den Wald, an der alten Weberei vorbei, zum Fluss. Auch da hielten sich Leute auf, Touristen auf der Suche nach Fotografierbarem, nach Blumen, Pilzen und nach Dracula.

Bei der Flussbiegung, dort, wo ein kleiner Tümpel entsteht, sah ich Sabin sitzen. Um ihn her einige junge Frauen, die lachten und ein paarmal »Awesome« riefen, »This is awesome!«.

Als wir näher kamen, sahen wir, dass im Tümpel ein Hund umherschwamm. Es war ein schwarz-weißer Setter, ein Jagdhund. Ab und an warf ihm Sabin einen Stein in den Tümpel.

Der Hund schwamm dann weiter ratlos ob der herabsinkenden Steine, die er nicht finden und apportieren konnte. Alle lachten dann, am lautesten Sabin, lallend, er war betrunken.

Am Ufer aber lag auch dieser weiße Stock ohne Rinde. Ich hob ihn auf und warf ihn im Bogen zum anderen Ufer hin. Da sprang der Hund aus dem Wasser und verschwand im Dickicht. Kurz danach kam er zurück und brachte mir den Stock, hatte keinerlei Angst vor mir.

Wie ich aufhörte, ein Vampir zu sein, weiß ich nicht. Ich weiß noch, wie ich einmal Fräulein Sanda trösten musste. Geo hatte sie unflätig angegangen, ihr vorgeworfen, dass sie primitiv sei und immer nur von den Unglücksfällen anderer berichten wollte. Sie hatte uns eben von Atas grausigem Tod erzählen wollen. Fräulein Sanda, die an Geo besonderes Gefallen gefunden hatte, ja, wie Ninel munkelte, schon immer in ihn verliebt gewesen war, zog sich in den Garten zurück. Ich setzte mich zu ihr auf die Gartenbank bei den Fliedersträuchern und redete ihr gut zu.

Ihr ganzes Leben habe sie nur an andere gedacht, nach Mamargot und unserer Familie geschaut … Vielleicht sei nun der Augenblick gekommen, sich selbst zu sehen. Ich erzählte ihr von der Kunst des Selbstbildnisses, wie sich ein Maler im Spiegel anschaute, wenn er sich selbst malte, und wie die Betrachter des Gemäldes dann meinten, der Gemalte blicke sie an. Dabei sei es der Blick in den Spiegel! Sich im Spiegel anzuschauen und über sich selbst nachzudenken, nehme einem niemand übel, im Gegenteil. Es bringe die anderen, die sich angeschaut fühlen, ebenfalls dazu, über sich nachzudenken. Das sei die Kunst des Lebens und die beste Art, das Leben zu feiern: die Freude am eigenen Blick.

So redete ich und verfiel in kindliches Schluchzen. Und ich weiß noch, wie mich das gute Fräulein Sanda aufmunterte: »Also …«

Als wir uns aus dem Schatten des Fliederstrauchs erhoben, überraschte uns der Sonnenuntergang, rot schimmerndes Abendlicht durchflutete den Garten.

In der Scheibe des offenen Fensters sah ich unser beider Widerschein.

Die Kapitel

I
Johnny und sein Tod   9

II
Die lechzende Ziege   27

III
Heimkehr, die Angst   41

IV
Der Sturz   51

V
Die Gruft auf dem Hügel   61

VI
Da ist jemand   75

VII
Ein hässlicher Fund   83

VIII
Über den gepfählten Traian Fifor   93

IX
Das Grab des Fürsten 109

X
Der Einzug Draculas in B. 119

XI
Unbändiger Drang zum Tode 129

XII
Wir sîn gelîchen bluotes 143

XIII
Von oben herab 153

XIV
Ordo Draconis 165

XV
Dracula der Pfähler 175

XVI
Der nächtliche Angriff 191

XVII
Ex ossibus ultor 197

XVIII
Allah, vergib ihr! 211

XIX
Die Tote im Wald 221

XX
*Bildnis des unerbittlichen Fürsten
Vlad des Pfählers* 225

XXI
Atas Hinrichtung 231

XXII
Der Geist auf dem Pfad 241

XXIII
Die ewige Rache der Gerechten 247

XXIV
Das rettende Licht 257

Die Autorin dankt der Stadt Zürich, der UBS Kulturstiftung sowie
der Kulturstiftung Landis & Gyr für die großzügige Unterstützung
ihrer Arbeit an diesem Roman.

Das Motto des Romans ist zitiert nach Bram Stoker: *Dracula. Ein Vampirroman.*
Carl Hanser Verlag, München 1967, übersetzt von Stasi Kull,
unter Verwendung älterer Übertragungen.

Sollte diese Publikation Links auf Webseiten Dritter enthalten,
so übernehmen wir für deren Inhalte keine Haftung, da wir uns diese
nicht zu eigen machen, sondern lediglich auf deren Stand zum Zeitpunkt
der Erstveröffentlichung verweisen.

Penguin Random House Verlagsgruppe FSC® N001967

PENGUIN VERLAG

1. Auflage
Copyright © 2021
Penguin Random House Verlagsgruppe GmbH,
Neumarkter Straße 28, 81673 München

Umschlaggestaltung: Favoritbüro
Covermotiv: © Channarong Pherngjanda/shutterstock
Satz: Greiner & Reichel, Köln
Druck und Bindung: GGP Media GmbH, Pößneck
Printed in Germany
ISBN 978-3-328-60153-1
www.penguin-verlag.de

Dieses Buch ist auch als E-Book erhältlich.

MATTHIAS JÜGLER

Matthias Jügler
Die Verlassenen
Roman

Auch als E-Book erhältlich

Kein Mensch ist vor den Momenten sicher, die alles von Grund auf ändern

Johannes blickt zurück auf eine ostdeutsche Kindheit, die von feinen Rissen durchzogen war. Der frühe Tod seiner Mutter, das rätselhafte Verschwinden seines Vaters. All seine Fragen dazu blieben unbeantwortet. Als Johannes in einer alten Kiste auf einen Brief stößt – adressiert an seinen Vater und abgeschickt nur wenige Tage, bevor dieser den Sohn wortlos verlassen hatte –, sortieren sich seine Erinnerungen neu und mit ihnen sein Blick auf das eigene Leben. In eindringlicher Dichte und mit kraftvoller Klarheit erzählt Matthias Jügler von Verlust und Verrat, vom Wert des Erinnerns und den drängenden Fragen einer ganzen Generation.

»Zärtlich, traurig, schmerzhaft, schön.« *David Wagner*

JENNY ERPENBECK

Jenny Erpenbeck
Gehen, ging, gegangen
Roman
Auch als E-Book erhältlich

Entdeckungsreise zu einer Welt, die zum Schweigen verurteilt, aber mitten unter uns ist

Wie erträgt man das Vergehen der Zeit, wenn man zur Untätigkeit gezwungen ist? Richard, emeritierter Professor, kommt durch die zufällige Begegnung mit den Asylsuchenden auf dem Oranienplatz auf die Idee, die Antworten auf seine Fragen dort zu suchen, wo sonst niemand sie sucht: bei jenen jungen Flüchtlingen aus Afrika, die in Berlin gestrandet und seit Jahren zum Warten verurteilt sind. Jenny Erpenbeck erzählt auf ihre unnachahmliche Weise eine Geschichte vom Wegsehen und Hinsehen, von Tod und Krieg, vom ewigen Warten und von all dem, was unter der Oberfläche verborgen liegt.

»Jenny Erpenbeck hat das Buch der Stunde geschrieben.« *Der Spiegel*

ULRIKE DRAESNER

Ulrike Draesner
Schwitters
Roman

Auch als E-Book erhältlich

Ein Roman über die Kraft der Kunst in dunklen Zeiten

Kurt Schwitters ist 49, als ihn die Nationalsozialisten zur Flucht aus Hannover zwingen. Sein Erfolg, Werk, Besitz, die Eltern und seine Frau Helma bleiben zurück. Die Kunst weicht der Kunst des Überlebens. In Norwegen, London und dem Lake District beginnt Schwitters' zweites Leben in fremder Sprache. Wantee, die neue Frau an seiner Seite, hält ihn auf Kurs und seinen Kopf über Wasser, selbst als der Wortkünstler verstummt. Im Merzbau hat Schwitters einen anderen Weg gefunden, um Himmel und Heiterkeit, das Funkeln der Wiesen und die Durchsichtigkeit der Luft einzufangen. Mit irrwitziger Disziplin, bis zur Erschöpfung. Wer ihn beobachtet, begreift: Kunst bildet die Welt nicht nach. Sie übersetzt sie in Formen, die uns berühren.

»Mit einer ganz eigenen, hochmusikalischen Sprache beschreibt Ulrike Draesner den Kampf des Künstlers gegen das Verstummen.«
Bayerischer Buchpreis 2020